내가 가장 예뻤을 때 2

내가 가장 예뻤을 때 2

내가 가장 예뻤을 때 2

내가 가장 예뻤을 때 2

내가 가장 예뻤을 때 2

MBC 수목드라마 대본집

ⓒ 조현경 2020

초판 1쇄 발행 2020년 11월 11일

지은이 조현경

펴낸곳 도서출판 가쎄 [제 302- 2005- 00062호]
주 소 서울 용산구 이촌로 224, 609
전 화 070. 7553. 1783 / 팩스 02. 749. 6911
인 쇄 정민문화사

ISBN 979-11-91192-01-8 /03810

값 17,000원

www.gasse.co.kr
berlin@gasse.co.kr

내가 가장 예뻤을 때 2

조현경 대본집

gasse・가세

작가에게 작품은 자식과 같다. 작품 속의 캐릭터는 적어도 작가 안에서는 실제로 살아있는 인물과 다름이 없어서 매번 작품이 끝날 때마다 마치 실연과 같은 애도기가 필요하다. 많지 않은 작품 가운데 그래도 가장 애정 했던 작품이요 인물들이지만 사랑했던 만큼 세상에 제대로 펼쳐주지 못한 채 아픈 손가락으로 남았다. 나는 이제 그 어느 때보다 오랜 애도기를 감내해야만 한다.

코로나 팬데믹은 우리의 일상만이 아니라 드라마 제작에도 영향을 끼쳤다. 해외 촬영이 불가능해지면서 이미 나와 있는 대본의 중간 부분을 대폭 수정해야 했다. 금기의 소재를 다루는 기획이 9시대 청소년 보호 시간대에 편성되어 제약이 심해졌다. 대본심의를 받아 가며 스토리를 전개해나가야 하는 미션과 여러 현실적인 가이드라인과의 싸움에서 한계를 뛰어넘지 못한 자괴감이 지금도 나를 잠 못 들게 한다.

부족한 대본을 책으로 남기는 것에 대한 부끄러움에 출판을 고사하기도 했으나 가쎄 김남지 대표님의 격려와 그래도 이 상처받은 작품을 사랑해주신 분들에 대한 감사의 마음으로 책을 엮었다. 작업 과정에서... 나는 많이 울었다. 내가 만든 인물들이 감당해내야 하는 불행과 고통에, 그리고 그들에 대한 미안함에.

그들은 생을 함께 하며 사랑을 이어가지는 못했지만 가족이 준 상처를 극복하고 용서하며 자기 자신으로 설 수 있게 서로를 구원하였다. 사랑을 잃은 쓰라림보다 사랑이 준 치유를 기억하며 살아갈 수 있다면, 이 이야기가 아픔으로만 남지는 않을 거라고 씨앗 같은 소망을 품어본다. 언제나 대본보다 더 많이 울어준 배우들과 깊이 있는 연출을 보여주신 감독님께 감사드린다. 언젠가 또다시 만날 날이 있겠지만 그들과의 이별도 슬프다.

차례/

내가 가장 예뻤을 때 2

기획의도

여기, 한 여자를 사랑하게 된 두 형제가 있다.

가슴 떨린 첫사랑을 형수로 맞이한 남자. 동생의 첫사랑을 무자비하게 차지해버린 남자.

소년이 자라서 청년이 되는 동안 형은 사라졌고... 감춰둔 진심이, 눌러둔 욕망이 아우성을 치며 일어난다. 갈 수 없는 길, 건너지 말아야 할 강 앞에서 고뇌는 크고 깊은데...

돌아갈 수 없는 남자. 사랑하는 아내를 다시 만나기 위해 사력을 다하지만, 운명은 그의 갈망을 비웃듯 번번이 귀환을 가로막고. 지켜주고 싶었던 유일한 존재 앞에.... 이 꼴로 돌아갈 순 없었다. 차라리 죽었다 여기길 바라며 스스로 이별을 선택했건만 생은 아직도 가혹한 대가를 요구하고 있었다.

금기 앞에서 인간은 스스로의 본성을 극명하게 드러낸다. 한없이 약하고, 끝 간 데 없이 강해지기도 하는 모순과 이면을 아픔 속에서 실존으로 느끼게 되는 것이다. 그래서 이 세 남녀의 가여운 사랑은 파멸이 아닌 카타르시스를 불러일으킨다.

세월과 운명 속에서 엇갈리는 한 여자와 두 형제의 사랑, 이를 통해 인간 영혼의 구원에 관해 묻는다.

등장인물

오예지 (임수향/20대-30대) 세라믹 아티스트, 환의 첫사랑, 진의 아내

'외로워도 슬퍼도 울지 않는 캔디' 같은 여자는 아니다. 참고 참고 또 참지도 않는다. 잘 웃고 잘 운다. 감정표현이 솔직한 대신 뒤끝이 없다. 외로워도 함부로 정은 주지 않는다. 자꾸 어두워질 수밖에 없는 현실을 잊기 위해 밝음을 가장하다 그게 성격이 되었지만 태생의 방어본능은 끈질기게 남아 있다. 하지만 양평에서의 생활은 그녀를 바꿔놓았다. 이름처럼 환하게 곁에서 지켜주는 환과, 태양처럼 뜨거운 열기로 다가오는 진... 두 형제와의 만남은 굳게 닫혔던 예지의 마음을 열기에 충분했다. 그리고 그녀는 행복하리라 믿었다. 두 형제 사이에서...

서환 (지수/10대-20대) 건축 디자이너/도시 재생 전문가, 진의 동생

예지를 먼저 만난 사람은 환이었다. 그녀를 먼저 사랑한 사람도 환이었다. 그녀가 교생 실습을 나온 첫날, 한눈에 반했다. 볼수록 귀엽고, 사랑스럽고, 또 지켜주고 싶은 여자였다. 그러나 예지에게 환은 남자가 아니라 학생이었기에, 그녀는 다른 남자와 사랑에 빠진다. 미술 교생인 예지를 위해 아버지의 공방에 데려왔지만 그것이 형과 예지를 엮어줄 계기가 될 줄은 몰랐다. 알았더라면, 미리 알았더라면... 형의 여자를 사랑하게 된 운명으로부터 달아나기 위해 애쓰지만 결국 예지 곁으로 부메랑처럼 돌아오고 만다. 형이 없는 집에서 떠나지 못하는 그녀의 행복을 위해서라면 악역도 자처하는데...

서진 (하석진/20대-30대) 랠리스트/진환A&C 실장. 환의 형, 예지의 남편

환이가 은은한 달이라면 진은 빛나는 태양 같다고들 한다. 하지만 아는 사람들은 안다. 사실 더 약한 쪽은 진이라는 거. 환이 모든 고통과 자신의 눈앞에 놓인 운명을 인정하고 좀 더 깊어지기 위해 살아간다면 진은 보고 싶지 않은 것들을 외면하며 밖으로만 달려가는 캐릭터다. 강해지기 위해 열심히 운동하고, 인간의 한계에 도전하는 일들을 즐긴다. 하지만 아버지의 사고 이후 마음에 얹힌 공허함은 좀처럼 채워지지 않는데. 환의 마음을 알면서도 예지에게 다가간다. 상처를 안고 살아가는 자신과 그녀가 서로를 지켜줄 수 있을 것이라 믿었기에...

캐리 정 (황승언/20대-30대) 고려 모터스 스폰서 매니저, 진의 옛 파트너

슈퍼모델 출신. 레이싱과 랠리 등 자동차와 바이크 레저에 관심이 많은 방회장을 대신해 각종 대회 운영과 협찬을 진행하다 후원팀의 수장인 진에게 반해버렸다. 하지만 가진 걸 다 버리고 한 남자만의 여자가 될 생각은 없었다. 그러나 그의 질투와 소유욕을 바라는 욕심이 사실은 사랑이었다는 걸 뒤늦게 깨닫는다. 해서 잡히지 않는 진의 마음을 돌리기 위해 집착하기 시작하는데...

엠버 (스테파니 리/20대) 건축가, 환의 대학 동창

환의 대학 동창. 한국계 미국인. 부모님이 교포 2세다. 부족함 없이 사랑받으며 자란 덕분에 자기 욕망을 드러내는 데 주저함이 없다. 살면서 갖고 싶은 건 모두 가졌다. 하지만 환은 달랐다. 자신과 동갑임에도 슬픔을 깔고 그리움을 베고 사는 듯한 환은 엠버에게 어려운 남자였다. 그런 환이 좋았다. 얼마나 좋았던지 엠버는 그를 따라 한국까지 온다. 하지만 엠버는 환을 보자마자 알았다. 환이 누구를 보고 있는지를. 자신이 상대해야 하는 사람이 누구인지를. 그의 전부를 가지지 않아도 좋다. 환이 선택할 수 있는 여자가 되면 된다. 그렇게라도 환을 갖고 싶은 엠버다.

형제의 가족과 주변 사람들/

서성곤 (최종환/60대) 도예가, 진과 환의 아버지

아트 건축을 주로 하는 건설사의 오너이자 산악인이었다. 하반신 마비가 오기 전까지는. 암벽등반을 하다가 떨어져 다리를 다친 뒤로 회사는 아내에게 맡긴 채 후원하던 도예가의 공방에서 한동안 은거 생활을 했다. 자신에게 닥친 불행을 내면적으로 잘 다스려서 여전히 생의 중심을 제대로 잡고 살아가지만 외형의 불행을 극복하지 못하는 아내로부터 외면당한다. 예지를 향한 형제의 마음을 알고 함께 아파하며 고민한다.

김연자 (박지영/50대) 진환A&C 대표. 성곤의 아내, 진과 환의 어머니

뒤에서 보면 30대로 착각한다(고 우긴다). 어쨌든 나이답지 않게 외모 관리가 잘 되어 있는 건 사실. 동생 연철이 집장사에 관심을 보이자 회사로 들이고 청담동, 서래마을에 고급 빌라를 지어 그나마 먹고살았지 남편 비즈니스는 재능 기부 수준이라고 여긴다. 성곤의 사고 이후 동생과 함께 진환A&C를 맡아 지금껏 키워왔다. 남편을 닮은 환보다 자신을 더 닮은 것 같은 장남 진을 편애한다.

김연철 (권혁/40대 후반) 진환A&C 상무, 연자의 동생

돈만 갖다 쓰는 백수로 집안의 골칫덩이였는데 같이 클럽 다니며 어울리던 연예인 인맥을 무기 삼아 매형 회사의 마케팅 부서에 입사한다. 아는 셀럽들에게 한 채에 수십억씩 하는 빌라를 팔아치우며 억대 커미션을 받아먹는 재미가 쏠쏠하다. 뒤늦게 찾은 적성에 야망이 불타오르는 즈음 매형이 불운의 사고로 은퇴해 뜻밖의 기회를 잡는다. 그런데 또 한 번의 기회가 찾아온다. 누나의 연이은 불행을 디딤돌 삼아 진환A&C를 차지하기 위해 애쓴다.

윤지양 (서은우/20대-30대) 연자의 비서실장

보육원 장학생 출신. 보육원을 후원해온 성곤의 뜻을 이어받아 연자가 장학생을 선발, 곁에서 쓸 인재로 키워왔다. 그중 3개 국어에 능통한 어학능력과 체력 등이 발군이었던 지양은 연자의 비서실장이 된다. 사적인 영역도 케어하고 공적인 스케줄을 모두 동반 소화하며 짬짬이 연자에게 운동을 시키고 마사지를 해주는 등 건강관리까지 책임진다.

정다운 (전유림/10대-20대) 정원사, 환을 짝사랑하는 고교 동창

두물머리 시골을 벗어나는 게 평생소원이었는데 환이네가 이사를 오자 이곳에 뼈를 묻기로 작정한다. 메일 주소와 각종 아이디를 환이 부인으로 바꾸고 장래희망도 그 집 며느리라고 떠들고 다닌다.

정작 환이는 다운을 동급생으로밖에 안 본다는 걸 알지만 어른이 되면 그때는 여자로 봐주지 않을까, 되도 않는 기대를 품어본다. 그래도 늘 든든하게 환의 곁을 지켜주는 마음 따뜻한 친구.

백정일 (손보승/10대-20대) 공방 잡부, 환의 친구

만두 귀신. 정일의 손에는 언제나 만두가 들려있다. 먹는 걸 좋아해 잘 때 빼고는 항상 무언가 씹고 뜯고 맛보고 있을 정도. 환과는 같은 반 동기다. 두물머리에서 다운과 함께 어울리며 자랐다. 아직 어린 환이 아버지를 미처 감당하지 못할 때 발육이 남다른 덩치로 아저씨를 케어해드렸다. 환이네 부자에게는 한 식구나 다름없는 존재. 환이 힘들 때 곁에 있어주려고 애쓴다.

송인호 (이승일/10대-20대) 환의 고교 동창, 혼자서 라이벌

양평 토박이 출신 졸부의 외동아들. 좁고 얄팍한 성질머리에 돈 있는 집안의 힘을 믿고 안하무인이다. 못 하는 거 없고 인기까지 많은 환이가 항상 못마땅했다. 짓밟아 주자니 환이 너무 잘났다. 약점을 잡아 망신 줄 기회만 노리는데. 교생 예지를 향한 환의 마음을 알고 일부러 자극하다 된통 얻어맞는다.

홍일화 (주인영/50대) 다운의 엄마, 화원 운영

아빠 없이 자란 다운이 쉬이 시들까 잡초처럼 키운다. 종종 다운과 거친 말을 주고받아 남들은 싸운다고 오해하지만 그녀들에겐 서로를 애정하는 표현의 방식일 뿐. 옆집 남자 성곤을 존경한다. 연민 섞인

존경심이 연자의 오해를 사 때로 날선 장면이 연출되기도 하지만 넉넉한 아량으로 연자의 히스테리를 웃어넘기며 변함없는 이웃사촌으로 자리를 지킨다.

예지네 가족과 주변 사람들/

김고운 (김미경/50대) 재소자, 예지의 엄마

예지를 지키기 위한 선택이었다. 어린 딸을 떼놓고 교도소에 갔다. 저 혼자 어떻게 컸는지도 모를 일인데 매번 찾아오는 딸을 한 번도 만나지 않았다. 그것이 예지를 위한 거라고 생각했다. 출소 이후 시장통 수선집에 일거리를 얻어 간신히 생계를 이어가면서도 내 딸, 예지를 향한 관심을 끊을 수가 없어 주위를 맴돈다. 밥은 잘 먹고 다니는지, 잘 자랐는지, 노심초사 딸 걱정뿐이다.

오태호 (김정태/30대) 경찰, 예지의 부친

고시 공부로 세월을 보내다 가장의 책임감 때문에 눈을 낮춰 경찰공무원이 됐다. 밖에서 무시 받았다 싶은 날이면 이게 다 너 때문이라며 마누라를 팼다. 고시생 출신 경찰답게 '법잘알'이라 티 나지 않게 복부만 가격, 장파열로 병원 신세를 지게 한 전력도 있다. 집에서 맨날 총을 갖고 놀며 식구들에게 공포감을 조성한다. 그러다 결국 모녀에게 역습을 당하고 마는데...

오지영 (신이/40대) 고시원 운영, 예지의 고모.

참극이 벌어진 후 예지를 맡아 키운다. 예지에게 고시원 방 한 칸을 내어주고 월급 없는 총무로 부려먹지만 오갈 데 없는 고아 조카 건사한다며 주변에 생색은 다 내고 다닌다. 그 애가 밉다. 하지만 변하지 않는 사실은 예지가 자신의 피붙이라는 것. 그래서인지 누가 괴롭히는 꼴은 못 본다. 예지를 구박하고 욕할 수 있는 건 오직 그녀, 지영뿐이다.

이경식 (정은표/50대) 목수, 예지의 고모부.

솜씨 좋은 목수, 다정한 남편이자 아빠. 예지에겐 따뜻한 고모부로 그녀를 가엾게 여겨 든든한 버팀목이 되어준다. 지영의 등쌀에 많은 걸 해주진 못해도 용돈도 주고 야식도 챙겨 가져다주는데. 예지가 혼자가 아님을, 식구가 있음을 느끼게 해주고 싶다.

이찬희 (김노진/20대) 예지의 사촌동생, 진환A&C 총무팀 계약직 사원

예지가 좋았다. 불행 속에서도 엄살떨지 않고 꿋꿋하게 살아가는 여자. 얼굴도 예쁜 언니. 그림도 잘 그리고 노래도 잘 부르고 운동도 잘하고... 못하는 게 없는 언니. 그런 예지를 친언니처럼 따른다. 공부에 취미가 없어 간신히 대학 졸업은 했지만 취직을 못해 지영의 구박이 극심해지던 즈음 무슨 속셈인지 예지의 시어머니가 자리를 내준다. 찜찜하지만 가릴 처지가 아니다. 그렇게 진환A&C 입사 후 밝은 친화력으로 예지 주변 사람들과 두루두루 가깝게 지낸다.

류승민 (이동하/20-30대) 변호사, 예지의 첫사랑

예지와 한 동네서 자랐다. 손잡고 같이 학교에 다닐 만큼 친했고 어른이 되면 예지와 결혼하겠다고 할 만큼 좋아했다. 비극적인 사건 이후 변호사인 아버지에게 부탁해 예지 모녀를 도왔다. 그러나 재판이 끝난 후 아버지는 예지와 절교를 명했다. 로미오와 줄리엣이 되어 은밀한 연을 이어갔지만 결국 사법고시에 합격한 이후 인정받지 못하는 관계에 예지와 끝을 볼 수밖에 없었다. 이후 생과부로 살고 있는 예지의 처지를 알게 되고 예지에게 법적인 자유를 주려는 환을 돕는다.

이서안 (이화선/20대-30대) 예지의 대학 조교, 공방 동업자

친구가 별로 없는 예지의 대학생활에 의지가 되어준 선배. 동양화 전공으로 대학원에 진학하며 학부 조교가 되었다. 두 번이나 휴학하며 학업을 포기할까도 생각했던 예지를 끌어주고 밀어주며 무사히 졸업할 수 있게 도와준 일등 공신. 알바 소개도 숱하게 했다. 예지가 교직을 포기했을 때 누구보다 아쉬워했지만 세라믹 아티스트로 전향한 그녀의 꿈을 믿고 응원해준다. 이후 공방을 오픈하려는 예지의 제안을 받고 동업자로 나선다.

방회장(방영근) (이재용/50대) 고려 오일의 오너, 진의 스폰서

그늘에서 번 돈을 식품 유통과 자동차 관련 업계에 투자, 재계 유력가의 딸과 결혼하며 메이저로 성장했다. 한국과 베트남, 태국, 중국 등 아시아 각지에 현지처를 두고 사업에 활용 중. 여자를 이용해서 비즈니스 영역을 넓히고 내연녀에게 업체 관리를 맡기는 식으로 사업 확장을 해왔다. 한국의 내연녀 캐리와 진의 관계를 알면서도 눈감아줬지만 결국 진에게 큰 위협이 된다.

강기석 (김태겸/20대-30대) 진의 팀 카레이서

진이 나타나기 전까지 한국 레이싱계의 에이스였다. 그러나 혜성처럼 등장한 진이 시상대 제일 위에 선 이후, 한 번도 진 위로 올라서 본 적이 없다. 바닥에서 시작한 자신과 달리 금수저를 물고 태어난 진에게 열등감이 있다. 진이 방회장과의 스폰서쉽을 끝낸 이후, 캐리에게 스카웃 제안을 받고 팀을 옮긴다.

박우근 (정욱진/20대) 진의 팀 미캐닉

'기계는 거짓말을 하지 않는다'라는 철학을 가지고 있다. 카센터를 운영하는 아버지 밑에서 어릴 때부터 자연스레 보고 배웠다. 해박한 지식과 풍부한 경험을 가진 실력 있는 미캐닉이지만 정작 직접 차를 타는 건 무서워한다. 기석이 떠날 때 같이 진의 팀을 떠난다. 소심적

꿈은 아버지의 카센터를 이어받는 것이었지만 레이싱을 시작하면서 목표가 바뀌었다. 카센터가 아닌 써킷 위의 미캐닉으로 남고 싶다.

수선소의 반장과 수선공들, 그 외 기타 다수

용어정리

S#
S는 장면(Scene), #은 Number를 의미하며 같은 장소, 같은 시간 내에서 이루어지는 일련의 행동이나 대사가 한 씬을 구성한다

CUT TO
장면 전환 용어로 한 장면에서 다른 장면으로 넘어가는 것

(OL)
오버 랩(Over Lap)의 줄임말로 앞 장면에 겹쳐서 다음 장면이 나오는 기법으로 대사에서 호흡을 주지 않고 앞사람의 말을 끊고 말을 할 때 쓰임

(F)
Filter. 통화 시 휴대폰 등을 통해 들리는 소리

(NA)
Narration. 등장인물 사이에 오가는 대사가 아닌 화면 밖에서 들리는 독백 혹은 설명

(소리)
장면 내 캐릭터가 등장하지 않고 목소리만 들리는 상태

몽타주
따로따로 촬영한 장면을 적절하게 떼어 붙여서 하나의 긴밀하고도 새로운 장면이나 내용으로 만드는 일 또는 그렇게 만든 화면

인서트
Insert. '끼워 넣다'는 뜻으로 어떤 동작이나 상황을 강조하기 위해 삽입한 화면

일러두기

1. 대본의 편집과 표기는 표준적인 맞춤법, 올바른 문장부호 사용법과 다를 수 있습니다. 배우들의 연기를 위해 구어체를 살리고 호흡의 장단을 판단할 수 있게 쓰여진 바를 그대로 따랐습니다.

2. 대본의 내용과 실제 방송된 내용이 조금 다를 수 있습니다. 현장상황과 제작여건의 차이에 의한 것이므로 양해 바랍니다.

9부

내가 가장 예뻤을 때 2

S#1. 진의 숙소/마스터 룸 앞 (오후)

울부짖는 예지.

예지   문 열어! 안에 있는 거 다 알아! 내가 왔어! 여기 왔다구! 왜 그러는 거야... 왜 이러는 거야... 말 좀 해봐. 문 좀 열어줘! 서진! 나야! 오예지가 왔다구!

S#2. 마스터 룸 안 (오후)

울음 틀어막는 진, 가까스로 울음 참으며

진   (목소리 의연하게) 기다려.

S#3. 동 앞 (오후)

진의 목소리다! 소스라치는 예지!

S#4. 동 안 (오후)

치미는 울음, 기를 쓰고 누르며

진   (가까스로 내보내는 제대로 된 목소리) 잠깐 있어. 내가 나갈게.

S#5. 동 앞 (오후)

뒤로 물러나는 예지.

S#6. 거실/마스터 룸 앞 (오후)

앉지도 서지도 못하고 어쩔 줄을 모르는 예지. 그러다 문득 제 꼴이 어떤가 신경이 쓰이는. 눈물기 마저 닦아내고 머리도 한번 쓸어보고... 옷매무새도 챙겨보는데

진의 방문이 열린다. 멎는 예지. 고개 들면.

열린 방문에서 나타나는 진... 그러나... 진은 휠체어에 앉은 채다. 천천히 휠체어를 굴리며 거실로 나오는 진.

예지, 입을 막는다. 진, 표정 드러내지 않으려 애쓰며... 그러나 눈은 더없이 아픈... 예지를 보면서 천천히 다가오는데... 그 자리에 주저앉는 예지. 이래서였나, 올 수가 없었나... 하늘이 무너진다. 반가움과 기쁨과 슬픔과 절망과 아픔이 뒤범벅된.

예지 앞으로 다가온 진의 휠체어. 주저앉은 예지를 내려다본다.

예지   (진을 올려다보며/눈물이 그렁해서) 이거였어? 이래서... 그래서 안 온 거였어? 이거 땜에?

진, 차마 아무 말도 못 하고.

S#7. 환의 집/거실 (오후)

연자에게 진의 현재 상태를 다 들은 성곤과 환. 성곤, 심장이 멎을 것 같다. 환, 성곤의 손부터 잡아준다. 아버지가 받을 충격부터 걱정하는데! 과호흡이 오는 성곤!

연자   (놀라서) 여보!

환, 경험이 있다. 주방으로 달려가는!

S#8. 환의 집/주방 (오후)

주방으로 달려온 환, 서랍을 뒤져 종이봉투 찾아낸다! 비닐은 비닐대로 종이봉투는 종이봉투대로 모아둔 서랍이 있다. 종이봉투 하나 움켜쥐고 거실로 달려 나가는 환!

S#9. 환의 집/거실 (오후)

연자, 성곤 옆에서 어쩔 줄을 모르고 있다. 달려 나오는 환!

연자   (다급한) 구급차 불러야 되는 거 아냐? 119에 전화하까?

달려와 성곤의 입에 종이봉투 대어주는 환.

환   (성곤을 진정시키며) 천천히... 천천히 숨 쉬세요. 괜찮아요, 괜찮아요 아버지...

진정되어가는 성곤. 연자, 속상해서 고개를 돌리고. 환, 성곤을 진정시키는 데만 집중하는.

S#10. 정원 (오후)

다운과 정일이 돌아가지도 못하고 집안으로 따라 들어가지도 못한 채 서성거리고 있다. 환이 나오자 동시에 다가드는.

다운   무슨 일이야? 아줌마가 뭐래?
정일   진이형 시체라도 찾은 거야?
환   ……
다운   우리도 좀 알자!
환   일단 짐을 다시 풀어야 할 거 같아.
다운/정일 ?!
환   좀 도와줘.

영문을 모르겠는 다운과 정일. 침통한 환의 얼굴.

S#11. 거실 (오후)

진정된 성곤에게 물을 갖다주는 연자. 성곤, 물을 마신다.

성곤   애 상태가 정확하게 어떤 거야? 다리만 못 써? 하반신 마비야? 회복 가능성은?
연자   당신이 자료 한번 봐봐. 여기 병원서 다시 검사해야겠지만 그 쪽 진료자료 다 넘겨받았어. 나보다는… 당신이 더 잘 알 거 아냐.

성곤	(참담하고)
연자	한동안 포기하구 재활도 안 했었나봐. 당신이 좀 달래봐. 아무래두... 누구보다 아부지가 힘이 되지 않겠어? 훌륭하게 극복한 산 증인이구
성곤	(씁쓸한) 그래 보였나? 당신은... 그렇게 생각했던 거야?
연자	......
성곤	매 순간, 다 포기하고 싶었어. 죽고 싶었던 적은 또 얼마나 많았는지.
연자	!
성곤	근데... 더 괴로운 게 뭔 줄 알아?
연자	(보면)
성곤	(찢어지는) 이제 우리 아들이 그 고통을 겪고 있다는 거야.
연자	(외면하고)
성곤	(기가 막힌) 누구도 알게 하고 싶지 않았어. 아무도 모르게 하고 싶었어.
연자	... 그래서 나까지 못 오게 했었던 거야?
성곤	당신이, 감당 못할 거라서.
연자	진이두... 그래서였나? 우리한테... 보여줄 수가 없었던 걸까?
성곤	나 때문이야.
연자	......
성곤	나 때문에 숨었을 거야.
연자	......

S#12. 진의 숙소/거실 (오후)

휠체어에 앉은 진의 무릎 위로 양손을 잡고 있는 예지. 그런 예지를 아프게 내려다보는 진. 예지, 진에게서 눈을 떼지 못한다.

예지   집에... 가자.

진   ......

예지   아버님 기다리셔. 환이두 봐야지...

진   이 꼴을... 어떻게 보여드려...

예지   살아 있잖아. (그거면 된 거라는)

진   아부지 그렇게 만든 게 난데... 이 꼴로 돌아갈 순 없어...

예지   당신 잘못이야? (아니라는) 그냥 이렇게 돼버린 거잖아... 그 긴 시간 기다리면서... 우리가 바란 게 뭔 줄 알아?

진   (보는데)

예지   오직 하나... 살아만 있어라... 당신, 이렇게 살아 있잖아... 그 거면 됐어...

진, 운다. 예지, 진의 손을 잡아 제 뺨에 대며

예지   돌아가자. 인제부터 같이 있어. 혼자 겪지 마. 지켜줄게... 나 를 믿어...

예지에게 했던 맹세다. 진, 미어지고... 예지에게 잡힌 손을 풀어... 예지의 얼굴을 하나하나 만져본다. 이마... 뺨... 코... 입술... 그리운... 보고팠던... 너무나 보고 싶었던 얼굴...

진   보고 싶었다.

눈물 속에 웃어 보이려 애쓰는 예지...

S#13. 양평/길 (오후)

터덜터덜 돌아가는 다운과 정일. 다운, 멈춰 선다. 따라서는 정일.

다운   술이나 한잔할래?

정일   (핸드폰 꺼내며) 환이도 불러내자. 속이 말이 아닐 텐데.

다운   (정일의 핸드폰 잡아버리는)

정일   왜?

다운   우리가... 위로가 될까?

정일   ... (자신은 없는)

다운   아저씨 하나도 버거운 집에... 진이 오빠까지...

정일   (한숨을 푹 쉬고)

다운   (속상한) 우리 환이 불쌍해서 어뜩해?

정일   ......

S#14. 신혼방 (오후)

다시 방안으로 들여진 예지의 짐들. 정리되지 못한 박스들 보이고. 전자액자만 제자리를 찾았는데... 진의 사진을 보고 선 환. 치미는 속울음을 꾹 참는. 핸드폰 울린다. 꺼내서 보면, '예지쌤'이라고 뜬다.

환   (목소리에 울음기 묻을까봐 호흡 고르고/받으면) 네, 쌤...

S#15. 진의 숙소/거실 (오후)

진과 싸우고 있는 예지, 상기된 상태다. 환과 오가며.

예지	와서 형 좀 어떻게 해봐. 말이 안 통해서 나 혼자선 안 되겠어.
환	!
예지	죽어두 안 간대! 식구들 안 보겠대!

진, 예지에게서 핸드폰 빼앗아 통화 끊어버린다.

당황한 환, 예지에게 다시 전화를 걸어보는데.

진	(버럭) 아버지나 환이까지 볼 자신은 없다구!
예지	얼마나 더 기다리게 할 건데?
진	……
예지	7년의 고통이 아직도 모자라? 식구들 만나는데 자신이 왜 필요해! 너무 이기적이란 생각 안 들어?
진	난 그런 놈이야.
예지	!
진	식구들이 아무리 힘들어도! 내가 싫으면 그만이야! 그게 나야! 비겁하고 이기적인 거!

예지의 핸드폰이 다시 울린다. 액정에 환. 진이 받고.

환	(예지인 줄 알고) 바로 갈게요.
진	오지 마.
환	! (형의 목소리다)
진	준비되면 연락할게. 올 필요 없어. (다시 끊어버리는)
환	형! 형!

보고 있던 예지, 기가 막히고 안타까운.

예지　　환이한테... 인사도 안 해?
진　　　......

S#16. 양평/환의 집 앞 (오후)

집 안에서 나온 환, 서둘러 차에 올라탄다. 급하게 출발시키는.

S#17. 진의 숙소/거실 (오후)

실랑이에 지친 예지, 외면하는 진을 보고 앉은.

예지　　그동안 어떻게 살았어? 어딨었어? 우리가 얼마나 찾았는
　　　　지... 알아?
진　　　... (걸리는)
예지　　얼마나 아팠던 거야... 지금도 아파...?
진　　　천천히... 천천히 하자.
예지　　물어보고 싶은 게 너무 많아. 궁금한 게 산더미야. 내 생각
　　　　은... 안 했어?
진　　　... 경기중에 차가 바다에 처박혔을 때... 수술하구 결과가
　　　　안 좋아서 재수술 들어갔을 때... 합병증으로 만신창이가 됐
　　　　을 때... 재활치료가 너무 고통스러워서 다 놔버리고 싶었을
　　　　때... 그 모든 순간을 당신 생각으로 버텼어. 당신 때문에...
　　　　살았어.
예지　　(눈물 다시 차오르고)

진	건강한 몸으로... 걸어서 돌아오고 싶었어.
예지	바보!
진	......
예지	다쳤어도... 당신은 서진이잖아... 내 남편이잖아... 걷지 못해 도... 당신은 똑같은 존재야.
진	... (눈가 다시 붉어지는데)
예지	날 안 믿은 거야... 내 사랑을... 못 믿었어. 내가... 당신한테 부족했어.
진	아니야. 그런 생각 하지 마.
예지	얼마나 더 기다리게 할 참이었어? 영영... 안 돌아올 생각이 었어?
진	... (대답을 못 하는데)

초인종 울리고. 돌아보는 두 사람.

S#18. 진의 숙소 앞 (오후)

환이 초인종을 누르고 있다. 답이 없자 연신 다시 눌러보는.

S#19. 진의 숙소/거실 (오후)

예지, 문을 열어주러 가는데.

진	열어주지 마!
예지	(돌아보면)
진	돌려보내.

예지, 무시하고 문 열어준다. 들어서는 환. 진, 자기 모습 보이기 싫어 서둘러 휠체어 움직여 방으로 들어가 버리려는데. 목격하는 환. 충격에 멎고.

환   형!
진   ... (멎는다)
예지   (보는데)

진, 그냥 가버리려 하고. 달려가 휠체어 잡아 돌려세우는 환. 환의 눈에 들어오는 진의 모습. 드디어 얼굴을 마주하게 된 형제인데!

진   비켜!
환   !
진   이런 꼴 보여주고 싶지 않아.
환   !! (온갖 복잡한 심사가 끓어오르고)
진   저 사람이나 데리고 돌아가!

열 받은 환, 진에게 주먹을 날린다! 얼굴이 돌아가는 진!

예지   (놀라서) 무슨 짓이야! (달려가는)

환, 한무릎 꿇고 진과 눈높이 맞춘다.

환   쳐!

진, 망설이다 환 갈겨버리고! 휘청! 무너졌다 형 앞에 다시 앉아 눈

맞추는 환! 서로를 노려보는!

환   뭐가 무서워? 여기 앉아서두 나랑 이렇게 주먹질이 가능한데.

진   ......

예지   (다가와) 미쳤어? 어떻게 보자마자 주먹부터 날려! 성치도 않
        은 사람을!

환   형이랑 얘기 좀 할게요. (둘만의 시간을 달라는)

예지   ......

S#20. 진의 숙소/마스터 룸 (오후)

진과 환, 두 사람만 있다. 한동안 서로 말이 없는 두 사람.

환   옛날에... 아부지 사고 나서 병원 계실 때...

진   (보는)

환   아마 소풍날이었을 거야. 애들하고 떠들구 김밥 먹을 기분
        이 아니라 째구 면횔 갔거든. 근데... 바로 그 날 과도로 손목
        을 그으셨더라고. 내가 안 올 줄 아셨던 거지.

진   ! (몰랐던 얘기다)

환   하얀 시트가 피범벅이 돼서... 의사들이 바로 달려와 처치해
        줬는데... 무서웠던 건 아부지가 또 그럴 거 같아서. 그게 끝
        이 아닐 거 같아서.

진   ......

환   얼마나 힘든지, 아픈지... 알았기 땜에... 그러지 마시라고, 안
        된다고는 못했어.

진   ...... (흔들리고)

환	대신 부탁을 하나 했지. 일년만... 일년만 참아달라고. 아빠 때문에 살아났는데 이대로 아빠가 가면 나는 뭐가 되냐고. 식구들 곁에서... 일년만 버텨주면 더 이상은 안 잡겠다고...
진	......
환	아부진 일년을 버티고... 또 일년을 버티고... 지옥 같은 시간을 지나서 그렇게 다시 우리집의 울타리가 되어주셨어.
진	......
환	집에 가기 싫으면 가지 마.
진	!
환	미국이든 어디든, 다시 떠나고 싶으면 그렇게 해.
진	......
환	근데... 죽지만 마.
진	(무너지고)
환	언젠가... 맘 바뀌면... 그 때 다시 와.
진	(치받치는데)
환	기다리는 우리가 아무리 힘들었대두... 형만큼 힘들었겠어?
진	......
환	더 기다릴 수 있어. 이제 살아 있는 거 알았으니까.

무너져내리는 진.

S#21. 진환A&C 복도 (오후)

윤실장 붙잡고 상황 파악하려는 연철.

연철   정말 우리 진이 맞아?

윤실장   얼굴 보구 왔어요.

연철   다리 못 쓰게 된 거두 진짜구?

윤실장   ......

연철   이게 무슨 날벼락이야! 우리 누나, 괜찮은 거야? 내가 이럴 때가 아니지! 어디야, 진이 양평 보냈어? 아님 누나 집? 내가 가봐야지!

윤실장   당분간은 모른 척하세요.

연철   내가 왜! 나 이 회사 상무구 진이 외삼촌이야!

윤실장   저도 보기 싫대요. 할 수 없이 혼자 두구 왔어요. 식구들이 먼저 만날 수 있게 시간을 줘야죠.

연철   대체 어디서 뭐 하다가 이제 온 거야...

윤실장   ......

S#22. 진환A&C 비상구 계단참 (오후)

연철, 방회장에게 비밀 전화하고 있다. 방회장과 오가며

연철   회장님, 주요 변수가 생겼는데요... 이게 지금 우리 계획에 영향이 있을지 없을지 판단이 잘 안 돼서...

S#23. 고려 오일/회장실 (오후)

방회장, 연철의 전화를 받고 있다. 진의 귀환 소식 들었고

방회장   맘고생한 식구들한테 더없는 희소식으로 들리는군. (듣고) 그렇다고 우리 계획을 변경할 필요가 있나? 하던대로 준비

합시다. 어쩌면... 좀 더 파격적인 구성이 필요할 수도 있고...

회심의 표정을 짓는 방회장에서.

S#24. 양평 전경 (저녁)

S#25. 환의 집 앞/진의 차 안 (저녁)

진의 차가 와 대어지고. 환이 운전석에서 내린다. 트렁크에서 휠체어 꺼내고. 뒷자리에 진과 같이 앉아 온 예지가 내려 차 문 열고 진의 이동을 도우려 하는데.

진   괜찮아. 혼자 할 수 있어.
예지   ......

휠체어 방향 조정해서 능숙하게 조수석에서 휠체어로 옮겨 타는 진. 휠체어가 버티게 잡아만 주던 환, 손잡이 잡고 밀면서 정원으로 들어간다. 따라가는 예지.

S#26. 정원 (저녁)

성곤 부부가 나와서 기다리고 있다. 진의 휠체어를 밀면서 들어오는 환과 예지. 가슴이 쿵 내려앉지만... 내색하지 않고 따뜻하게 진을 맞이하는 성곤.

성곤   (다가가서) 잘 왔다, 우리 아들.

진   ...... 죄송합니다.

예지 ... (미치겠다)

진   ......

성곤 힘들었지?

투두둑. 진의 눈에서 떨어지는 눈물. 예지, 다가가 진의 어깨 잡아주는.

환   들어가자 형.

진, 어깨에 올려진 예지의 손을 잡는. 환, 그 모습 보고. 망막에 박히는 두 사람의 손.

성곤, 앞장서고. 예지, 진의 휠체어를 밀면서 따라간다. 환, 좀처럼 따라가질 못하고. 카메라에 들어오는 일가의 뒷모습.

S#27. 거실 (저녁)

2층 계단 앞에 멈춘 진의 휠체어. 식구들 모두 당황한. 아직 아무것도 준비가 안 되어 있다. 환, 진을 부축하려 하며.

환   나한테 기대 형.

진   (기대는 모습 따위 보여주고 싶지 않) 2층엔 안 올라가.

성곤 계단은 무리다. 게스트룸을 쓰는 게 어때? 아무래도 1층 공간이 다 나한테 맞춰져 있으니까 진이가 지내기에도 좀 더 편할 거야.

예지 그럼 일단 짐 옮기고 방정리부터 할게요.

진	(OL) 나만 1층에 있으면 돼.
환	(보는)
예지	......
진	당분간은 혼자 지낼게.
연자	(아들의 마음이 짐작되고) 청소는 되어 있는 거지?
예지	네.

연자, 진의 휠체어를 빈 방 쪽으로... 예지, 뭔가 당황스럽고. 그런 예지 보는 환.

S#28. 신혼방 (저녁)

속옷과 양말, 수건... 진에게 필요한 것들 챙기는 예지. 진이 혼자 있겠다고 한 게 서운한데... 열린 방문으로 환 들어오는.

환	옮길 거 있음 저 주세요.
예지	저 사람... 내가 어색한가봐.
환	...... 핸디캡이 있는 모습을 보여주는 게, 익숙하지 않은 거예요.
예지	(이해는 가고) 보는 나도... 아직은 낯서니까.
환	서운해하지 마요. 형 케어하는 거, 어차피 혼자 못해요. 환자 하나에 사람 셋은 들어가요. 식구들이 나눠서 해야 하는 거예요.
예지	해본 일이라... 아는구나...
환	이런 일을... 또 겪게 될 줄은 몰랐어요.
예지	그래서 못 온 거, 이해는 하면서도... 한편으로는 여전히...

아파.

환 처음엔 스스로가 받아들일 수 없었을 거예요. 그 담엔... 식구들한테 보여줄 수 없었겠죠. 사랑하는 사람들에게... 아픔을 줘야 하니까.

예지 더 큰 아픔을 줬잖아. 기약없는 기다림에... 그가 세상에 없을 거라는 절망감...

환 차라리 그게 더 나을 거라고 생각했을 거예요. 형은... 그 고통이 뭔지 이미 아니까.

예지 ......

환 (나서서 선 긋는) 제가 한 말은 다 잊으세요.

예지 (보면)

환 형이 적응할 수 있게 최선을 다할게요.

예지 ......

환 저까지 신경 안 쓰이게 처신 잘할 테니까 믿으셔도 돼요.

예지 (맘이 복잡한데)

S#29. 1층 진 방 (저녁)

진이 쓰게 될 거처를 둘러보는 연자. 진이 탄 휠체어는 침대 옆에 세워져 있다.

연자 좀 좁긴 한데... 어차피 따루 있을 거니까.

진 어머닐 믿는 게 아니었어요.

연자 언제 겪어도 겪을 일 아니니?

진 ......

연자 사나흘 쉬구 입원부터 하자. 처음부터 검사 다 다시 받구.

진	소용 없어요.
연자	(보는)
진	제가 그동안 놀고 먹은 줄 아세요? 할 수 있는 건 다 해봤어요. 결과가 이거예요.
연자	넌 선택권이 없어.
진	! (쳐다보는)
연자	입원하라면 하고! 치료받으라면 받아!
진	이 꼴이라서 어머니 맘대루 해두 되겠다 싶으세요?
연자	(일부러 독하게 자극하는) 끌구 가면 끌려가야지 별 수 있어?
진	! (자존심 상하고) 최후의 선택권은 남아 있는데, 모르세요? (죽겠다는 위협이다)
연자	(알아듣고) 죽을래믄 벌써 죽었겠지.
진	!
연자	기를 쓰고 살고 싶었던 거잖아! 멀쩡하게 돌아오고 싶어서 지금껏 숨어지낸 거 아냐?
진	... (말문이 막히고)
연자	식구들 가슴에 대못 박아가면서! 몇년을 생고문했으면! 이제 시키는 대로 좀 해!
진	(비웃는) 염색이나 하세요. 애끓는 모성 연기는 그만하셔도 될 것 같으니까.
연자	...
진	백모증인 거 알아요. 저 없다고 염색 끊고 코스프레한 거, 이제 그만하셔도 된다구요.
연자	! (민망하고/열 받는데)

S#30. 환의 집 앞 (저녁)

연자를 배웅하러 나온 성곤. 궁금한 거 마저 묻는다.

성곤 그동안 우리 아들은 어떻게 산 거야? 살아 있었는데 왜 못
     찾은 거구...
연자 신분세탁시키고 돌봐준 조력자가 있었어.
성곤 ?!
연자 예지한테는, 비밀이야.
성곤 설마... (여자였냐는)

연자, 말없이 차에 오른다. 기사, 차를 출발시키려는데. 차창 내리는
연자.

연자 며칠 있다 애들 보내줘. 병원부터 가야지.
성곤 ......

차창 다시 올라가고. 차는 출발한다. 심란하게 보고 선 성곤에서.

S#31. 서울/캐리의 레지던스/주차장 (저녁)

차에서 내리며 통화 중인 캐리.

캐리 말이 돼? 그 사람이 어떻게 혼자서 거길 나가! (듣고 굳는) 출
     국했는지 확인해봐! 한국으로 들어왔는지! 지금 어딨는지!
     당장 알아내란 말이야! (끊어버리고 다급히 누군가의 번호 찾
     아 걸어보는)
안내음 I'm sorry the person you are trying to reach has a

Voice Mailbox...

전화기가 꺼져 있다는 영어 안내음 다 듣지도 않은 채 중간에 끊어버리고 머리 쥐어뜯는 캐리. 얼굴에 공포가 엄습한다.

S#32. 환의 집 전경 (밤)

S#33. 환의 집/1층 욕실 (밤)

예지가 선반에 수건 채워 넣고 진의 배스가운 걸어놓으면. 수건 든 환이 들어와 낮은 곳으로 옮긴다.

환   형 손이 닿는 곳에 둬야 돼요.
예지   괜찮아. 내가 준비해주면 돼.
환   (단호하게) 혼자 할 수 있어야 해요.
예지   ......
환   뭐든지 다 해주는 건 도움이 안 돼요.
예지   ... 생각이 짧았어.
환   ...... (마저 옮기는)

S#34. 1층 진 방 (밤)

진이 휠체어에 앉아 지켜보는 가운데 예지가 환이 건넨 옷가지를 옷장에 채워 넣고 있다. 휠체어 대신 의자 놓고 옷걸이 봉으로 걸린 옷을 내릴 수 있는지 가늠해보는 예지. 자신의 조언대로 애쓰는 예지를 지켜보는 환, 맘 한구석이 아리다.

예지   (진에게 봉 주며) 한번 해볼래요? 높이 맞는지?

진   ... 알아서 할게, 걸어만 놔.

예지   지금 해봐요. 높이 안 맞으면 조절해놓게.

진   (짜증 나서) 팔은 멀쩡하니까 알아서 한다구!

예지   ! (당황했지만 봉 걸어놓으며 무심한 듯 확인하는) 씻는 건요?
       안 도와줘도 돼요?

진   (동생 앞이다/치욕적인) 혼자 할 수 있어.

예지   그럼 물 받아놓을게요. (나가는)

진   ...... (고집스럽게 버티고)

그런 형을 보는 환.

환   과잉보호도 안 할 거지만 기댈 건 기대.

진   ......

환   (담담하게) 미국에선 요양원에 있었다며? 필요하면 입주 간
       호사 부를게. 뭐든 형이 편한 쪽으로

진   ... (누르고) 생각해볼게.

환   ......

S#35. 1층 욕실 (밤)

욕조에 물을 받는 예지. 욕실 안을 둘러보며 뭘 어떻게 해놔야 진이
편할지를 고민하는데...

CUT TO

욕조에 물이 가득 채워져 있다. 휠체어에 앉은 진이 세면대로 다가간다. 무릎이 세면대 하부장에 부딪히고. 손은 수도에 가 닿지도 않는다. 일단 셔츠부터 벗는데... 옷 벗다가 울화가 치밀어 바닥에 내팽개치는! 맘대로 되는 일이 하나도 없는 게 화가 난다. 그래도 손닿는 욕조 가장자리에 놓인 칫솔, 비누... 내려져서 낮은 데(욕조 수도꼭지 따위에) 걸쳐져 있는 샤워기... 여러모로 신경을 쓴 예지의 손길이 느껴진다. 그냥 그것도 견딜 수가 없는데...

S#36. 진환A&C 전경 (다른 날 낮)

S#37. 연자의 사무실 (낮)

연자를 찾아온 캐리. 차가운 눈길의 연자에게 대차게 따지고 든다. 이제 검은 머리로 돌아온 연자.

캐리	어떻게 이럴 수가 있으세요? 그동안 그 사람 돌봐온 저한테 한마디 상의도 없이!
연자	납치. 환자 유기.
캐리	!
연자	넌 보호자가 아니라 범죄자야. 내 아들에 대한 소유권 주장하기 전에! 변호사나 알아봐.
캐리	저 아니었음 죽은 목숨이었어요!
연자	너 아니었음 우린 진이가 살아 있는 줄 진작에 알았겠지!
캐리	그이가 원한 일이었습니다. 가족에게 알리지 않는 거!
연자	네가 원한 건 아니고?
캐리	!

연자	내가 왜 쥐뿔도 없는 앨 며느리로 받아줬는지 알아?
캐리	......
연자	너 때문이었어! 내 아들이 너 같은 쓰레기랑 결혼하겠다고 나설까봐! 쓰레기보다는 가난한 고아가 낫지 싶어서!
캐리	!
연자	그런데 내 아들이 사경을 헤매는 틈에! 애를 도둑질해가?
캐리	그 때는 그게 최선이었다구요!
연자	지금은 이게 내 최선이야!
캐리	이대로 물러설 순 없어요. 제가 그동안 들인 공이 얼만데요!
연자	(악을 쓰는) 온 식구가 찾아 헤맨 공은 얼만데!
캐리	(분하고)
연자	찢어 죽여도 시원찮은 거, 네 말대루! 그래도 그동안 타지에서 우리 아들 거둔 게 가상해서 참아주는 거야.
캐리	인사도 못했어요! 떠나는 줄도 몰랐다구요!
연자	인사는 전해줄게.
캐리	(억울해 미치는데)
연자	두 번 다시 내 아들 앞에, 우리 앞에 나타나지 마. 죽여 버릴 거니까.
캐리	......

S#38. 고려오일/회장실 (낮)

방회장이 캐리를 달래고 있다.

방회장	네가 자리 비우는 통에 이 사단이 났구나.
캐리	다른 방법이 없었잖아요.

방회장	(현 상황이 흥미로운) 그래, 이제 어떻게 할 참이냐?
캐리	제자리로 돌려놔야죠. 그 사람 자리는, 거기가 아니에요.
방회장	정공법은 안 통해. 역공을 해야지.
캐리	때가 된 거 같습니다.
방회장	(보면)
캐리	진환이 우리께 되면 그 여자도 저한테 함부로 못하겠죠.
방회장	네가 원하는 건 서감독일 거고...
캐리	회사는 회장님께 드릴게요.
방회장	변했구나. 욕심이.... 진심이 됐어.
캐리	... 이렇게 보낼 순 없잖아요. 그 사람, 그동안 제 꺼였어요, 앞으로도 그럴 거구요.
방회장	기다려.
캐리	(보면)
방회장	모두 네 껄루 만들어 줄 테니까.
캐리	... (독기가 차오르는)

S#39. 양한방병원 전경 (다른 날 낮)

S#40. 한방진료실 (낮)

원장 앞에 휠체어에 탄 진 마주하고. 뒤로 연자와 예지 서 있다.

원장	(기록지에 체크하며) 사고난 지가 꽤 됐는데... 일단 한 번 봅시다. (데스크에 놓인 해머 집어 들려는데)
진	(거부하는) 안 하셔도 됩니다.
원장	(보는데)

진 침이나 놔주세요. 미국서 해볼 거 다 해봤어요. 한방은 안 해본 거라 혹시 통증에 도움이 될까 싶어 온 겁니다.

연자 (못마땅해서) 얘!

원장 (환자의 거부 심리 이해하며) 현재 통증이 오는 부위가 어디죠?

진 오른쪽 허리부터 무릎까집니다.[1]

원장 지난 석 달 동안 통증 없이 지낸 날이 얼마나 되는지...?

진 단 하루도 없습니다.

예지 !

S#41. 침 치료실 복도 (낮)

베드에 엎드려 원장에게 침을 맞고 있는 진. 진통을 줄여주는 허리 쪽(협척혈 부위) 침술. 치료실 밖에서 이를 보고 선 예지와 연자.

연자 오늘부로 입원시켜. 검사 예약 바로 잡아놨어.

예지 !

연자 대답 안 하니?

예지 거부감이 심한데... 본인 설득부터 해야 되지 않을까요?

연자 진이 생각, 니 의견... 나한테 아무 의미 없어. 차 못 타게 해야 한다고, 약 먹고 쇼라도 해서 말리라는 거, 우습게 무시해 치운 게 누구야?

예지 ... (할 말 없고)

---

1) 다리가 엄청나게 저린 느낌, 오랫동안 꿇어앉아 있다가 일어섰을 때 한 발도 내딛기 힘든 그런 종류의 통증이라고 함.

S#42. 입원실 (낮)

완강한 얼굴의 진, 대치 중인 연자. 가방을 들고 선 예지.

진　　　통증만 잡으면 돼요! 다른 건 안 한다구요!
연자　　여기 재활과 조박사가 니 자료 보고 있어. 검사해보고 뭐라
　　　　그러는지 들어나 보자구!
진　　　필요 없다구요!
연자　　니가 의사야? 10년, 15년 만에 일어나는 사람들도 있어!
진　　　영화에는 있겠죠.
연자　　진아!
진　　　(못 참고) 흉추8번, 요추3번 골절. 요수 손상에 의한 하반신
　　　　영구장애!
연자/예지 !
진　　　희망 따위... 가당찮아요. 이러시는 거, 나한테 잔인한 일이
　　　　에요.
연자　　난 그동안! 내 자식 죽었을 거라는 보고서만 수백장 받았어!
　　　　그래서 너 죽었니? 내가 잔인해?
진　　　...
연자　　엄살 피지 마! 봐주고 싶은 맘 눈꼽만큼도 없어. (예지 보고)
　　　　애 검사 끝까지 받게 해.

연자, 문 열고 나가버리고.

S#43. 동 앞 (낮)

병실 문을 닫고 선 연자. 이 악물고 버틴 눈물이 결국 쏟아진다. 모질게 말했지만... 아들의 심정을 왜 모를까...

S#44. 입원실 안 (낮)

예지, 진의 어깨를 잡는다.

예지   생존가능성 낮음... 생존가능성...희박... 생존가능성 매우 희박... 보고서는 늘 무시무시했어. 볼 때마다 칼에 찔리는 거 같았는데... 어머님은 수없이 반복해서 난도질을 당하면서도 한 번도 포기 않으셨어. 그리고 당신을 찾아내셨지.

진   ......

예지, 휠체어 앞에 무릎 낮춰 앉으며 진과 눈을 맞추는데.

예지   자기 말대로 검사... 의미 없을지도 몰라. 너무 지겹겠지... 힘들겠지... 그치만 이건... 엄마 마음으로 하는 거니까... 그냥... 자식 된 마음으로 받아줘.

진   ...

예지   한번만. 응?

진   ... (외면하는데)

예지   (안타까이 보고)

S#45. 몽타주

- 입원실 침대 커튼을 치고 환자복으로 환복하는 진. 커튼 밖에서 진의

실루엣을 보고 선 예지. 돕고 싶지만... 진이 원치 않는다.

- 혈액채취실 앞. 간호사, 서진 이름 호명하면 예지가 휠체어 밀어주며 들어가고.
- 검사실 안. 베드에 누운 진. 의사가 근전도 검사 중이다.
- MRI 기계에 들어가는 진.

S#46. 환의 집 (낮)

- 집안 곳곳을 다니면서 점검하는 환. 불필요한 턱들을 체크하고 주방 높이 등을 확인한다.
- 1층 진의 방. 진의 침대에 의료용 매트 깔고, 협탁에 다용도 집게(신발집게) 놔두는 환.
- 1층 욕실. 성곤의 지시 하에 세면대 하부장을 철거하고. 변기와 욕조에 있는 안전바(성곤 때문에 원래 있었다)가 견고한지 확인하는 환.
- 거실. 성곤의 오래된 휠체어를 타고 거실을 누벼보는 환. 목발 짚은 성곤이 지켜보는데... 바닥에 뭐가 걸리면 내려서 확인하는 환. 그걸 보는 성곤의 슬픈 얼굴.

S#47. 진의 숙소 전경 (다른 날 밤)

S#48. 진의 숙소/마스터 룸 (밤)

퇴원한 진. 잠옷 차림으로 휠체어에서 침대로 옮겨가는 중이다. 노크소리 나고. 서둘러 이불 아래로 하체 감추는데.

문이 열리고 생수병 든 예지가 들어온다. 베드 테이블에 생수 놓아주고. 한 방을 쓰게 될 것 같아 어색한 예지.

예지　　　뭐 필요한 건 없어요? 출출하진 않고?

진　　　　밤에 잘 안 먹어. 소화가 안 돼서.

예지　　　...... (다시 나가려는) 그럼 나 씻고 올게요.

진　　　　그냥 양평 가.

예지　　　! (멎어서 돌아보는)

진　　　　당신 방에서 자는 게 편할 거야.

예지　　　(이 방에서 같이 안 자겠다는 소리구나/무안함을 감추고) 게스
　　　　　트룸 있잖아요. 거기서 잘게.

진　　　　......

예지　　　무슨 일 있음 전화해요. 문자 주든지.

진　　　　......

나가는 예지.

S#49. 진의 숙소/욕실 (밤)

씻으러 들어와 있는 예지. 새 칫솔 뜯는다. 물에 한 번 헹구고 치약 묻
히는. 이를 닦다가 후두둑 눈물 터지는. 진에게 서운하다. 눈물 훔치
고 다시 이 닦는.

S#50. 진의 숙소/마스터 룸 (밤)

한쪽 팔로 이마 가리고 있는 진. 불을 끄고 싶다. 상체 움직이고 팔
뻗어서 전등 스위치 끄려다가 손이 안 닿아 침대에서 굴러 떨어지는.

방바닥으로 구른 진, 치욕감에 바닥을 쾅! 친다.

S#51. 공방 전경 (밤)

S#52. 공방 안 (밤)

성곤이 안주도 없이 소주병만 놓고 자작하고 있다. 들어서던 환, 보고 속상해서

환   무슨 깡소주를 드세요...
성곤   그냥. 이거만 마시고 자려고.
환   들어가세요. 안에서 제대로 안주해서 저하구 같이 마셔요.
성곤   앉아봐.
환   ...... (마지못해 앉고)
성곤   ......

침묵만 고이는 공방.

성곤   진이만 돌아오면 소원이 없겠다 싶었는데 말이지...
환   (저려오는/그러나) 아부지 이럴까봐 형이 못 오고 있었던 거잖아요. 씩씩해지셔야 해요. 형이 딴생각 못하게.
성곤   난 너 때문에 살았는데... 버텼는데...
환   ......
성곤   늬 형은 뭘 잡고 버틸 수 있을까...
환   아내가 있잖아요.
성곤   ......

환	우리두 있구.
성곤	차라리 내가 다시 주저앉는 게 나았을 거를...
환	......
성곤	애비 목숨 바쳐 진이 다리 고쳐놀 수 있음, 그렇게 할 건데.

환, 성곤의 잔 끌어다 자기가 마신다.

S#53. 1층 진 방 (밤)

진이 쓰는 방의 방문을 열어보는 환. 비어 있는 방 안. 괴롭고...

S#54. 신혼방 앞 (밤)

방문 앞에서 차마 열어보지 못하는 환. 뒤돌아 주저앉는. 방문에 기대어 괴로움을 삭인다.

S#55. 진의 숙소 전경 (다음날 아침)

S#56. 진의 숙소/거실 (아침)

거실 콘솔 위에 놓인 화병에서 꽃을 한 송이 뽑아내는 손. 예지다.

S#57. 진의 숙소/주방 (아침)

커피와 토스트, 샐러드와 약간의 과일이 트레이에 올려져 있다. 개수대에서 가위로 꽃의 줄기를 잘라내는 예지. 잘라낸 꽃송이를 미니 화병에 꽂는다. 화병까지 트레이에 올려 아침상을 완성, 트레이를 들고 진의 방으로 향하는데...

S#58. 진의 숙소/마스터 룸 (아침)

진이 잠들어 있다. 노크 소리. 진, 잠 깨어 돌아보는데... 문이 열리고 예지가 트레이 들고 들어온다.

예지   (미소) 아침 배달이요~

당황해서 자리에서 일어나는 진.

예지, 침대 위의 진 앞에 트레이 놓아주며

예지   커피부터 마셔봐. 지금 막 갈아서 내린 거라 향이~ (끝내준
          다는)

예지가 불시에 들어온 것도, 침대로 갖다 주는 아침상도 불쾌한 진.

진   난 환자가 아니야.
예지   ! (멎고)
진   장애인이 된 게 환자 취급받을 일은 아니라구! 이렇게 코앞
          까지 밥상 갖다 주고 안 그래도 돼! 식탁 정도까지는 나도 갈
          수 있어! 비록 내 발로 걸어가진 못하겠지만!
예지   ... 침대서 먹기 싫음... 나와서 먹어. 식탁에 다시 차릴게.

트레이 들고 다시 나가는 예지. 진, 질러놓고 마음은 안 좋은데...

예지   (나가다 돌아서서) 근데... 당신이 다치지 않았어도... 오늘 같은 날, 이런 아침을 차렸을 거야. 커피를 내리고 빵을 굽고... 꽃을 꽂아서 침실까지 가져온 거는... 그냥 내 정성이고... 애정 표현일 뿐이야.

진   ......

나가는 예지.

S#59. 진의 숙소/주방 (아침)

예지, 트레이의 접시를 식탁으로 내리고 있다. 휠체어 타고 따라 나온 진.

진   (시비 거는) 말해봐. 기다리면서... 이런 재회를 상상이라도 해봤어? 내가 이 꼴로 나타날 줄은 몰랐을 거 아냐!

예지   (터지는) 온갖 상상을 다 해봤어!

진   (보는)

예지   내가 안 해본 생각이 있는 줄 알아? 머리가 깨져서 기억상실이 된 건가, 반신불수로 누워서 꼼짝도 못 하나, 어디 인신매매라도 당한 건가, 갱들한테 총이라도 맞았나!

진   ......

예지   당신에 관한 악몽은 셀 수가 없을 정도야! 여자가 생겼나? 내가 싫어졌나? 자유롭게 살고 싶어 나를 버렸나? 끝없이 펼쳐지는 비참하고 괴로운 상상 속에서 그래도 살아 있으면!

살아만 있으면 된다고 간절히 빌었어!

진   ... (일렁이고)

예지   난 상처 안 받은 줄 알아? 화가 나서 미칠 거 같은데! 반가운 만큼 안도한 만큼 너무너무 미운데! 이런 당신한테 화도 낼 수가 없어서! 내 속이 지금 어떤 줄 아냐고!

진   (해보라는) 화내. 하고 싶은 말 다 해.

예지   왜 나를 버렸어!

진   !

예지   혼자 두지 않겠다고 약속했잖아!

진   (흔들리기 시작하는)

예지   어떻게 그렇게 자기 생각만 해! 나 아프면, 나 어디 한군데 다쳐서 불구 되면 당신 나 버릴 거였어? 어떻게... 혼자 숨어서... 식구들 다 지옥에 빠트리고! 당신은 날 버린 거야! 배신했어!

진   돌아오려구 죽어라 노력했어!

예지   안 왔잖아!

진   몇 달만 버텨보자. 다시 일어설 수만 있으면, 조금만 더 참아보자. 사람 꼴은 해갖구 보여줘야지. 살이 찢어지구 뼈가 부러진 고통 참구 참아가면서... 한달만 더! 한달만 더! 하던 게 일년이 되구 이년이 되구... 결국 이렇게 돼버린 거야.

예지   사랑한다구 했으면서! 혼자 버티는 게 무슨 사랑이야!

진   믿었어.

예지   !

진   기다릴 거라고... 잊지 않을 거라고... 믿었어.

예지   용서 안 해!

진, 예지를 당겨 안는다. 예지, 진의 머리 끌어안고!

진　　　(다른 게 걸리는) 용서하지 마... 오래도록... 용서하지 마...

예지, 말과는 달리 진을 더 꽉 끌어안고!

S#60. 시장 전경 (낮)

S#61. 수선집 안 (낮)

환, 재생기반조성팀 팀원과 함께 인터뷰 중이다. 임반장, 이씨, 의순이 몰려 있다. 자리에서 묵묵히 일하고 있는 고운. 환, 노트펜으로 수선 공들의 의견을 받아 적는다.

임반장　빈 점포랑 폐창고들 싹 다 밀고 뭐 만든다구?
팀원　　새로 짓는 건 아니구요. 리모델링하는 거예요.
이씨　　(한숨) 주차도 되고 배달도 해주믄 뭐해? 요즘 누가 시장 오나...
환　　　뭐 불편한 점은 없으세요?
의순　　여거 건물주(인호)!
환　　　(미소 짓는)
이씨　　비 오믄 손님이 읎어. 오감서 옷들도 다 젖고. 쩌그 용인이나 서귀포에 시장은 돔을 얹었다는데... 우리는 그런 거 안 되나?
임반장　흡연실도 필수야 이제! 사방팔방이 금연이니까.
의순　　화장실이 넘 멀어. 우리야 건물 안에 있으니까 불편한 걸 모르지만 노점상들은 힘들어.

귀 기울이며 메모하는 환.

환   젊은 친구들 공방 들어오는 건 어떻게 생각하세요?
이씨   좋지, 젊은데 뭔들.
의순   이러지 말고 노점상 여편네들 얘기도 좀 들어봐.

환과 팀원을 끌고 나가는 이씨와 의순. 환, 나가면서 고운을 본다. 고운, 여전히 일감에 몰입해 있는데.

S#62. 시장 골목/수선집 앞 (저녁)

팀원과 함께 돌아가는 환.

팀원   좀 놀랐어요. 상인들 인터뷰를 이렇게 많이 하시고...
환   집 하나 지을래두 집주인 인생을 다 알아야 하거든요. 결국 시장 잘 되게 하려는 건데... 여기서 장사하면서 살아가는 분들 목소리에 귀를 기울여야죠.

수선집 앞을 지나던 환, 문득 선다.

환   과장님, 전 수선소 인터뷰가 한 분 남아서요.
팀원   아직도?
환   (웃으며) 내일은 센터로 출근하겠습니다.
팀원   회의자료 준비해놓을게요. 먼저 가요?
환   들어가세요...

팀원, 인사하고 먼저 가면. 수선집 간판을 쳐다보는 환. 창문을 열고 (혹은 1층 입구에서) 옷먼지 털어내던 고운과 눈이 마주친다.

S#63. 수선집 안 (저녁)

수선공들이 퇴근하고 고운만 남아 있는 수선집 안. 적당한 곳에 의자 놓고 앉아서 기다리는 환에게 고운이 종이컵에 커피 타서 가져온다.

고운   (민망한) 여긴 이런 거밖에 없어서.

환   괜찮습니다. 저 믹스커피 좋아해요. 미국서 공부할 때두... 이게 그렇게 먹고 싶더라구요.

고운   (괜히 그렇게 말해주는 거 안다) 우리 예지 시동생이라고?

환   ... 형하구 결혼하기 전에 쌤 제자였어요. 저희반 교생이셨죠. 지금도... 쌤이라고 불러요.

고운   ...... (경계하며) 뭘 알고 싶어서 찾아온 거예요? 난, 해줄 말이 없는데.

환   ......

고운   아무것도 대답해줄 수 없어요.

환   (어디서부터 어떻게 이야기해야 할까 고민하다가) 즈이 아버지가... 목발 짚으시거든요.

고운   (보면)

환   어릴 때 산에 갔다가... 저 구하려고 그렇게 되신 거예요.

고운   !

환   자식을 위해 목숨도 내놓는 거... 부모라서... 부모밖에 할 수 없는 희생이 뭔지... 저는 알아요.

고운, 흔들리는데!

환   근데 부모만 자식을 사랑하는 게 아니잖아요... 자식도 부모
         를 사랑하니까... 아버지 그 희생이... 너무 아팠어요. 평생을
         아파서... 행복해지는 게 어려웠어요.

고운, 가슴을 부여잡는다.

환   자식도... 부모를 사랑한다고... 괜히... 그 말씀을 드리고 싶
         어가지고... 즈이 아부지한테는 한 번도 못했던 말인데...
고운   (치미는/참고) 우리애가... 왜 시댁에서 안 나오구 거기서 계
         속 둥지를 틀었는지... 알겠네요.
환   ......
고운   식구들이 다... 뜨뜻하겠지?
환   모두가 따님을 아낍니다.
고운   그래, 그런 거 같네.
환   ......
고운   (환의 마음 씀이 고마웠다가 문득) 우리 예지한테 무슨 일 있
         는 건 아니죠?
환   ......
고운   (표정 가시는데)
환   즈이 형이 돌아왔어요.
고운   !
환   ......
고운   형이라면... 예지 신랑?
환   (끄덕이고)

고운	살아 있었던 거야?
환	네.
고운	그동안 뭐 했대?! 왜 안 왔던 거야?
환	...... (뭐라고 말해야 될지를 모르겠고)

S#64. 고시원/지영의 살림집/거실에서 주방까지 (저녁)

거실에 신문지 깔고 삼겹살 굽던 지영 부부, 퇴근한 찬희에게서 예지 소식 들었다. 놀란 경식과 멎어버린 지영.

경식	얼마나? 다리를 어떻게 다쳤는데?
찬희	아예 걷지를 못한대요. 휠체어 탄다나봐.
지영	(기가 막혀서) 그 집 시아버지도 (그렇지 않냐는)
찬희	그래서 더 못 왔나봐. 아버지가 그런데 자기까지 그렇게 돼서.
지영	(버럭) 그게 그렇게 무서웠음 뒤져버리지, 이제사 뭐하러 왔대! 기다리는 사람 내내 말려 죽이더니 이제 놀래켜 죽일 일 있대?!
경식	(나무라는) 무슨 말을 그렇게 해...

역정 내며 일어나서 주방으로 가버리는 지영. 경식, 걱정돼서 쫓아간다. "여보! 여보!"

찬희	(보면서/이해 안 가는) 왜 저래... 누가 보문 언니 꽤나 생각하는 줄 알겠네. (하면서 불판의 고기 부지런히 주워먹고)

냉장고 문 열어 물병 꺼내는 지영, 병째로 벌컥벌컥 마셔버린다. 뒤따라

온 경식, 컵 꺼내서 물 다시 따라주는데.

지영   (안 받고/속상한) 예지 그년은 팔자가 왜 그 모양이야!
경식   (적당한 곳에 물컵 내려놓고/지영 보는)
지영   이혼시키는 게 낫지 않을까?
경식   예지가 그 말 듣겠어? 남편 없는 시댁에서도 몇 년이나 버틴 앤데.
지영   (새삼 열 받는) 으이구! 헛똑똑이!
경식   ......
지영   (찬희가 들을까 소리죽여) 휠체어 타는 거면 하반신 마비라는 얘기잖아. 사내 구실도 못하는 거 아냐?
경식   그거야 모르지. 멀쩡하게 애 낳구 잘 사는 경우도 많으니까.
지영   걔네 엄마가 알면 또 억장 무너질 텐데...
경식   (한숨 쉬고)
지영   어우 내가 미쳐 증말!

S#65. 수선집 안 (저녁)

고운, 참담한 얼굴로 앉아 있다. 환, 자기가 미안해서 어쩔 줄을 모르고.

환   죄송합니다, 어르신.
고운   사돈총각이 죄송할 게 뭐 있어. 그게 우리 애 운명인걸.
환   ... 저라도 알려드리는 게 도리인 거 같아서...
고운   고마워요. 좋은 일이든, 나쁜 일이든... 자식 일 알고픈 건 당연지사지.

환	......
고운	부모님이 상심이 크시겠네... 아버님 맘이... 어떠실지...
환	그래도 생사 확인하고... 이제 같이 하니까... 힘들어도 희망이 있잖아요.
고운	싸우고 아파도 같이 있는 거... 그래, 그게 가족이지.
환	......

S#66. 환의 집 앞 (저녁)

퇴근하는 환. 진의 차 보고. 형과 예지가 돌아왔음을 안다.

S#67. 환의 집/식당 (저녁)

막 식사가 끝난 분위기다. 성곤과 예지가 식탁을 치우고 뭘 해야 할지 애매해진 진이 휠체어 굴려 나가려고 하는데. 마침 환이 들어오고.

환	다녀왔습니다.
성곤	이제 오니? 밥은?
환	먹었어요. (가방 내려놓고 자연스럽게 식탁부터 치우며/진에게) 검사는 다 끝난 거야?
진	뭐가 또 남았다는데... 그 집은 불편해서.
성곤	좀 멀어도 여기서 다니는 게 나을 거다.
예지	그럴려구요.
성곤	(예지에게) 설거지할 사람 왔으니까 나는 빠져두 되겠지?
예지	(웃으며) 저 혼자 해두 충분해요. (환에게) 가서 옷이나 갈아입어.

계속 움직이는 환. 성곤은 거실로 가고. 치우고 건네주고... 호흡이 척척 맞는 예지와 환을 보는 진의 시선. 진, 두 사람에게서 묘한 소외감을 느낀다.

S#68. 신혼방 앞 (밤)

2층 욕실에서 나온 환, 제 방으로 가려다 문득 선다. 예지의 신혼방 앞으로 가는. 잠시 망설이다 노크를 하는데. 안에서 문 열리고 예지의 모습 보이는.

예지   뭐 필요한 거 있어?

환   그게 아니구...

예지   (보면)

환   낮에... 시장에 인터뷰 갔다가... 어머님 뵈었어요.

예지   ......

환   형 돌아온 거, 말씀드렸어요.

예지   뭐하러?

환   (당황했다가) 그래도 아시면 좀 낫잖아요.

예지   나한테 별 관심 없는 사람이야. 돈 문제 말고는.

환   (안타까운) 왜 그렇게 생각하세요...

예지   좀 웃기지 않아? 환이가 나한테 그 여자 변명해주는 거?

환   ...... 나중에 시간 좀 내주세요.

예지   (왜냐고 보는)

환   어머님 때문 아니구요, 일 때문에. 쌤 도움이 필요해요.

예지   ......

S#69. 1층 거실 (밤)

2층 난간으로 환과 예지의 모습이 보인다. 막 씻고 나와 예지 앞에 선 환을 보고 심사가 틀리는 진. 괜히, 동생을 불러본다.

진   서환!

2층에서 돌아보는 환과 예지.

환   (난간으로 다가와 진을 내려다보며) 어 왜, 형?
진   좀 내려와봐.

서둘러 내려가는 환.

예지   ... (싸하고)

S#70. 공방 (밤)

진, 벽에 걸린(혹은 진열대에 놓인) 예지의 작품들을 보고 있다. 그런 진을 지켜보는 환.

진   이게 다... 늬 형수가 만든 거란 말이지?
환   ... 응.
진   저 사람, 어떻게 지냈는지 얘기 좀 해줘.
환   ... 나도 잘 몰라. 계속 미국에 있다가 귀국한 지도 얼마 안 되는데 뭐...

진　　한 번도 안 와봤단 말이야?

환　　... 형 찾으러 다니느라 나와볼 짬이 없었어.

진　　......

환　　형 실종되구 나서 일 년은... 엄마랑 형수랑 다 미국 와서 헤
　　　매구 다녔구... 그 뒤루는 계속 아버지 옆에서 흙 만지면서...
　　　형을 기다렸어. 내가 아는 한 그게 전부야.

진　　남자는?

환　　! (멎는)

진　　그것까진 모르나?

환　　(버럭) 형!

진　　(보는)

환　　(화 나서) 쌤을 몰라? 형두 없는 집에 여태 남아 있는 거 보면
　　　모르겠냐구!

진　　의심해서 물어보는 게 아냐. 혼자 오랫동안... 오히려 그편이
　　　자연스러울 수 있으니까...

환　　형한텐 그런 게 자연스러워? 어떻게?

진　　왜 이렇게 화를 내?

환　　(차갑게 일어서는) 그딴 말 같지도 않은 질문, 쌤한텐 하지 마
　　　절대.

나가버리는 환. 혼자 남은 진, 환의 뒷모습 보는데.

S#71. 진환A&C 전경 (다른 날 낮)

S#72. 연자의 사무실 (낮)

연자, 환에게 도움을 청한 상태.

환   제 일, 따로 있어요.

연자   누가 몰라?

환   근데 무슨 말씀이세요. 제가 회사 들어와 할 일이 뭐예요.

연자   일이야 늘 많아서 문제지, 없을까봐 걱정이니?

환   형, 돌아왔잖아요.

연자   ... 그래서 부탁하는 거야.

환   (보면)

연자   휠체어에 앉았어두 니 형은 잘 해 낼 거야.

환   ......

연자   그래두 아직은 시간이 좀 필요해 보여.

환   ......

연자   네가 먼저 준비해두면 형이 와서 일하기가 한결 수월할 거구.

환   ...

연자   계속 붙잡지 않아. 진이 정신 차릴 때까지만. 응? 사무실 내
        줄테니까 거기서 너 하던 일 계속하면서... 니 형 출근하게
        도와줘.

환   ... (고민되는데)

S#73. 연밭 (낮)

예지, 진의 휠체어를 밀고 있다. (전동으로 가도 뒤에서 손잡이 잡고 보
조 맞추는)

예지   여기 생각나?

진   ...... 내가 데려온 데잖아.

예지   그 뒤로... 혼자 많이 왔어. 연꽃 피면 그거 보러... 연꽃 지면 추억하러.

진   ...... 빗방울도 조심하라고, 다치면 안 된다고 다짐받던 거... 기억나. 마지막 편지에도 적어준 시잖아.

예지   ! (반가운) 봤구나? 난 혹시 그거 못 봤을까 봐... 그게 디게 궁금했는데!

진   ...... (아직도 갖고 있다)

예지   우리 그 때 해보고 싶었던 거 많았잖아. 리버마켓두 가구 양조장두 가고... 못해본 거 하나하나 다 해보자.

진   ... (그 때의 자신과 지금은 다른데)

뷰포인트에 휠체어 세우는 예지.

예지   잠깐 있어봐, 음료수 좀 사 올게? 커피? 쥬스?

진   아이스커피.

예지, 끄덕이고 달려가는데... 진, 그런 예지의 뒷모습 웃으며 보다가... 연밭으로 고개 돌리면. 눈앞에 펼쳐진 연꽃의 향연. 세월이 지나도 여전한 아름다움에 무상함을 느낀다.

인호(소리) 이게 누구야? 진이 형?

진   (멈췄다가/고개 돌리면)

여자들 데리고 놀러와 있던 인호와 동현이다. 동현, 진 보고 고개 꾸벅 인사하고. 인호, 먹던 핫도그 동현 손에 들려주고 입가의 설탕 털어

내며 다가오는데.

인호   (휠체어 보고) 소문 들었는데 진짜네? 형, 정말루 다리 영 못 쓰게 된 거예요?

진   ... (씁쓸하지만) 그렇게 됐다.

인호   재수가 없어도 이렇게 없을 수가...

진   ... (불편하고)

인호   이래갖고 어디 스캔들이 가라앉겠나...

진   ?

인호   (도발하는) 형, 아직 모르나? 형 없는 사이 환이랑 예지쌤 스캔들 났던 거?

진   !

인호   형이랑 결혼하기 전에 환이가 예지쌤 좋아했잖아요. 마침 형 없어지고 나니까 다시 불타올라서... 이 동네 완전 들썩들썩했어요.

진   입 함부로 놀리는 건 여전하구나?

인호   믿기 싫으면 안 믿어도 되긴 하는데... 나야 뭐 형 생각해서 얘기해준 거지, 사진도 막 돌았었는데...

진   네가 찍은 건 아니고?

인호   (멎고)

진   너 옛날부터 내 와이프 스토커 노릇하고 그랬잖아.

인호   스토커는 무슨... 환이 그 자식이 오버한 거죠.

진   지금도 환이 못 이길 거 같은데, 어릴 때처럼 얻어맞기 싫으면 입조심해.

인호   !

진   이제 청소년도 아니라 법적인 책임도 져야 할 건데, 헛소리

나불거린 대가, 생각보다 무거워.

인호   (비웃으며) 형, 하나도 안 죽었다?

진   (노려보면)

인호   그딴 거에 앉아 있어두 카리스마 하나두 안 죽었네, 인정 인정.

진   ......

인호   (휠체어에 명함 던지면서) 두 남녀 지난 스토리가 궁금하면 언제든 연락하세요. 형한테 진실을 말해줄 사람, 누가 있겠어요?

손인사하고 일행에게 돌아가는 인호. 진, 인호가 던지고 간 명함을 구겨 쥔다.

S#74. 연밭 진입로 (낮)

인호 일행이 나가는 중이다. 아이스커피 두 잔 사서 캐리어에 들고 오던 예지, 인호 일행과 맞닥뜨리는데. 삐딱하게 웃으며 인사하고 가는 인호 일행. 예지, 불길한 예감이 드는데...

S#75. 연밭 (낮)

진, 연꽃을 보고 있다. 다가오는 예지.

예지   오래 기다렸죠? 커피차 앞에 줄이 길더라고...

진   ......

예지   아이스 아메리카노? 아이스 라떼? 어느쪽?

진	그만 가지?
예지	!
진	좀 피곤해. 들어가서 쉬어야겠어.
예지	어, 그래요 그럼.

혼자서 휠체어 움직여서 가버리는 진. 예지, 황망했다가 이내 뒤쫓아 가는데...

S#76. 환의 집 앞 (저녁)

차가 들어온다. 내리는 사람은 환. 집에 남는 차를 타고 출퇴근 중이다.

S#77. 공방 (저녁)

성곤이 혼자 있다. 초벌 전 말려 둔 기물(화분 정도)에 투각 작업 중인데 문이 열리고. 환이 퇴근 인사하는.

환	다녀왔습니다.
성곤	돈 많이 벌었냐?
환	(웃으며) 형이랑 샘은요?
성곤	안채에 있을 거다.
환	... 실은 쌤 독립하면 저 일하는 데 공방 거리 맡겨볼라 했거든요. 근데 당분간은 무리겠죠? 형 케어해줘야 하고...
성곤	오히려 일하는 게 낫지.
환	(보면)
성곤	예지가 자기 인생을 제대로 살아가야 진이한테두 도움이 될

거야. 24시간 진이한테만 붙어 있는 거, 서로한테 안 좋아.

환 ......

S#78. 환의 집/1층 진 방 (저녁)

진, 휠체어에 앉아 검색 중이다. 지역 커뮤니티를 달군 예지와 환의 스캔들을 확인하는. 대부분 지워졌으나 여기저기 남아 있는 게시판 흔적. 진, 속이 점점 달아오르는데!

S#79. 환의 집/현관/거실 (저녁)

"다녀왔습니다아~" 인사하며 들어오는 환. 형이 있는 1층 진의 방부터 가 본다.

S#80. 환의 집/1층 진 방 (저녁)

문이 반쯤 열려 있다. 환이 얼굴 들이밀고 인사하는데.

환 형, 나 왔어.
진 (돌아보며/표정 안 좋은)
환 (진의 얼굴 확인하고/들어서며) 무슨 일 있어? 얼굴이 왜 그래?

보던 핸드폰 엎어놓는 진.

환 어디 안 좋아? 아픈 데 있어?
진 (날카로운) 이 꼴이라고 맨날 어디가 아픈 건 아냐.

환	! 기분이 안 좋아 보여서.
진	내 동생이 얼마나 어른이 된 건가 생각해봤어.
환	……
진	여잔 없어?
환	여자는 무슨. 알잖아? 나두 돌아온 지 얼마 안 돼서
진	(OL) 그런데 그사이에 스캔들까지 났어?
환	!
진	바빴겠구나.
환	(곤두서는) 어디서 무슨 말을 들은 거야!
진	너, 아직도 예지 좋아하니?
환	!
진	내가 없었던 그 긴 시간 동안… 계속 그랬던 거야?
환	(당황하는데)
진	기분이 어땠을까… 내가 돌아와서.
환	형!
진	더군다나 이 꼴로.
환	형!
진	말해봐.
환	……
진	너도 이제 어른이잖아. 서로에게 솔직해져보자구.
환	!

진을 내려다보는 환의 얼굴에서 엔딩!

10부

내가 가장 예뻤을 때 2

S#1. 환의 집 전경 (저녁)

S#2. 환의 집/1층 진 방 (저녁)

문이 반쯤 열려 있다. 환이 얼굴 들이밀고 인사하는데.

환	형, 나 왔어.
진	(돌아보며/표정 안 좋은)
환	(진의 얼굴 확인하고/들어서며) 무슨 일 있어? 얼굴이 왜 그래?

보던 핸드폰 엎어놓는 진.

환	어디 안 좋아? 아픈 데 있어?
진	(날카로운) 이 꼴이라고 맨날 어디가 아픈 건 아냐.
환	! 기분이 안 좋아 보여서.
진	내 동생이 얼마나 어른이 된 건가 생각해봤어.
환	......
진	여잔 없어?
환서	여자는 무슨. 알잖아? 나두 돌아온 지 얼마 안 돼서
진	(OL) 그런데 그사이에 스캔들까지 나구...
환	!
진	바빴겠구나.
환	(곤두서는) 어디서 무슨 말을 들은 거야!
진	너, 아직도 예지 좋아하니?
환	!
진	내가 없었던 그 긴 시간 동안... 계속 그랬던 거야?

환	(당황하는데)
진	기분이 어땠을까... 내가 돌아와서.
환	형!
진	더군다나 이 꼴로.
환	형!
진	말해봐.
환	......
진	너도 이제 어른인데. 서로에게 솔직해져 보자구.
환	!
진	(보는데)
환	인호 자식이 옛날 일에 앙심 품고 헛소문 퍼트린 거야. 그게 다야.
진	그건 내 질문에 대한 답이 아니지.
환	... (멎고)
진	아직도. 지금까지도. 예질 계속 좋아하구 있었냐구.
환	(울컥 오르지만/참고) 쌤한테는 암말 마. 그딴 질문 자체가 모욕이니까.
진	내가 못 믿는 건 너야! 예지가 아니라!
환	쌤을 믿으면, 걱정 없잖아. 내 감정 따위, 원래도 무시해치워 버리지 않았어?
진	!
환	(도전하듯) 지금 하는 프로젝트에 쌤하고 콜라보하려구 해. 아부진 좋은 생각이라는데... 형도 반대 안 할 거지?
진	! (열 받는) 많이 컸다?
환	나두 이제 어른이거든. 더 이상 어떤 경쟁에서두 물러날 필요가 없는.

진   !

나가는 환. 문가에서 돌아보며

환   (예지는) 밥 먹는 거... 그릇 만드는 거... 그림 그리는 거... 평
        범하게 살아가는 일상조차 죄스러워 하던 사람이야. 미국
        가서 수색에만 올인해야 하는 거 아닌지 갈등하면서.
진   ......
환   미안하지두 않아? 형이 살아 있으면서두 감쪽같이 숨어서
        식구들 피를 말릴 때, 그것도 모르고 날마다 속을 태웠어.
        나두 없는 이 집에서, 아버지 모시구 버텨온 사람이라구!
진   ......
환   그동안 우리 속 끓인 거 생각하면... 형 가만두고 싶지 않아.
        그러구 나타나서 참은 거 뿐이야.
진   !

S#3. 주방 (저녁)

화구에서 된장국이 끓고 있다. 저녁 준비 중인 예지, 인덕션에서는
버섯 솥밥이 다 되어 주걱으로 섞어주는데. 환이 주방으로 들어오면,
예지는 솥뚜껑을 도로 닫아 마저 뜸을 들인다.

환   저는 뭐 하면 돼요?
예지   솥밥이라 간단하게 차리려구. 비벼먹을 양념장만 있으면 될
        거 같아.
환   진간장에 물 타구 참기름이랑 이거저거 섞으면 되죠? (손

부터 씻는데)

예지   형 봤어?

환   (보면)

예지   무슨 말 안 해?

환   ...

예지   낮에 연밭에 산책 갔었는데... 거기서 인호 봤어. 그이랑 아는 척을 했는지는 모르겠는데... 그 뒤로 영 기분이 별론 거야.

환   ...... (핸드타월에 손 닦고)

예지   외출이 아직 무리였을까?

환   (도마 꺼내고/냉장고에서 파 마늘 꺼내며) 갓 퇴원한 환자도 아닌데요 뭐. 미국에서두 바닷가에 나왔다가 외삼촌 친구한테 사진 찍혀서 잡힌 거예요.

예지   ... (씻어서 보관해놓은 청양고추도 꺼낸다) 아직 좀 어색해서... 편하게 물어보질 못하겠어.

환   ... 너무 형한테만 매달려 있지 말구 새로운 일에 도전해보는 건 어때요?

예지   (보는데)

S#4. 식당 (저녁)

저녁 식탁에 둘러앉은 식구들. 각자의 보울에 솥밥이 담겼다. 보울 옆마다 된장국 놓였고. 가운데에는 김치류 몇 가지와 양념장 종지. 그 옆 다른 종지에 청양고추 썰어놓은 게 소복하다.

진   (밥을 반 넘게 남기고 숟가락 내려놓으며/예지에게) 일은 하기로 했어?

예지	(보면)
성곤	(아는 척 하는) 환이한테 들었다. (찬성한다는) 좋은 기회 같던데.
환	거절하셨어요.
진	!
예지	자격두 안 되고... 지금은 이 이한테 집중하고 싶어서요...
진	(화를 내는) 내가 언제 나만 봐달라구 했어?!
예지	(멎고)
환	... (긴장하는데)
진	온 식구들한테 광고하나? 내가 당신 짐이라고!
성곤	(진정시키려는) 진아...

진, 휠체어 밀어서 가버리는. 예지, 당황스럽고.

S#5. 1층 진 방 (저녁)

진, 책상 앞에 앉아 있다. 책상 위로 놓이는 차 한 잔. 예지다.

예지	인호한테... 무슨 소리 들은 거지?
진	......
예지	연밭에서 봤어. 그 뒤로 당신 기분, 계속 별로잖아. 내가 실수한 거 있어요?
진	... 환이가 말한 일, 해도 돼.
예지	......
진	아니 해.
예지	......

진　　　당신 인생에 걸림돌 되고 싶지 않아. 그럴까봐 미국에서 버
　　　　틴 거야.

예지, 진의 휠체어를 옆으로 돌린다. 진, 보는데. 예지, 진의 무릎으로
걸터앉는다. 진을 안아주는.

예지　　당신이 돌아왔는데... 한집에 있는데... 난 문득문득 외로워.
　　　　당신 힘든 거 아는데... 나도 좀 봐줘.
진　　　... (예지를 밀어낸다)

무참해지는 예지.

진　　　시간이 필요해.
예지　　......

S#6. 고려 오일/회장실 (다른 날 낮)

진환A&C의 이사진들이 불려와 있다. 이사들에게 연자의 횡령 자료
내미는 방회장.

방회장　즈이가 사모펀드로 넣은 자금이 규모가 큽니다. 회수를 위
　　　　해서는, 칼을 빼들 수 밖에 없는 상황이라서...

자료 펼쳐보는 이사들.

방회장　보시고 현명한 판단 부탁드립니다.

이사들, 분위기 심각한데...

S#7. 호텔 커피숍 (낮)

유혹적인 차림으로 주주(남)에게 열심히 설명 중인 캐리.

캐리　　국내 건설에 머무르는 작은 회사보다 일본에 근거를 두고 미국이나 유럽까지 움직이는 회장님을 파트너로 삼는 게 더 유리하지 않을까요? 최근에 마무리지은 몬트레이 리조트나 새로 인수한 하와이 빌라, 분위기가 아주 좋아요.

솔깃해지는 주주의 얼굴.

캐리　　대표님 별장으로 한 채 빼드릴 수도 있는데... (미소하며) 저도 하나씩 갖고 있거든요. 머리 아플 때 가서 쉬면 최고죠.

S#8. 골프연습장 (낮)

연자, 골프채 쥐고 자세 잡는다. 뒤에서 윤실장, 캐리에 대해 보고 중인데...

윤실장　고려 모터스 협찬 담당이었다가 해외 사업을 성공시키고 복귀해 본사 내에서도 위세가 만만치 않습니다.
연자　　(샷을 날리고/윤실장에게) 그냥 넘어갈 물건이 아냐. 계속 주시해.
윤실장　네, 알겠습니다. (물러서는데)

예지, 골프웨어를 입고 연습장에 들어선다. 윤실장과 눈인사 나누며
엇갈리고.

연자   (예지 보고/미리 보내준 옷이다) 잘 맞네?

예지   (내키지 않는데) 어머니, 배려는 감사한데... 저 골프 같은 거 생
각 없어요. 그이 저러구 있는데... 혼자 운동 다닐 일도 없고

연자   남편이 그러구 있으니까 너라도 해야지.

예지   ?

연자   차는 다시 못 타두 일은 해야 하지 않겠어? 진이 대신 너라
도 나 따라 골프 다니면서 인맥관리해얄 거 아냐.

예지   !

연자   진이, 전하구는 달라. 모두가 전력으로 도와줘야 해. 그래야
복귀할 수 있어. 그래두 못한다, 안 한다 할래?

예지   ......

연자   옛날에 똑딱이는 뗐잖아?

예지   신혼초에 그이한테 몇 달 배웠어요.

연자   안 까먹었는지, 한번 쳐봐.

CUT TO

레슨 프로 와 있다. 뒤에서 아이스커피 마시며 구경하는 연자. 예지,
프로의 가이드대로 샷을 날리는데 스윙 폼이 나쁘지 않다. 땅! 소리
내며 날아가는 공. 연자, 박수 쳐준다.

연자   (흡족한) 금방 늘겠네.

예지, 쑥스럽고

S#9. 시장 전경 (다른 날 낮)

S#10. 시장/폐점포 거리/빈 가게 안 (낮)

환이 예지를 데리고 온 참이다.

환　　(공간 설명하는) 벽 앞으로 물레들 놓고 가운데다 작업대로
　　　쓸 큰 탁자를 놓으려구요. 설계도 보여드릴테니까 작업자 입
　　　장에서 의견을 주시면 반영해볼게요.
예지　내 의견보다는... 여기 진짜로 들어올 사람들 생각이 더 중요
　　　하지 않을까?
환　　그래서 지금 물어보잖아요.
예지　?
환　　시장통에서 제일 죽은 거리에요. 점포는 다 비어 있구... 오
　　　가는 사람도 없죠. 이 빈 가게들을 젊은 예술가들에게 내주
　　　구 반전을 노려보자는 거예요. 원데이 클래스도 열구 상설
　　　전시도 하구!
예지　(알아듣는) 백화점에 문화센터가 있다면 시장엔 예술가의 거
　　　리가 있다?
환　　그거죠!
예지　... 난 못해. 내가 무슨 알려진 세라믹 아티스트도 아니고.
환　　자길 그렇게 몰라요?
예지　(보면)
환　　작품, 다 봤어요. 이름 걸구 공방 내두 돼요. 이제 누구 가르쳐두

돼요. 이 거리에 들어올 다른 예술가들도 추천해주구! 프로
젝트 성공시킬 수 있게! 파트너로 도와달라구요!

예지   ……

환, 예지를 잡아끌고 밖으로 나온다.

환   (거리를 가리키며) 지금은 쓰레기만 날아다니는 공터지만! 상
         상해봐요! 베이징 798처럼! 런던의 테이트 모던처럼! 여기도
         갈 곳 없는 젊은 작가들의 날개가 될 수 있어요!

새삼스럽게 환을 보는 예지. 그의 열정이 느껴지는.

S#11. 양평/길 (오후)

택시 한 대가 달리고 있다.

S#12. 공방 앞 (오후)

그 앞에 와 서는 택시. 그 안에서 내리는 사람은… 엠버다!

S#13. 공방 안 (오후)

현장답사 마친 환이 양평으로 돌아와 예지에게 자료를 보여주고
있다.

환   (열정적인) 우리나라도 사례가 있거든요. 신당동도 예전에

기존 상인들 빠진 자리에 젊은 작가들이 들어간 적 있구, 문
래동 성수동도 분위기가 많이 달라진 거 아시죠? 제주도 서
귀포 이중섭 거리두 장마다 공방이 서요.

예지 후보 작가 리스트업, 추천, 홍보... 필요한 거 다 얘기해. 뭐
든 도울게. 근데, 내가 들어가는 건 안 해.

환 (보면)

예지 그 시장, 수선소 있는 곳이잖아. 오며가며 부딪힐 텐데... 서
로가 못할 짓이야.

환 딸이 가까이 있는 걸 싫어할 엄마가 있을까요?

예지 ......

환 평생 피해 다니며 살 수도 없잖아요.

예지 그 사람... 단 한 번도 면회 받아준 적 없고. 나온 뒤에두 날
먼저 찾은 적 없어.

환 어떤 게 더 쉬웠을까요?

예지 !

환 면회 오는 대로 받아주고... 보고 싶으면 찾아가고.

예지 ......

환 그게 훨씬 쉬웠을 거예요. 얼마나 마음을 다잡아야... 갇혀
서두 찾아오는 어린 딸을 거절할 수 있는지. 이제 보고 싶으
면 얼마든지 볼 수 있게 됐는데... 그런데두 안 찾아가구 참
을 수가 있는지...

예지 모진 거야.

환 (안타까운) 그게 아니란 거, 알잖아요.

열려 있는 공방문으로 들어서는 엠버, 젖혀진 문을 똑똑 두드리는데.
동시에 돌아보는 환과 예지. 환, 놀라서 일어나는데.

예지   (손님인 줄 알고 일어나며) 죄송한데요, 지금은 공방 오픈 시
           간이 지나서...
환   엠버...
예지   ?

엠버, 환만 보고 다가와 퍽! 안아버린다! 놀라는 예지.

환   야야! 너 뭐야? 연락도 없이 여긴 어뜨케 알구!
엠버   (영) 보고 싶었지? 반갑지? 너무 좋아서 심장이 멎을 거 같지?
환   (예지 의식하며 떼어내는데)
엠버   (다시 매달리며/영) 나두 그래. 보고 싶었어!

두 사람 보고 선 예지에서.

S#14. 동 (오후)

엠버와 둘만 남은 환. 엠버에게 공방 구경시켜주고 있다. 작품 구경
하며 예지의 화풍 확인하는 엠버. 스크랩북의 주인공이 누구인지 알
것 같다.

환   대체 어떻게 된 거야?
엠버   프로젝트 자원했어.
환   뭐?
엠버   서울 올 핑계거리가 있어야지. 차버린 남자 따라간다면 미쳤
           다 소리 들을 거 같고. 일 때문에 왔는데 운명적으로 재회한
           로맨스는 나쁘지 않을 거 같아서.

환	(기가 막혀서 보면)
엠버	(느끼고) 그마안~
환	(잔소리 시작하려는) 엠버, 네가 지금
엠버	(OL) 책임 느낄 필요도, 부담 가질 이유도 없어. 난 나 하고 싶은 대로 사는 거고. 넌 너 하고 싶은 대로 사는 거지. 넌 예전에 이미 날 거절했고. 난 아직 포기가 안 되고. 그래서 한 번쯤 더 걸어보고 싶었던 거고.
환	......
엠	(가볍게) 한국에도 와보구 싶었어. 할머니가 그렇게 그리워 하는 강원도 올챙이국수랑 옥수수 좀 먹어보게.

환, 이 아이를 어쩌나 싶고.

S#15. 주방 (오후)

예지가 손님접대용 과일접시 만들고 있는데. 진이 다가온다.

예지	환이 여자친구 왔어.
진	?!
예지	미국서 왔다는데... 상큼해. 키도 크고. 둘이 잘 어울려.
진	......
예지	집안도 좋은 거 같고 생기발랄, 주변이 다 환해지더라.
진	... 뭐 그렇게 설명이 길어.
예지	그냥, 신기해서. 저런 사람 첨 봤어. 그늘이 하나도 없는 사람.
진	(대수롭지 않게) 철없는 부잣집 딸인가부지.
예지	... 러블리해.

진   ......

S#16. 정원 (저녁)

진과 예지, 환과 엠버의 술자리가 펼쳐졌다. 과일과 치즈 플레이트 놓고 와인 마시는 중이다. 까르륵대며 환의 미국 시절 에피소드를 털어놓는 엠버.

엠버   별명이 larva였다니까요? 아침에 학교 가보면 바닥에서 자구 있는 거예요. 벌레처럼 침낭 속에 들어가서.
환   니 발에 수도 없이 밟혔지.
엠버   책상 밑에 사람이 뻗어 있을 줄 알았나!
예지   공부 독하게 했네.
진   ......
엠버   (착 붙어서 터치하며) 얘가 늘 시간에 쫓겨가지구... 동기들한테 안 밀릴려구 맨날 학교서 밤 새구 놀지두 않구... 착하게 웃고 다니지만 실은 독종이었다구요.

환, 예지 앞이라 쑥스러워 엠버의 손 떼어내고. 두 사람 지켜보는 진과 예지.

엠버   스크랩북도 절대 안 빌려주고.
환   (당황하는) 그거는
엠버   얘가 더럽게 아끼는 스크랩북 있거든요. 첫사랑이 준 건가 했더니 형수님 선물이죠? 공방에서 작품 보고 알았어요.
예지   (당황하고)

인서트) 제주도 신혼여행. 방주교회 사진 놓고 그리던 예지의 모습

진   (멎는데)

S#17. 주방 (저녁)

짜장라면 끓이는 환. 술 더 가지러 온 예지, 와인셀러에서 와인 새로
꺼낸다. 엠버의 발언으로 어색해진 둘 사이의 분위기.

예지   (무마를 위해 밝게) 연애도 하고, 할 거 다 했네.
환   !
예지   (놀리듯) 그동안 내 걱정이 괜한 거였어.
환   ... (당황하는데)

S#18. 정원 (저녁)

진과 엠버, 둘만 남아 있다.

엠버   형이 더 잘 생겼네요?
진   (웃으며) 환이한테 일러줘야겠다.
엠버   (조심스러워지며) 너무 다행이에요, 이렇게 돌아오시고.
진   ......
엠버   얼마나 애타게 찾아다녔는지 몰라요. 학교 제대로 졸업한
           게 기적이라니까요? 학생이 아니라... 형사처럼 살았어요. 병
           원 가서 시체 확인하고 온 날이면, 아무것도 못 먹고 토하기
           만 했죠.

진   ... (아픈데)

엠버   지가 잘 나서 쫓아다닌 줄 아는데 천만에! 불쌍해서 챙겨준
         거라구요. 한국 갔다 온 담에는 사람이 더 망가져가지구...
         술도 잘 못 먹는 게 한 시즌 알콜릭이었어요.

진   ! (멎었다가/지나가는 말처럼 물어보는) 환이가, 중간에 나왔
         었나요?

엠버   아유 말도 마세요. 그 때 제가 속 썩은 거 생각하면...

진   (가만히 술 마시는데)

쟁반에 짜장라면 접시 받쳐오는 환. 술병 들고 따라오는 예지.

환   (테이블에 접시 놓으며) 이게 그렇게 먹고 싶었다, 이거지?

엠버   (호들갑 떨며 젓가락부터 드는) 바로 이거야!

진, 예지에게서 새 병 받아 마개 따주고. 짜장라면 먹어보는 사람들.
엠버가 맛있다며 엄지 척!

S#19. 길 (저녁)

엠버 배웅하는 환.

환   술을 마셔서 데려다주지도 못하고. 미안해.

엠버   같이 마시면서 즐거운 게 더 좋아.

환   ......

길가에 예약택시가 기다리고 있고. 엠버, 작별 키스하려고 하는데.

환, 허그하며 부드럽게 밀어내고.

엠버   (뿌해서) 재회도 한국식이어야 해? 다시 사귀자고 말하고, 진
         도도 리셋?
환   얼른 타. 기사님 기다리시겠다.
엠버   좋아. 한류연애는 기다림이 특징인 거, 이미 경험해봤으니까.
환   엠버, 너 자꾸 이러면
엠버   (OL) 아무말도 하지 마.
환   (멎고)
엠버   (어조 바뀌며) 내가 웃으면서 왔다구 속까지 웃고 있는 건 아
         니야.
환   ……
엠버   수없이 고민하고 용기 낸 거야. 그 힘들었던 길을, 보자마자
         꺾지는 말아줘.
환   널 위해서
엠버   (OL) 내 눈으로 확인하고 싶었어.
환   (보면)
엠버   절대로 이길 수 없는, 네 맘속의 존재.
환   !
엠버   보이지도 않는 대상에게 져버린 건 인정할 수가 없어서.
환   ……
엠버   기다릴게. 내 용기가 니 맘을 움직일 때까지.
환   ……

손 흔들고 택시에 오르는 엠버. 환, 착잡한데…

S#20. 주방 (저녁)

식기류는 세척기에 넣고 설거지한 와인잔 정리하는 예지. 마른 행주로 와인잔 물기 닦는데... 환이 다가와 마른행주 들고 돕는다.

예지   여친 잘 갔어?
환   친구예요. 그냥 친구.
예지   사겼다면서. 용감한 아가씨더라. 보고 싶단 이유로 태평양두 건너오구.
환   ... 망가지고 싶은 때가 있었어요. 아무나 만나서 되는대로 살아버리고 싶은.
예지   (멎고)
환   누구도 좋아지지 않고, 무엇에도 맘이 움직이질 않아서... 내가 누군갈 만날 수는 있는지... 확인해보고 싶었어요.
예지   그건... 다른 사람 이용하는 거잖아.
환   그래서 오래 가지 못했어요. 괴롭기만 해서... 금방 관뒀죠.
예지   (말이 많아지는) 맘을 닫아서 그런 거 아냐? 이번엔 제대루 만나봐. 반짝반짝하는 사람이더라. 여자인 나두 끌리던데...
환   ... (가만히 보는)
예지   (느끼고/당황되는)

S#21. 거실 (저녁)

주방에서 나오는 환, 2층으로 올라가려다 멈춰서 1층 진의 방 쪽을 보는.

S#22. 1층 진 방 (저녁)

진, 엠버의 말을 곱씹고 있다.

인서트) 18씬. 3년 전 환의 일시 귀국 사실을 말하는 엠버.

엠버   한국 갔다 온 담에는 사람이 더 망가져가지구... 술도 잘 못 먹는 게 한 시즌 알콜릭이었어요.

S#23. 주방 (저녁)

물기 닦아낸 와인잔들을 자리 찾아 넣던 예지, 문득 손길이 멎는. 뭔가 들켜버린 것 같은 당혹감...

S#24. 환의 집 전경 (밤)

깊어가는 밤.

S#25. 1층 진 방 (밤)

잠옷 입고 침대에 기대 있는 진. 잘 준비하는 중이다. 예지가 베드 테이블에 자리끼 올려두는데.

진   (무심한 척 확인하는) 환이 공부하는 동안, 한국에 자주 들어왔나?
예지   (멎었다가) 아니. 너무 안 와서 원성이 자자했지. 오죽하면 다운이가 보스톤까지 보러 갔을라구.

진   ......

S#26. 계단/2층 (밤)

2층으로 올라가는 예지의 뒷모습. 방으로 들어가려다 돌아서는.

S#27. 환의 방 앞 (밤)

노크하는 예지. 환, 문을 열면.

예지   엠버 있잖아... 정식으로 초대를 한번 하면 어때?
환   ......
예지   오늘은 너무 갑자기 와서 암것두 준비를 못했잖아. 미리 날
          을 잡으면 한식 제대로 차려서
환   왜 그렇게 신경을 쓰세요?
예지   (버벅대는) 그거야 환이 보러 여기까지 온 사람이구...
환   형 때문에요?
예지   !
환   다른 사람 이용하지 말라면서요. 형 안심시키는데 괜히 다
          른 사람 동원하실 필욘 없어요.
예지   ... 오해하지 마. 난 두 사람 잘 됐으면 해서
환   진심이세요?
예지   !
환   (도발하는) 정말루... 제가 엠버랑 잘 되기를 바라시는 거냐
          구요.

당황하는 예지인데!

S#28. 1층 거실 (밤)

진이 휠체어를 타고 나와 있다. 환의 방 문가에 서 있다 돌아나오는 예지가 보인다. 예지, 진의 시선 모른 채 자기 방으로 들어가고.

S#29. 환의 방 (밤)

서 있던 환, 아무래도 할 말이 남았다. 서둘러 예지를 쫓아나가는 데...

S#30. 동 앞/신혼방 앞/1층 거실 (밤)

예지한테 가려던 환, 1층에서 지켜보던 진의 시선과 마주친다. 당황하고! 진에게 뭐라 멘트를 하려는데. 진, 제 방으로 들어가버린다.

중간에 황망하게 혼자 남은 환.

S#31. 1층 진 방 (밤)

진, 혼자 있는. 핸드폰 벨소리. 액정 확인하면 캐리 이름 떠 있다. 핸드폰 꺼버리는 진.

S#32. 레지던스/캐리의 객실 (밤)

쇼파에 앉아서 통화 시도하던 캐리, 끊겨버린 핸드폰을 노려본다. 모멸감과 분노, 슬픔이 뒤섞이는.

S#33. 양한방병원 전경 (다른 날 낮)

S#34. 재활과 진료실 (낮)

조박사에게 검사결과를 듣는 연자.

조박사　아드님이 평소에도 통증이 심하다고 하셨는데...
연자　　마비라면서 그렇게나 아픈 게 이해가... (안 된다는)
조박사　(뷰박스[1]의 MRI 사진 가리키며) 이게 미국에서 가져오신 사고 당시 사진이에요. 척수가 심하게 부어 있어서 판독이 어렵습니다. 거기다 통증이 유독 심했다면 현지 의료진들은 그걸 중추성 통증, 그러니까 신경이 끊어졌다고 판단했을 수 있어요. 그런데...

조박사, 컴퓨터 모니터 돌려 최신 MRI 사진 보여주고. 연자, 어떤 기대감이 올라오는데.

조박사　신경이 살아 있는 게 보입니다.
연자　　!!

---

1) 요즘 병원에서는 MRI 결과를 컴퓨터 모니터로 보여주지만, 7년 전 미국 자료는 옛날 방식으로, 뷰박스에 MRI 사진을 걸어서 보여주게 된다.

조박사 (연자 보고) 완전 마비가 아닐 가능성이 있어요.

연자 (흥분과 떨림으로) 걸을 수 있다는 건가요, 박사님?

S#35. 병원 복도 (낮)

연자, 전에 없이 흥분해 있다.

연자 통증 때문에 초기 재활이 힘들었던 거래. 그걸 모르고 그냥
포기해버린 거지!

윤실장 (기대에 차고) 그럼, 회복 가능성이 있는 거예요?

연자 실낱같은 희망이지만 시도는 해볼만하대. (안타까운) 진즉에
식구들한테 연락하고 한국 와서 치료받았으면 좋았잖아!

윤실장 ... (기쁘다)

S#36. 시장 전경 (낮)

S#37. 시장/폐점포 거리 (낮)

빈 가게들이 새단장을 위해 내부를 철거하고 있다. 내부에는 도와주
러 온 다운과 정일 보이고. 관리 감독하러 나온 환과 엠버가 안전모
를 쓴 채 다가온다. 도면 든 경식이 목공들 데리고 외벽 실측 중이다.

환 (경식에게 인사하고) 벌써 나오셨어요? 내부 철거 다 끝나고
오셔도 되는데...

경식 미리미리 해놔야 나중에 안 급하지.

환 (웃으며) 소문 들었어요. 이 반장님 팀이 얼마나 빠르고 정확

하신지.

경식	사돈 총각 소문은 별로던데...
엠버	(관심 가지며) 진짜요? 뭐라고들 하는데요?
경식	키다리 둘이서 아주 그냥 깐깐하기가...
엠버	에이, 그거야 일 잘한다는 소리나 마찬가지죠!
경식	(미소하다) 근데 예지는 아나? 여기 목공 내가 맡은 거?
환	그럼요, 먼저 얘기했죠. 반장님 실력이야 더 잘 아시니까 좋아하셨어요.
경식	그래? 그럼 다행이고. (일 모드로 들어가며/도면 내보이는) 도면이 잘 나오긴 했던데, 여기 말이야...

다가가는 환과 엠버.

S#38. 빈 가게 안 (낮)

폐기물들이 빠진 가게 안. 아직 미장 보수 처리 전이라 황량하고 거친 내부 모습이다. 다운과 정일이 잔 쓰레기 마저 쓸어 담는데... 비질하면서 바깥의 환과 엠버 보는 눈길이 곱지 않은 다운.

다운	(심기 불편한) 환이 옆에 딱 붙어 다니는 저 젓가락은 뭐냐?
정일	(쓰레기봉투에 쓰레기 모으며) 동창이래잖아. 언제는 학교에 여자 하나도 없다더니... 사기꾼.
다운	환이 눈에는 여자로 안 보이나 부지.
정일	장님이냐? 완전 모델 포슨데.
다운	안경 좀 쓰지 그래? 키 크고 삐쩍 마르면 다 모델이냐?
정일	이쁘기도 하잖아.

다운   (기가 차서) 이쁘기는 개뿔!

S#39. 양평/환의 집 전경 (낮)

S#40. 1층 진 방 (낮)

진의 외출복 들고 서 있는 예지. 그러나 진은 나갈 생각이 없는데...

진   내가 거길 왜 가.
예지   (침대에 의상 내려놓으며) 테스트샵으로 일단 우리꺼만 오픈
       을 하기로 해서 젤 먼저 공사 들어간대. 자기가 가서 놓친 게
       있나 살펴봐주면
진   알아서 잘들 하겠지. 내 조언이 왜 필요해?
예지   하던 일이잖아. 회사에서 보던 게 있으니까
진   허울뿐이었어.

다가와 무릎 꿇고 진을 올려다보는 예지.

진   ... (가만히 내려다보는)
예지   내 이름 달게 될 공방, 이 세상에서 누구한테 젤 먼저 보여
       주고 싶을 거 같아?
진   ......
예지   첫삽 뜨고 간판 올리고 인테리어하고... 그 모든 과정 함께
       하면서 내가 얼마나 배웠는지, 성장했는지... 보여주고 싶어.
       그동안 우리 너무 떨어져 있었잖아.
진   가면 사람들 많을 거 아냐.

예지   ...... 공사하는 사람들 있긴 할 건데... 환이랑 엠버랑... 다운
        이, 정일이... 다 식구들이잖아.
진   나중에.
예지   .... (실망하고)

S#41. 거실 (낮)

성곤이 소파에 앉아 도예잡지[2] 보고 있다. 진의 방에서 나오는 예지.

성곤   (혼자 나오는 예지 보고) 안 간다든?
예지   좀 부담스러운가봐요.
성곤   못난 놈...
예지   ... 제 욕심이었죠 뭐.
성곤   ......
예지   다녀오겠습니다~

인사하고 나가는 예지. 성곤, 보고 있다가 진의 방 쪽으로 시선 돌리
는데...

S#42. 환의 집 앞 (낮)

예지, 세워둔 차에 오르고.

---

2) <월간 도예>가 출판 중

S#43. 1층 진 방 (낮)

진, 침대 가까이 휠체어를 움직인다. 침대 위의 외출복 보는. 가보고도 싶고, 가주고도 싶은데... 노크 소리. 돌아보면

문 열리고. 성곤 들어온다.

성곤   공방 자리 좀 봐주는 게 그렇게 힘들어?

진   가면 사람들하고 부딪히게 될 텐데. 오예지 신랑 꼴이 어떻다더라... 구경거리, 씹을 거리 되는 거. 싫습니다.

성곤   그럼 좀 어때.

진   !

성곤   너 싫은 게 먼저냐, 니 여자 챙기는 게 먼저냐. 그 모양 됐다구 남자 노릇도 안 하겠다는 거야?

진   (굳고)

성곤   예지가 그동안 어떻게 버틴지 알면... 우세 당하기 싫은 니 그 알량한 자존심, 먼지처럼 가벼워질 게다.

진   ......

성곤, 설득 포기하고 돌아서 나가는데.

진   아부진 왜 어머니하구 헤어지지 않으셨어요?

성곤   (다시 돌아보는)

진   남처럼. 아니, 어쩔 때는 남보다 못한 사이루 이렇게 따로 사시면서 그래도 끝내 이혼은 안 하시는 이유가 뭔데요?

성곤   뻔한 거지.

진	(보면)
성곤	사랑.
진	(기도 안 차고)
성곤	니 엄마가 서류정리 안 하고 싶어해. 난 니 엄마가 원하는 대로 해주고 싶고. 그게 우리 사랑이다.
진	제가... 예지랑 계속 같이 살 수 있을까요?
성곤	(보는)
진	아니, 살아도 될까요?
성곤	원하는 대로 해줘.
진	그 사람이 정말... 제 곁에 있는 걸 원하는지... 자신이 없어요.
성곤	예지는 너를 놓을 수가 없어서 이 집과도, 우리하고도 이별을 못 하고 그 오랜 시간을 버텼다. 돌아온 널 위해서 최선을 다하는 게 내 눈에는 보이는데...
진	저도 그건 알아요.
성곤.	죄의식 속에서 사랑을 할 순 없다.
진	!
성곤	다시 제대로 사랑하려면, 자존심.. 죄의식... 그런 거 다 버리고 진실해져야 해.
진	... (아버지가 아는구나)
성곤	예지는, 제대로 사랑받을 자격이 있는 여자야.
진	(당황스럽고)

담담하게 아들을 보는 성곤.

S#44. 진환A&C 전경 (낮)

S#45. 진환A&C 복도 (낮)

윤실장과 함께 자신의 사무실로 가는 연자.

연자   문제는 진이 녀석 설득인데...
윤실장   예지씨랑 먼저 의논을 해보시면...
연자   아무래도 그게 부드럽겠지?
윤실장   전화할까요?

S#46. 연자의 사무실 (낮)

윤실장이 문 열어주고. 연자, 들어오면서 지시 내리는데

연자   오후에 들어오라고 해. (하다가 멎는)

눈앞에 자리 잡은 방회장과 연철.

연자   (예감이 안 좋은) 방주인 허락도 없이, 이게 무슨 일이죠?
연철   누나...
연자   ? (사적인 호칭이 거슬리고)
방회장   긴급이사회를 소집하려 했는데, 김상무가 간곡하게 말리더
          군요. 대표님하구 먼저 의논을 해보라구. 누나 모양새 구기
          지 않으려는 남매애가... 아주 눈물겹습디다?
연자   (윤실장에게 나가보라고 손짓하고)

윤실장, 걱정되지만 물러나는데.

연자 정산은 분기마다 깔끔하게 해드린 걸로 알고 있는데, 갑자기 들이닥쳐서 무슨 개수작이죠?

연철 누나, 회장님 앞에서 말 좀 품위 있게...

연자 (째려보고)

연철 (깨갱하면)

방회장 아드님 수색 비용을 회삿돈으로 지출하셨던데... 초창기에는 연간 10억이 넘구 이후로도 누적된 게 만만치 않더군요.

연자 !

방회장 가슴 아픈 비극의 세월을 모르는 바 아니나... 공은 공, 사는 사 아니겠습니까? 횡령과 배임을 그냥 넘어갈 순 없죠.

연자 내 돈 내가 알아서 썼다는데, 그걸 빌미로 회살 먹겠다?

방회장 그저, 대표이사직만 김상무한테 넘기시라는 겁니다.

연자 !

연철 주주들이 이 사실을 알면 회사 이미지도 그렇고 누나 입장이 곤란해지니까... 당분간 내가 대표직을 맡아서 수습을 하고...

연자, 연철의 뺨을 후려갈긴다. (간격 안 맞으면 뭔가 집어던지셔도 됩니다)

연철 ! (불시에 얻어맞고 열 받는) 누나!

연자 내가 언젠가는 너 이럴 줄 알았어.

연철 너무한 거 아니우! 여태 개처럼 부려먹고! 회사 위한! 누날 위한 결단을! 이딴 식으로 오해하면 안 되지!

연자 오해 좋아하시네.

연철 !

방회장 (일어서며) 집안싸움은 두분이서 하시고. 일주일 안에 사임

하지 않으시면, 이사회 소집합니다. 쫓겨나는 것보다는, 자
진사퇴가 아름답지 않겠습니까?

연자　프로젝트 파이낸싱하신 분이 즈이 이사회에 지나친 관심이
시네요?

방회장　(회심의 미소로) 한번 모아보세요. 주주들이 어떻게 나오는지.

연자　!

S#47. 빈 가게 안/동 앞 (낮)

예지가 비어 있는 가게를 둘러보고 있다. 도면에 첨가할 사항들 메모
하는데... 창문가에 가서 휠체어 높이로 주저앉아 손으로 창문 여는
시늉해보는 예지. 문 앞으로 가서는 자동문 아이디어를 메모하는데...

일각에서 지켜보는 고운 보인다.

S#48. 다른 빈 가게 (낮)

역시나 내부 철거 중인 다른 폐점포. 환이 2호 공방 자리 보고 있는데...

S#49. 빈 가게 앞 (낮)

고운, 돌아가려고 하는데. 다른 쪽에서 휠체어에 앉아 공방 안의 예
지를 보던 진을 발견하고. 쿵! 누군지 알 것 같다. 맞은편 공방에서 환
이 나오고. 진을 알아보는데...

환　　형!

진　　　(돌아보는)

환　　　(다가오며) 어떻게 왔어? 혼자 온 거야?

진　　　장애인 택시 첨 타봤는데, 나쁘지 않드라. 기사님도 친절하
　　　　시고...

환　　　잘 왔어! 들어가자! (휠체어 밀고 방향 잡으려는데)

고운, 진과 환 형제 외면한 채 얼른 지나가버리려다 환의 시야에 걸린다.

환　　　어르신!

진　　　(돌아보는)

고운　　! (굳어버리고)

진을 두고 고운에게 다가가는 환.

환　　　가게 보러 오셨어요?

고운　　(손사래치며) 아냐, 아냐! 난 그냥 지나는 길이야!

환　　　이리 오세요! 형 인사 받으셔야죠.

고운　　(당황해서/필사적으로 빼는) 아니야, 내가 무슨 인사를 받아.

억지로 고운을 진에게 모셔가는 환.

진　　　(누군지 알 것 같고)

환　　　형, 인사드려. 사장 어르신. 여기 시장에서 일하셔.

진　　　!

고운　　(당황해서 말을 못하는데)

진　　　예지 어머님?

환	어.
진	(차갑게) 우리가 인사할 사이는 아닌 거 같은데.
고운	!
환	형!
고운	(환에게) 난 이만 가볼게. 예지한테는 암말 말구... (도망치듯 가버리는)
환	무례하게 왜 이래!
진	(화난) 저 사람, 예지 앞에 나타나면 안 되는 사람이야. 그거 알고 있어?
환	(말문이 막히고/뭐라 더 하려는데)

빈 가게에서 예지가 나온다. 진을 보고 뜻밖인.

S#50. 동 안 (낮)

예지, 진에게 내부 구경시켜준다.

예지	지금은 이 모양이지만 벽 다시 칠하고 제대로 세팅하면 근사해질 거야.
진	언제 나오신 거야?
예지	(보면)
진	당신 어머니 봤어.
예지	... 3년쯤 전이던가... 몇 년 안 됐어.
진	친정이라도 된다구 생각하는 거야? 아무일도 없었던 것처럼 사이좋은 모녀라도 되고 싶어?
예지	그런 거 아냐. 나오셨어두.. 보고 살지는 않아.

진   환이도 알던데! 친하던데!

예지   나 때문에 알게 된 거 아냐. 환이는 프로젝트 담당자라 여기
        서 모르는 사람이 없어.

진   제정신이야? 사이코 같은 고모네랑 연 끊는 것두 그 고생을
        했으면서!

예지   ... 난 내 일 하러 온 거야. 엄마 보러 온 게 아니라구!

진   피해다녀두 모자랄 판에 일부러 얽힐 일 있어? 안 그래두 인
        생 피곤한 사람 아냐?

예지   ... 난리치기 전에, 먼저 물어봐줄 순 없어? 엄마는 어떻게 되
        신 거냐, 만나봤냐, 기분은 어땠냐... 힘들지는 않았냐...

진   ......

예지   내 심정부터 물어볼 순 없냐고!

진   옛날엔, 우리 둘 다 같은 생각 아니었나? 당신은 과거를 잊
        고! 난 그런 당신만 보기로.

예지   ... 내가 과거를 버리지 않으면, 그럼 난 안 되는 거야?

진   ......

예지   당신두 결국 어머니하구 똑같네. 있는 그대로의 날 받아주
        는 게 아니라! 자기들 기준을 강요하는 거!

진   (그게 아닌데)

예지   환이는 안 그래.

진   !

예지   환이는! 저런 내 엄마도! 따뜻하게 어른 대접해줬어.

진   (불편한 질투가 꿈틀거리고)

예지   당신한테 아무것도 요구하지 않아. 그러니까 나한테도! 비
        난은 하지 마!

진   ......

S#51. 동 앞 (낮)

진이 나온다. 기다리고 있던 환.

진   예지 인생에, 네가 어디까지 들어간 거야.

환   !

진   내가 없었던 동안! 무슨 일이 있었던 거냐고.

환   ......

진   예지, 여기서 공방 못해. 식구고 뭐고 과거랑 절연해야 하는 사람을! 왜 자꾸 끌고 들어가는 거야!

환   사장 어르신, 정식으로 만나봐. 나쁜 사람 아닌 거, 알 수 있을 거야.

진   네가 뭘 알아!

환   ... 과거에 무슨 잘못을 했든! 이거 하나는 분명해. 딸을 아끼는 거, 자식만 생각하는 엄마라는 거!

진   미안하지만 난 예지만 생각해. 고통을 안겨주는 핏줄 따위, 끊어내는 게 좋아! (가려는데)

환   우리가 형한테 고통이었어?

진   ! (멎고)

환   그래서... 우릴 다 버렸던 거야?

진   ......

환   (대답 듣는 거 포기하고) 데려다줄게.

진   올 때도 혼자 왔어. 택시 부르면 돼.

환   그럼 택시 타는 데까지...

휠체어 타고 가버리는 진. 환, 그래도 쫓아가려는데 핸드폰 울리고.

받으면.

환   윤실장님?

멀어져가는 진의 뒷모습.

S#52. 동 안 (오후)

진과의 싸움이 버거운 예지, 벽에 기대고.

S#53. 고시원 전경 (저녁)

S#54. 고시원/지영의 살림집 거실 (저녁)

경식이 거실 바닥에 엎드려 있고. 찬희가 그런 경식의 등을 밟아주고
있다.

찬희   언니 공방은 어때요?
경식   지금은 뭐 암것도 없어. 이 아빠가 솜씨를 부려놔야지~
찬희   나도 한번 가봐야지, 궁금하다.
경식   나중에 와, 뭐 좀 해 노면.
찬희   (밟다가 신경 쓰이는/아플까봐) 나 살찐 거 같지 않아, 아빠?
경식   아주 좋아~ 묵직해야 더 시원하거든.
찬희   (짜증 나는/무게 실어서 확 밟아버리는데)
경식   윽! (통증에 벌떡 일어나버리고)

찬희, 뒤로 발라당!

경식   허리 나갈라~ 오지영 여사한테 죽고 싶냐?

찬희   (일어나 앉으며) 아빠, 솔직히 연기하는 거지?

경식   뭐?

찬희   엄마가 정말 좋아? 난 엄마 뱃속에서 나왔어도 적응이 안 되는데. 대체 엄마랑 왜 결혼한 거야?

경식   그거야... 속도위반으로 네가 생겨서 할 수 없이...

찬희   (이제 이해가 간다는) 그르치? 그런 사연이 없음 도저히 안 되는 캐릭터지?

경식   (일어나 앉는) 찬희야.

찬희   응?

경식   그런 드세고 승질 드러운 여자가 내 앞에서는 순한 양이 되고 애교 넘치는 고양이가 되는 거, 그게 또 헤어 나올 수 없는 매력 포인트야.

찬희   (토 나오는) 우웩

경식   너두 임자 만나면 다 알게 돼. 네가 엄마 닮아 승질이 그 모양이지만 운명의 짝꿍을 만나면 너두 다단계로 변신한다?

찬희   내가 무슨 엄말 닮아! 아빠 닮았지.

경식   사람이 말이야, 자기자신을 알기는 차암 어렵거든? 아빠 눈에는 다 보여. 네가 물려받은 한성깔 유전자가

소파 위에서 스윽 몸을 일으키는 지영. 팩 붙이고 누워 있다가 더는 못 참고 일어나는.

지영   도오저히 더는 못 들어주겠네.

헉! 놀라는 부녀!

지영	(거칠게 팩 떼어내고) 속도위반 땜에 할 수 없이 결혼을 해?
	뭔 성깔 유전자? 둘 다 내 손에 죽어볼래?
찬희	(공포에 질리는) 엄마, 진정해! 엄마가 거깄는 줄 몰랐지이~
지영	(기가 차서) 알면 안 하고?
경식	진정해, 여보.
지영	이혼하고! 넌 호적 파!
경식/찬희	(순간 설렜다/나쁘지 않은) 진짜?
지영	(열이 팍! 솟구치는) 이것들이!

헤드락 걸고! 빠져나가고! 다시 잡히고! 아수라장 되는 거실!

S#55. 환의 집 앞 (저녁)

장애인 택시가 와 선다. 기사가 내려 휠체어 내려주고 진의 이동을
돕는. 진, 집안으로 들어가는데...

S#56. 1층 거실 (저녁)

휠체어에 탄 채 2층을 올려다보고 있는 진. 눈앞에 있지만 자기 발로
올라갈 수 없는 공간이다. 지나간 세월 동안 무슨 일이 있었나... 알아
야겠다는 생각이 드는.

S#57. 진환A&C/연자의 사무실 (저녁)

연자와 윤실장이 환에게 회사 문제를 털어놓고 있다.

윤실장   형 수색 비용이 문제가 됐어.
환   !
연자   ... (외면하는)

S#58. 환의 집/거실 (저녁)

2층을 노려보고 있던 진, 휠체어에서 쿵! 앞으로 떨어진다. 잠시 몸을 추슬렀다가... 계단을 향해 기어가는데...

S#59. 계단 (저녁)

힘겹게 계단을 기어오르는 진. 팔꿈치로 지탱해가며 한 계단 한 계단...을 올라 2층으로 간다.

S#60. 연자의 사무실 (저녁)

회사의 위기를 전해들은 환, 무거워지고.

환   형이어야 해요, 제가 아닌 형이 해결책이에요.
연자   나설 수 있는 상황이 아니잖아.
환   나서게 만들어야죠.
연자   (보는)
윤실장   일단 비는 액수부터 채워넣어서 수습의 의지를 보여주고 횡
            령 혐의를 벗어야 합니다.

연자	개인돈으로 채워야 하는데 그만한 현찰은 없어!
환	아버지한테 부탁하세요, 두 분, 아직 부부잖아요.
연자	(자존심도 상하고) 니 아버지라고 그 돈이 있을 거 같니?
환	사업하던 인맥 있잖아요. 고객들도 있고. 동원은 가능하겠죠.
연자	!

S#61. 신혼방 (저녁)

여기저기 뒤지는 진. 뭐 나오는 게 없다.

S#62. 빈 가게 앞 (저녁)

공사하던 인부들 보내는 예지, 인사하고. 다운과 정일 챙기는데.

예지	오늘 고생했어. 환이 없으니까 내 차 타구 가자. 데려다줄게.
정일	(리듬 타며) 간만에 서울인데, 그냥 갈 순 없죠.
다운	얘가 클럽 가재요.
정일	네가 가자 그랬잖아!
다운	(네가) 가구 싶다매!
예지	(웃으며) 그래 그럼.
정일	찬희 누나 부를까?
다운	(예지한테 붙으려는) 그럼 둘이 가든지.
정일	(잡으며) 거기도 샘을 부리냐?
다운	얘가 또 사람 우습게 만드네~

티격태격하는 두 사람 두고 웃으며 주차장으로 가는

S#63. 환의 방 (저녁)

앉아서 이동하며 뒤지는 진. 옷장에서 나오는 제주의 인형들. 보면서도 이게 뭔지 이해를 못하고 던져버리는데...

S#64. 시장 주차장 (저녁)

차에 오르는 예지.

S#65. 환의 방 (저녁)

책상에 앉은 진. 환의 듀얼 모니터 뒤지다가 제주도 사진 파일 발견해내는. 클릭해서 환이 찍은 사진들 발견해낸다. 예지의 독사진 나오고...

S#66. 도로/차 안 (저녁)

운전하고 있던 예지, 진에게 블루투스로 전화를 걸어보는데...

S#67. 환의 방 (저녁)

핸드폰 액정 확인하는 진, 수신거부하고. 남은 사진 파일 계속 확인하는데... 두 사람이 같이 찍은 셀카... 그 속에서 인형들도 확인하고. 뒤돌아보는 진, 환이 간직한 인형이 사진 속의 인형임을 알아보고.

숙소 사진이 자신의 신혼여행지임을 자각한다.

모든 걸 확인한 후... 슬프게 웃는 진. 웃으면서 눈가가 붉어지는.

S#68. 환의 집 앞 (저녁)

대어지는 차. 운전석에서 내리는 예지, 차 문 잠그고 집 안으로 들어간다.

S#69. 거실/1층 진 방 (저녁)

안으로 들어온 예지, 일단 진부터 확인하러 간다.

S#70. 1층 진 방 안 (저녁)

안에는 아무도 없고.

S#71. 계단 (저녁)

방으로 올 라가는 예지.

S#72. 신혼방 안 (저녁)

방문을 여는데. 방바닥에 산산조각 나 있는 등. 환의 선물이 완전 부서져 있다. 놀라서 멎는 예지.

S#73. 정원 (밤)

진을 찾아 헤매는 예지.

S#74. 공방 (밤)

어두운 공방. 예지, 그냥 나가려다가 불을 켜보는데. 거기 앉아 있는 진.

예지   ! (놀랐다가) 한참 찾았어. 왜 깜깜한 데서 그러구 있어요?

진   ......

예지   무슨 일 있었어요? 2층에... (등이 깨져 있었다는/그러나 말하다 문득 깨닫는다. 진은 2층에 올라갈 수가 없다는)

진   (무시하고) 생각나?

예지   (다가오는)

진   여기서 우리 처음 만났는데.

예지   ...

진   당신한테 첫눈에 반하고.

예지   (믿을 수 없는) 설마!

진   흘려서 아부지 작품들 보고 있었잖아. 정말 좋아하는 거 다 티 나게.

예지   (쑥스럽고) 그랬나...

진   남의 가게서 대차게 따지고 들길래, 어 얘 봐라? 그랬지.

예지   난 그 날 데려다준 거 생각나. 그렇게 빨리 달리는 차 첨 타 봐서

진   무서웠어?

예지   짜릿했어요.

진   (피식)

예지   함께 했던 시간이 짧아서... 밤에 자려고 누우면 처음 만난

순간부터 미국 보내던 때까지 장면 하나하나 다시 떠올려보
군 했어. 그래서... 다 외워. 우리의 모든 순간을.

진   ... 말해봐. 어떻게 살았는지.

예지   ......

진   내가 없는 동안, 뭐 하구 지냈어?

예지   별루 얘기할 게 없어.

진   환이가 지켜줬나?

예지   !

진   그 애가 함께여서 당신, 내가 없어도 괜찮았던 거야?

예지   ... 서로의 고통을 보면서 견뎠어.

진   (보는)

예지   아부지는 얼마나 힘드실까, 아부지는 반대로 내가 얼마나
아플까 걱정하면서. 서로를 배려하느라 자기 아픔은 꺼내놓
지도 못하면서. 하염없이 기다리면서... 각자 혼자 울면서! 그
렇게 버텼어.

진   거짓말! 나 없이도 좋았잖아! 행복했잖아!

예지   대체 뭘 알고 싶은 건데!

진   제주도!

예지   ! (굳고)

진   우리가 신혼여행 갔던 데서! 그 자식하고 뭐 한 건데!

예지   !!

S#75. 환의 집 앞 (밤)

환의 차가 와 선다. 집으로 들어가려다 공방의 불빛 보고 공방으로
가는.

S#76. 공방 안 (밤)

예지에게 제주행을 추궁하는 진.

예지   환이는 내가 걱정돼서 와준 거 뿐이야.
진   한국 온 적 없다면서? 거짓말은 왜 했어! 식구들 아무도 모르던데!
예지   ... 내가... 죽을까봐.
진   !
예지   환이가 걱정한 건 그거야. 빈손으로 나가서 잠적해버렸으니까. 내가 어디 죽으러 간 줄 알구...
진   그러기엔 사진 속의 두 사람, 너무 행복해 보이던데?
예지   사진 찍은 거 기억도 안 나!
진   둘이... 잤니?
예지   !

S#77. 동 앞 (밤)

둘이 싸우고 있어서 못 들어가고 있던 환, 듣다가 더는 못 참고 밀고 들어간다.

S#78. 동 안 (밤)

환이 뛰어든다.

환   형 미쳤어!

돌아보는 진과 예지.

환   (예지에게) 상대해주지 말구 들어가요. 형 지금 제정신 아니에요!

예지   (환에게) 나가 있어. 부부일이야. 끼어들지 마.

진   그냥 있지 그래? 다 같이 모인 김에 3자대면이나 해보자구.

환   엄마가 못살게 굴어서 더 이상 못 버티구 잠적했던 거야. 아부진 걱정하시구 찾아볼 사람 아무도 없어서 내가 잠깐 들어왔었어.

예지   ... (이 상황이 참담할 뿐이고)

진   비밀로 했던 이유가 뭔데!

환   허탕 칠까봐 조용히 들어왔어. 일정이 빠듯해서 바로 나갔구!

진   그렇게 자주 들어왔니? 둘이서 몰래 만나구?

예지   (억장이 무너지고) 무슨 생각을 하는 거야!

환   한번. 딱 한번이었어. 그전에도 이후도! 한번도 그런 적 없어!

진   너 같으면 믿겠니?

예지   돌았어?

진   (보는)

예지   정신까지 어떻게 돼버린 거야? 환이가 어떤 동생인데! 당신 찾아다니느라 얼마나 고생했는데!

환   형, 이러면 안 돼.

진, 또 어이없어 웃는다.

진   (이거 보라는) 너네가 한 묶음이고... 나는 이방인이야.

환과 예지, 당황하는데!

진   (휠체어 움직이며) 내가 꺼져주지.
환/예지   !

S#79. 동 앞 (밤)

진의 휠체어가 나온다. 따라 나오는 환, 진의 앞을 막아선다.

환   갑자기 왜 이러는 거야.
진   다 봤어.
환   !
진   니가 소중하게 간직해온 모든 것.
환   ......

S#80. 2층 전경 (밤)

1층 거실에서 바라다보이는 2층의 모습.

S#81. 신혼방 (밤)

쓰레기통 놓고 등의 잔해를 치우고 있는 예지. 그러다 무너지는.

S#82. 환의 집 앞 (밤)

윤실장이 진을 데리러 왔다. 차가 서 있고. 나오는 진을 말리는 환.

환   지금 이러고 가면 어떡해. 오해는 풀어야지! 쌤은 어떡하라고!

진   한번도!

환   (보면)

진   단 한 번도! 네가 형수라고 부르는 걸 들어본 적이 없어.

환   ……

진   싫었던 거야. 예지가 네 형수인 게!

환   처음이 쌤이었어서! 그게 입에 붙었을 뿐이야.

진   다운이는 결혼하고 언니로 호칭 바꿨어. 정일이도 형수라고 해.

환   !

진   너만 인정 안 하고 있는 거야.

환   정말 이러구 가버리는 거야?

진   여긴 내 집이 아니야.

환   (보는)

진   늬들 집이지.

차로 다가가는 진의 휠체어. 윤실장이 내려서 진이 타는 거 도와주고. 윤실장, 환에게 다가온다.

윤실장   부부싸움이라도 한 거야?

환   형 좀 말려주세요.

윤실장   진이 고집, 너도 알잖아. 차라리 시간을 줘. 지나면 가라앉겠지.

환   ……

윤실장   일단 숙소로 데려다놓을테니까 분위기 봐서 예지씨더러 오라 그래.

환   … (미치겠고)

S#83. 도로/윤 실장의 차 안 (밤)

윤 실장, 운전하면서 진의 기색 살피는데... 고집스럽게 눈 감은 채 외면하는 진.

S#84. 환의 집/거실 (밤)

예지가 잔해가 든 쓰레기통 들고 2층에서 내려온다. 안으로 들어오던 환, 다가가 쓰레기통 받으려 한다. 예지, 외면하며 그대로 들고 내려가는.

환   (따라가는) 제가 잘 얘기할게요. 오늘은 감정이 격해있어서 대화가 잘 안 됐지만, 곧 오해 풀 수 있게

예지   오해가 아니잖아.

환   ...

예지   끼어들지 마. 넌 니 일이나 해. 우리는, 우리가 알아서 할게.

환   제 마음 뿐이었던 거잖아요! 형 미움은! 저 혼자 받아내면 되는 거잖아요!

예지   네가 책임질 일이 아니야!

환   !

예지   날 지키려구 하지 마! 보호하려구 애쓰지 마! 그게 형을 더 화나게 하는 거야!

환   ......

예지   형이 왜 저러는지 모르겠어? 형은 자신이 없는 거야!

환   ......

예지   의심이 문제가 아니라... 저 사람 속이 망가진 거라구.

환   ......

S#85. 환의 방 (밤)

팽개쳐진 인형을 보게 된 환. 하나하나 다시 주워드는데...

S#86. 진환A&C 전경 (다음날 오전)

S#87. 연자의 사무실 (오전)

진과 연자가 마주 앉아 있다.

연자   그냥 서울집으로 들어올래?
진   ......
연자   **싸웠니?**
진   ... 그냥... 좀 답답해서요.
연자   (떠보는) 환이한테 임시대표를 맡길까 해.
진   !
연자   니 삼촌이 외부투자랑 손 잡구 뒤통수쳤어. 내부 자료 다 빼
        내서 총공세 중이야. 일단 환이를 올려서 방패막이를 하고
진   (발끈하는) 개가 뭘 안다구요?
연자   (일부러) 넌 치료에 전념해야지.
진   휠체어에 앉아서 레이싱은 못하지만. 회사일은 볼 수 있어
        요. 애송이보다는 경험자가 낫겠죠.
연자   진심이니?
진   병자 생활 질렸어요.

회심의 미소 짓는 연자.

S#88. 시장/공방 거리 (다른 날 낮)

공방들 공사 중이다. 감리 중인 엠버, 태블릿으로 공방들의 도면을 보며 현장 소장과 이야기 나누는 중이다. 외부 벽 마감 중인 인부들, 회반죽[3]을 벽에 바르는 미장작업 중인데. 엠버 포함 모두 안전모를 착용했다.[4]

엠버　　2번 공방 내벽 크랙[5]은 다 보수됐나요?

현장소장　네, 안전 검사까지 마쳤습니다.

엠버　　현장에 맞춰서 변경한건 없으시죠? BF인증[6]도 받아야 하니까 도면에 표기된 단차와 상이한 건 없는지 다시 체크할 거예요~

어느새 엠버의 뒤에서 지켜보고 있는 환. 기척을 느끼고 돌아보는 엠버.

---

3) 소석회, 모래, 여물, 해초물 등을 섞어 만든 미장용 반죽
4) 감리포함 현장에서는 안전모 착용이 필수.
5) 건물에 금이 가고 갈라진 부분
6) Barrier Free 장애물 없는 생활환경 인증. 장애인 등이 대상시설을 안전하고 편리하게 이용할 수 있도록 편의시설 설치 및 운영을 유도하기 위하여 만든 인증 절차

S#89. 국숫집 (낮)

엠버와 점심 먹는 환. 환은 비빔국수, 엠버는 멸치국수다.

엠버   난 빨간 건 아직도 적응이 안 돼.

환   (물 마시고) 프로젝트 끝나면 미국으로 돌아갈 거야?

엠버   (먹으며) 그건 너하구 어떤 스토리가 펼쳐지느냐에 따라 다르지? 넘어오면 여기서 눌러앉아 알콩달콩하는 거구 또 까이면 울면서 비행기 타는 거구.

환   ... 7년이야.

엠버   (멎는)

환   (스스로에게 하는 질문이다) 넌 왜 포기도 안 해? 안 아파? 내가 밉지도 않아?

엠버   이제 내 감정이 신경은 쓰여?

환   ......

후두둑 눈물 떨어트리는 엠버. 환, 당황하고.

엠버   니 앞에서 깨방정 떨었지만 나 사실은 엄청 쫄아서 왔단 말이야. 너한테 어떻게 까일지 몰라서. 일도 같이 못 한다 그럴까봐 지레 겁먹구... 왔는데 모른 척 할까봐 비행기 안에서 한숨도 못 잤어.

환   내가 너한테 그렇게 야박했나...?

엠버   짜게 군 거 생각 안 나? 쳐낼 때는 완전 겨울 왕국이었으면서!

환   ...... (눈물 닦으라고 냅킨 집어준다)

엠버, 눈물 닦고 야무지게 코 푸는데. 환, 착잡하게 엠버를 바라본다.

S#90. 빈 가게 앞 (낮)

단장 중인 예지의 공방 앞에 선 환. 엠버라도 받아들여야 하는 건가, 괴로운 심정으로 서 있는.

S#91. 진환A&C 전경 (낮)

S#92. 진의 사무실 (낮)

7년 전에 진이 쓰던 사무실이다. 진, 자료를 보고 있다. 노크 소리 들리고. 진이 고개를 들면, 문이 열리고 예지가 서 있다.

윤실장	예지씨 왔어요.
진	...... (휠체어 움직이기 시작하는)

윤실장, 문 닫아주고 물러나면

예지	출근 시작한 줄 몰랐어. 좋아 보이네.
진	오픈 준비는 잘 되구?
예지	응. 예정대로 선오픈 가능할 거 같아.
진	환이는, 잘 있나?
예지	... 바빠. 다른 공방도 공사 시작했거든.
진	앉어.

예지, 자리 찾아 앉고. 진, 옆으로 가면. (상석 소파 자리가 비어 있다.
진의 휠체어 자리)

진   환이가 애를 많이 썼더군.

예지   (이번엔 또 뭔가 긴장해서 보면)

진   (보다가) 당신한테 자유를 주려고.

예지   ? (뭔 말인가 싶고)

진   원한다면.

예지   ……

진   이혼 말이야.

굳어버린 예지의 얼굴에서 엔딩!

11부

내가 가장 예뻤을 때 2

S#1. 진환A&C 전경 (낮)

S#2. 진의 사무실 (낮)

일하고 있는 진의 모습. 모니터에는 이사 명부 떠 있고. 이사들 중 한 명에게 전화하고 있다.

진　　　자료들 보냈습니다. 이사회 전에 검토해주시구요, 의문 사항은 언제든 전화 주셔두 됩니다. 밤이든 새벽이든 상관없으니까요. (듣고 웃음기 서리는) 오래 놀았는데 열심히 보충해야죠. (사이) 감사합니다. 그럼 이사회 때 뵙겠습니다. (끊고 모니터 확인하고 다음 이사에게 전화 거는)

S#3. 연자의 사무실 (낮)

예지가 연자 앞에 앉아 있다. 진의 재활 가능성에 대해 들은.

예지　　(놀라서) 희망이 있단 말씀이세요?
연자　　오진 가능성이 있으니까 확인은 해보자는 거야. 진이 고집, 책임지구 꺾어놔.
예지　　... (불쑥) 어머니는 아시죠...
연자　　? (보면)
예지　　그 사람, 미국서 어떻게 지냈는지.
연자　　! (굳고)
예지　　대체 그 몸으로 어떻게 잠적할 수 있었던 건지, 내내 혼자 있었던 건지... 궁금한 건 많은데 그이가 도통 말을 안 해줘서요.

연자 　(급하게) 요양원에 숨어 있었어.

예지 　그건 아는데

연자 　차가 물에 처박혔잖아! 같이 탄 미국 친구만 헤엄쳐서 살아
　　　 난 거는 너두 알 거구! 다른 데루 떠밀려가 첨엔 혼수상태.
　　　 깨나서는 지 혼자 어떻게 해보느라 세월 다 보내구...

예지 　신원미상 동양인 남자 다 뒤졌어요. 어떻게 발견이 안 될
　　　 수가 있었죠? 병원비며 뭐며... 그런 건 대체 어떻게 해결을
　　　 하구

연자 　걔가 돈 없었을까봐?

예지 　......

연자 　네 수준에서 답 안 나오는 얘기 그만하구 (언성 높이는) 지금
　　　 급한 건 그게 아니잖아! 재활 치료 다시 시작하게 하자구!

예지 　... (석연치 않은)

S#4. 복도 (낮)

예지, 윤실장의 안내로 복도를 걷고 있다.

예지 　혹시 윤실장님은 아세요?

윤실장 　(걸어가면서 보면)

예지 　우리 그이... 미국 생활이요.

윤실장 　... 제가 말씀드릴 사안이 아닌 거 같네요. 아는 것도 없구요.

예지, 답답한데...

S#5. 진의 사무실 (낮)

진, 자료를 보고 있다. 노크 소리 들리고. 진이 고개를 들면, 문이 열리고 예지가 서 있다.

윤실장   예지씨 왔어요.

진   …… (휠체어 움직이기 시작하는)

윤실장, 문 닫아주고 물러나면

예지   출근 시작한 줄 몰랐어. 좋아 보이네.

진   오픈 준비는 잘 되구?

예지   응. 예정대로 선오픈 가능할 거 같아.

진   환이는, 잘 있나?

예지   … 바빠. 다른 공방도 공사 시작했거든.

진   앉어.

예지, 자리 찾아 앉고. 진, 옆으로 가면. (상석 소파 자리가 비어 있다. 진의 휠체어 자리)

진   환이가 애를 많이 썼더군.

예지   (이번엔 또 뭔가 긴장해서 보면)

진   (보다가) 당신한테 자유를 주려고.

예지   ? (뭔 말인가 싶고)

진   원한다면.

예지   ……

진   이혼 말이야.

예지   ! (굳어서) 그런 거 원한 적 없어.

진	진심이야?
예지	(폭발하는) 진심? 내 진심이 그렇게 궁금해? 그게 그렇게 알고 싶으면서 몇 년 동안 어떻게 참았는데!
진	(보는)
예지	살아 있다는 전화 한통 안 주고! 나 같은 건 어쩌구 있는지 한번 찾아보지두 않았으면서! 죽어버리고 싶었던 그 순간에 달려와 구해준 환이가 그렇게 못마땅해? 그러는 당신은 뭐 했어!
진	(당황하고)
예지	누구랑 있었어! 어떻게 살았어! 내가 바본 줄 알아?!
진	... 그래, 다 해. 묻고 싶은 거 묻고! 화내고 싶은 거 화내고! 하고 싶은 대로 하란 말이야!
예지	......
진	(짧게 해명해버리는) 돈이면 다 되는 세상이야. 좀 멀쩡해져서 돌아오려고 신분 숨기고 요양원에 있었어.

일어나서 진 뒤로 가는 예지, 당황하는 진. 예지가 진의 휠체어를 밀고 나가려 한다.

진	뭐 하는 거야?

예지, 강제로 끌고 나간다.

진	그만두지 못해! 왜 이래!

S#6. 동 앞 (낮)

예지가 진의 휠체어를 거칠게 밀고 나온다.

진   이러지 말라니까! 무례하게 뭐하는 짓이야!

예지   그렇게 다시 일어나고 싶었으면서 병원은 왜 안 간대!

진   노력, 할 만큼 해봤어! 식구들 등쌀에 쓸데없는 검사 다시 받
         았으면 됐지, 그 동안 나 혼자 겪은 거 전부 되풀이해야 해?

예지   가능성이 있다잖아!

소란에 나와 보는 연자와 윤실장.

진   희망 걸었다 무너지는 거 몇 번이나 한 줄 알아? 그 좌절감!
         누구도 몰라! 날더러 그걸 또 겪으라는 거야?

예지   겪어.

진   !

예지   이번엔 내가 있잖아. 같이 있을게. 아프면 말해! 힘들면 기대!

진   (울컥 올라오고)

예지   양평이 싫어? 그럼 서울에 있어. 올라올게. 어디든 옆에 있을
         거야.

진   ......

예지   당신은 나한테 잘못한 게 많아. 그러니까 내 말대로 해야
         해.

진을 납치하듯 끌고 가는 예지.

뒤에서 지켜보던 연자와 윤실장.

연자	옛날에 저랬어야지. 차 다시 탄다구 했을 때!
윤실장	예지씨, 저런 면이 있는지 몰랐어요.
연자	쟤, 알구 보면 나보다 독종이야.
윤실장	...... (동의가 안 돼서 빤히 보면)
연자	그 눈빛은 뭐니?
윤실장	(돌아서며) 결재나 하세요.
연자	(뭔가 약 오르는) 인제 너까지 상전이냐?
윤실장	... (말없이 가고)

S#7. 주차장/진의 차 안 (낮)

강경한 예지, 운전석의 진을 설득한다.

예지	환이가 불편해? 그럼 내보내.
진	!
예지	휠체어 움직이기는 양평집이 낫잖아. 당신한테 다 맞춰서 고쳐놨는데.
진	환일 내보내자구?
예지	그럼 계속 이렇게 따로 살아?
진	......
예지	이혼 같은 소리, 다시는 꺼내지 마요. 여태 기다린 나한테 너무 잔인하다는 생각, 안 들어?
진	...... 동정 때문에 남아 있을 필욘 없어.
예지	누가 누굴 동정해! 나는 당신보다 내가 더 불쌍해!
진	(놀라서 보고)

S#8. 시장 폐점포 거리 (낮)

예지의 공방은 거의 다 완공되어 가고. 다른 폐점포들은 한창 공사 중이다.

S#9. 예지 공방 안 (낮)

환과 엠버가 인테리어 관련 논의 중이다. 한가운데 탁자만 하나 들어와 있는 상태. 환이 제안을 한다.

환	백화점 쇼윈도우는 밤에도 조명을 켜놓잖아.
엠버	(보면)
환	이 거리, 이 공방을 밤에도 은은하게 밝혀 노면 어때? 언제라도 와서 걸을 수 있게, 볼 수 있게. 빛이 꺼지지 않는, 죽지 않는 거리로.
엠버	(반대하는) 그건 돈 많은 가게들 얘기지. 태양열 하려면 전체 예산 초과고 그냥 전기 쓰면 입주자들 부담돼.
환	(고심하다가 반짝!) 에너지 하베스팅[1]을 시도하면?
엠버	압전판? 한국에서 해봤어?
환	부산에서 시도한 적 있어. 아직 많이 쓰이는 건 아니구.
엠버	(보다가 불쑥) 왜 그렇게 어두운 게 싫어?
환	(당황하고)
엠버	학교 때두 천창 난 침실 설계하지 않았어? 누굴 위한 거였어?

---

1) Energy Harvesting. 새거나 버려지는 에너지를 수확해 전기에너지로 변환하는 기술

환   ... (말문이 막히는데)

S#10. 양한방병원 전경 (오후)

S#11. 재활치료실 (오후)

네발워커를 잡고 일어나보려고 안간힘을 쓰는 진. 재활치료사, 옆에서 지켜보고. 진, 겨우 일어나는데...! 워커를 지탱한 팔이 후들거리고, 호흡이 가쁘다.

S#12. 동 앞 (오후)

조박사와 이야기 나누고 있는 예지.

조박사   통증 조절약 복용량이 꽤 되던데...
예지   (안 그래도 걱정하던) 많다는 건 느꼈어요...
조박사   하루에 스물네알을 먹고 있더군요.
예지   !
조박사   어쩔 수 없었겠지요. 그 통증을 안고 살아내자면...
예지   계속 그래야 되는 건 아니죠?
조박사   재활에 성과가 보이면 약도 줄일 수 있을 겁니다. 하지만 그 과정은 예상하시는 것보다 훨씬 힘들어요.
예지   (불안하게 보는데)
조박사   이미 재활을 시도했다가 실패한 경험 때문에, 가능성이 있다고 해도 다시 시작할 결심이 쉽지 않았을 겁니다.
예지   ...

조박사   어렵겠지만 환자 마음 수용하고 지지해주세요. 지금은 그게
         중요합니다.

참담한 예지, 치료실 쪽을 보면. 진의 고통이 들리는 듯한데... 약해지
지 않으려고 마음을 다잡는다.

예지   그래도 뭔가 도울 일이 없을까요? 하다못해 제가 마사지 같
         은 거라도 배우면...

조 박사, 예지를 보는데...

S#13. 동 앞 (오후) – 시간 경과

지친 진이 나오는데... 복도에는 환이 기다리고 있다. 진, 그저 보면.

환   윤실장님한테 전화했더니 형 병원에 있대서
진   ... 너 상대할 기력 없어. 건강한 사람들한테는 별거 아니겠
         지만, 난 지금 마라톤 뛰고 온 거나 같아.
환   돌아와.
진   ......
환   거슬리면, 내가 나갈게. 그게 맞지.
진   (어이가 없고) 둘이 짰냐?
환   ?!
진   니 형수도 나더러 들어오고 널 내보내라드라.
환   ... (상처받는데)
진   (몰랐구나) 두 사람 참... 비슷해?

환   쌤은 형 속이 망가진 거라구... 어떻게 해서든 이해해보려구
        하는 모양이지만, 난 달라.

진   !

환   괴롭히지 마. 쌤은 벌 받을 이유 없어.

진   (노려보는데)

환   그동안 자기 여자 힘들게 한 사람이 누군데!

진   그래서, 이제 와서 니가 책임지게?

진의 휠체어 손잡이를 양손으로 탁 짚는 환! 진, 당황하지 않고. 환,
진을 내려다보며 눈을 맞추는데...

환   다른 생각 한 적 없어. 그치만! 쌤이 불행한 건 못 참아. 형이
        스스로 자격을 버리면! 의심이 현실 되구 상상이 사실 될 거야.

진   !

환   회사일이나 신경 써. 그것도 못하면, 결국 내 차지가 될 테니
        까.

진   !!!

환, 휠체어 놓고 가버린다. 분이 차오르는 진, 환의 뒷모습 노려보는데.

S#14. 복도 (오후)

캐리어에 커피 두 잔 담아오던 예지, 맞은편에서 오던 환과 마주친다.
멈춰 서서 서로를 바라보는 두 사람.

예지   (걱정되는) 여긴 뭐하러 왔어.

환   왜요... 제가 또 형 돌아버리게 만들었을까봐 걱정되세요?

예지 (다가오는) 치료에 집중해야 돼. 스트레스 주면 안 돼.

환   제 걱정은 안 되세요?

예지 ......

환   형만큼은 아니어두... 제 맘은 어떨지... 그런 생각, 안 해보셨어요?

예지 그게 더 독이니까.

환   !

예지 어설픈 걱정, 괜한 배려. 그딴 게 무슨 소용이야. 너한텐 그냥... 나쁜 사람 될 거야.

환   (서운한) 그래서, 저 내보내시게요?

예지 ... (미안하지만) 그래. 형 위해서, 필요하다면 더한 짓도 할 수 있어.

환   ... 자업자득이네요. 돌아오자마자 쌤 쫓아내려구 했으니까.

예지 날 위해서였던 거, 알아.

환   지금은 절 위해서인가요?

예지 ... 모두를 위해서야.

환   ......

예지 (외면하고 가려는데)

환   다른 여자 만날게요.

예지 (멎는다)

환   필요하면 결혼도 할게요.

예지 !

환   그러니까... 괴로워하지 마요. (멀어져가는)

예지, 휙 돌아보는데! 차마 부르지는 못하고. 멀어져가는 환의 뒷모습.

S#15. 재활치료실 앞 (오후)

진이 기다리고 있다. 캐리어에서 커피 한잔 꺼내 건네는 예지. 캐리어에는 다른 한 잔 남아 있고.

예지   (캐리어 들어 보이며) 선생님 드리고 올게.

진   환이 왔었어.

예지   봤어.

진   협박하구 가든데.

예지   !? (보면)

진   내가 당신 괴롭힐까봐 애가 닳더군.

예지   그 반대여두 안 참았어. 알잖아, 자기 동생이 어떤 사람인지.

진   ......

예지   (재활 치료실로 들어가려는데)

진   집으로 가지.

예지   (보면)

진   생각해보니 내가 나올 일은 아니었어. 당신 말대로, 환이가 나가야지.

예지, 대꾸 없이 안으로 들어가고. 진, 보고 있는데...

S#16. 병원 주차장 (오후)

환, 세워둔 차에 오른다. 출발은 안 하고... 한참을 운전석에 앉아 있는. 형과 예지에게... 각자 다른 말을 하고 온 환. 괴롭고.

S#17. 몽타주

- 물리치료실. 예지, 물리치료사로부터 전기자극치료기(FES) 사용법을 듣는다. 치료사, 예지의 팔에 패치 붙여서 시범을 보여주고.
- 병원 강당. <재활운동교실> 현수막 걸려있고. 시범을 보이는 치료사의 말에 집중하는 예지. 파트너가 매트 바닥에 반듯하게 눕고, 두 무릎을 세운다. 예지가 파트너의 몸을 오른쪽으로, 왼쪽으로 비튼다.
- 물리치료실. 보바스 테이블에서 치료사로부터 앞 장면 동작 치료를 받고 있는 진.
- 의료기기상. 진의 키를 설명하는 예지. 점주가 보여주는 네발워커들을 신중하게 살펴본다.

S#18. 환의 집 앞 (다른 날 오후)

찐 호박잎이 담긴 채반을 랩 씌워서 가져오는 다운, 햇살이 따가워 선글라스 낀 채다.

S#19. 공방 (오후)

전시 작품 고르러 온 엠버, 전시품들을 살펴보며 리스트 체크 중인데... 환이 박스와 충전재를 꺼내 포장 준비하고 있다. 공방 문은 열려 있고.

환   고마워, 도와줘서. 이런 건 네 일이 아닌데.
엠버   남 취급할 거야? 내가 먼저 한다 그랬어. 언니가 지금 병원 스케줄로 정신이 없잖아.

환	... 일단은 생활자기 위주로 골라. 시장 손님들 관심을 끌 만한 걸루.
엠버	그래도 쇼윈도에 들어갈 시그니처는 하나 있어야지.
환	그건 물어보고 결정하자.

핸드폰 꺼내서 사진 찍는 엠버.

(소리)   뭐하는 거예요?

동시에 돌아보는 환과 엠버.

다운	(선글라스 벗어서 목덜미 옷깃에 끼우며) 그쪽이 뭔데 작품 사진을 함부로 찍구 그래요? 여기 촬영금진 거 몰라요?
엠버	(당황해서 환을 쳐다보면)
환	(나서는) 서울 공방 디피할 거 고르는 중이야. 도와주러 온 거라구.
다운	(비웃으며/그런 거라면) 내가 낫지, 언니 작품에 대해 암것도 모르는 사람이 중구난방으로 갖다 노면, 그게 일이 되겠어?
엠버	친하다고 일이 되나요? 전문가들이 해야죠.
다운	그 쪽이 뭐가 전문인데요?
엠버	(놀려먹는) 가장 자신 있는 분야는... 서환?
다운	! (약 오르고)
환	(그만하라는) 야야야!
다운	(채반 던지듯 내려놓으며) 호박잎 찐 거야. 엄마가 갖다 주래.
환	안채에 좀 놔주라, 여긴 먼지가 많아서
다운	내가 뭐 니 심부름꾼이야?! 네가 해! (팩해서 나가버린다)

엠버   (피식 웃고)

당황한 환, 다운을 따라 나간다.

엠버   경쟁자가 너무우~ 많아.

S#20. 공방 앞 (오후)

다운을 따라잡는 환.

환   왜 이렇게 화를 내? 너답지 않게. 엠버한테두 무례하구
다운   (왈칵 오르는) 몰라서 물어?
환   ...... (짐작은 가지만)

가버리는 다운. 환, 당황한 채 서 있는데. 팩팩대며 가다가 스텝 꼬이는 다운. 넘어질라, 환은 걱정으로 보는데! 다운, 선글라스 다시 쓰고 도도하게 걸어간다. 돌아보지 않으리! 결코 넘어지지도 않으리!

S#21. 일식집 전경 (오후)

S#22. 일식집/룸 (오후)

방회장이 우아하게 일식 먹고 있다. 심란한 연철이 술 따르며 방회장에게 하소연 중이다.

연철   사무실로 출근도 못 하고 현장에도 못 나가고... 제가 아주

불안해 죽겠어요~

방회장   (따라준 술 마시고) 왜, 다시 돌아가고 싶은가?

연철   (펄쩍 뛰는) 무슨 말씀이세요! 저는 이제 완전 회장님 사람인데!

방회장   누이 등에 칼을 꽂았으니 돌이킬 수 없는 강을 건넌 셈이지.

연철   ... 회장님 복안대로만 된다면야 별 일은 없겠지만... 그래도 사람일이 모르는 거라서... 플랜 B를 세워야 되지 않을까... 혹시 이미 짜놓으신 건가...

방회장   쓸데없는 망상 그만하고 새 명패나 주문하시게.

연철   ! (알아들었다) 자개가 좋을까요, 크리스탈이 좋을까요?

방회장   휘두르기 좋은 거.

연철   ? (진심 고민하는데)

방회장   (떠보는) 돌아온 장조카는 잘 지내고?

연철   병원 다니느라 정신없답니다. 누나 성격에 미국 치료, 못 믿는 거죠. 처음부터 다 다시 검사 받구 소용없는 재활이니 뭐니 아주 뺑뺑이를 돌리더라구요.

방회장   김상무를 대표로 올리려는 우리 계획에, 조카가 변수로 작용하진 않을까 걱정이 돼서...

연철   (손사래 치는) 아유, 걔 지금 제정신 아니에요. 누나 지금 작은 애한테 매달리구 있어요.

방회장   유학 갔다 왔다는?

연철.   근데 걘 회사에 관심이 없거든요. 나름 아티스틱해가지구...

방회장   ......

S#23. 환의 집/진입로 (저녁)

진의 차가 와 대어진다. 조수석에 진의 얼굴 보이고. 마침 공방에서 나오는 환과 엠버. 엠버를 배웅 나온 참이다. 운전석 문이 열리고 예지가 먼저 내려 엠버에게 아는 척을 한다.

예지   가는 거야?

엠버   제 맘대로 골랐는데, 맘에 드실지 모르겠어요.

예지   (조수석의 문을 열면서) 내가 부탁한 건데 뭐...

엠버   (진에게) 안녕하세요?

진, 간단한 목례로 받고. 환, 트렁크로 가서 휠체어 먼저 내린다. 조수석 문 앞에 휠체어 놓아주는. 진, 자존심이 상하고.

예지   (엠버에게) 밥 먹구 가요.

환   아니에요, 오늘은 둘이 나가서 데이트하려구요.

엠버   ? (언제 정했지?)

진   두 사람, 다시 사귀는 건가?

일부러 엠버의 손잡는 환. 엠버, 내려다보고.

진   ...... (애쓰는구나)

예지   잘 생각했어. 누가 봐도 잘 어울려.

엠버   (분위기 맞춰주려는) 오늘은 둘이 있게 해주시구요, 담에 더블데이트해요. 저번에 다 같이 와인 마신 거 너무 좋았어요~

예지   환이더러 맛있는 거 사 달라고 해요.

환   (두 사람에게) 나갔다 올게요.

진   ......

엠버를 데리고 가는 환. 커플의 뒷모습 보고 있는 예지와 진.

S#24. 현관 입구/거실 (저녁)

휠체어 타고 들어오는 진. 뒤따르는 예지.

예지   배고프죠? 그냥 있는 걸루 얼른 차릴게.
진   생각 없어. 그냥 쉬고 싶어.
예지   빈속으로 자면 안 되죠. 일단 밥부터 먹구
진   병원 갔다 온 날은 더 소화 안 되는 거 몰라?
예지   ! (당황하고)

1층 자기 방으로 들어가 버리는 진.

S#25. 길 (저녁)

환과 엠버가 걷고 있다.

엠버   예지 언니, 좋아했던 거지? 아니, 아직도 좋아한다고 해야
      하나?
환   ! (당황하고)
엠버   그러니까 네 첫사랑이 형하구 결혼을 해버린 거잖아. 형이
      없는 사이, 괴로웠던 거구... 모든 게 다 설명이 되네.
환   넘겨짚지 마. 그런 게 아니라
엠버   그럼 좀 어때?
환   (멎고)

엠버   그럴 수도 있지 뭐. 사람인데.

환   ... 여긴 한국이야.

엠버   형이 돌아왔으니까 안 되는 일이 된 거고, 이제부터 맘 접으면 되지.

환   ......

엠버   뭐가 그렇게 무겁고 복잡해? 한국 사람들은 가족에 대해서 좀 가벼워질 필요가 있어.

환   ......

엠버   아무리 가족이 중요해두 소중한 건 자기 자신 아냐? 스트레스 그만 받구 쿨하게 살아. 두 사람 앞에서 나 이용한 거, 용서해 줄 테니까.

환   이용한 거 아냐.

엠버   (보면)

환   ... 행복하게 해준다는 약속은 못해.

엠버   (멎는)

환   사랑한다는 고백도... 아직은 못해.

엠버   ?!

환   그래도 노력은 해볼게.

엠버   지금 이거 프로포즈야?

환   니 남자, 되어보려구.

엠버   (좋지만 앙탈 부려보는) 야! 무슨 프로포즈를 길 가다가 해!

환   ......

엠버   나야 상관은 없지만!

환   ......

엠버   무르기 없어? 취소 안 돼? 내일 다시 만나서 없었던 일로 하자 그럼 안 된다?

환	... 그렇게 좋아?
엠버	그럼 우리, 오늘부터 다시 1일인 거야?
환	... (마지못해 끄덕이는)

와우! 환성 지르는 엠버에서.

S#26. 서울/술집 (밤)

다운과 정일이 소줏잔 기울인다.

다운	아니, 지가 한국엘 왜 와... 유학생두 아니구 교포라면서, 식구들 다 버리고 지가 여길 왜 오냐구우~
정일	일이 있으니까 온 거잖아.
다운	눈치 없기는! 일 때문에 온 게 아니잖아! 환이 잡으러 온 거지!
정일	엠버가 환이 좋아해?
다운	보면 모르냐?
정일	난 몰랐는데?
다운	(거칠게 일어나서 엠버 워킹 흉내 내는) 지가 모델이야? 낭창거리다 허리 부러질라. (정일 앞으로 얼굴 확 들이밀며/엠버의 미소 흉내) 꼭 그렇게 코앞에서 웃어야 돼?

가까워진 두 사람의 얼굴. 살짝 어색한 긴장감이 돌고.

정일	어우~ (부담스러워서 뒤로 빼는) 왜 예고도 없이 클로즈업이야~ 사람 놀라게.
다운	너, 여자랑 키스두 안 해봤지?

정일　　(당황하는) 뭘 그런 걸 물어? 남의 프라이를...

다운　　(짜게 식어 제대로 앉으며) 계란 부치냐? 프라이버시겠지.

정일　　따지지 좀 마. 너 요새 사람 피곤하게 하는 경향이 있다?

다운　　니가 모솔로 나이 들어가는 거에 대해서 나두 책임이 있다
　　　　는 생각은 드는데, 그렇다고 내가 널 좋아하지도 않으면서
　　　　희생할 순 없잖아.

정일　　(무슨 개소린가 싶은데)

(소리)　만두야~

두 사람 돌아보면. 이쁘게 차려입은 찬희가 들어온다.

정일　　(반가워서 벌떡 일어나는) 누나!

호들갑스럽게 달려와 정일 볼 꼬집는 찬희.

찬희　　우리 만두 여전히 귀엽네?

정일　　(좋아서 의자 빼주며) 앉으세요.

찬희　　다운인 벌써 취한 거 같다?

다운　　(정일이 의자 빼준 게 맘에 안 들고) 찬희 언니 땜에 서울서 마
　　　　시자고 한 거야?

정일　　응! (찬희에게) 누나 뭐 드실래요? 우리 안주 하나 새로 시켜요~

찬희　　(벽에 붙은 메뉴 살피면서) 하나가 뭐야, 우리 만두 양을 아는
　　　　데. 땡기는 거 다 시켜! 니들이 서울까지 왔는데, 내가 쏜다!

정일　　아싸! (신나서 웨이브 하는)

술맛도 입맛도 똑 떨어지는 다운! 만두 백정일, 너마저!

S#27. 환의 집 전경 (밤)

S#28. 1층 진 방 (밤)

네발워커 끌어다가 방안에서도 연습 중인 진. 노크 소리 들리고. 얼른 침대로 가는 진. 네발워커 밀어버리고 쉬고 있었던 척한다. 예지가 믹서로 간 생과일주스 들고 들어와 내려놓는.

예지   이거라도 마셔요.
진   ......
예지   책두 보구 동영상도 찾아봤는데... 아프면 성격이 많이 변하나부드라. 통증은... 세상 그 누구도 모르는 거니까. 오로지 나만 아는, 혼자서 겪는 거니까.
진   ......
예지   근데... 당신이 얼만큼 아픈지는 모르지만... 당신이 아픈 게... 나도 속상하다는 것쯤은 알아줬음 해.
진   ... 병자는 이기적이야. 자기밖에 몰라. 보여주기 싫었던 거는... 아픈 거 말고도... 고통 때문에 변해버린 나야.
예지   ... 그거 알아요?
진   (보면)
예지   화내는 당신, 짜증내는 당신... 다 감사해.
진   ! (멎는데)
예지   당신이 없는 것보다는... 그래도 이게 훨씬 나아.
진   ......

S#29. 동 (밤)

예지 나가고 혼자 남은 진. 예지가 모르는 죄책감으로 괴롭다.

S#30. 시장 전경 (다른 날 낮)

S#31. 시장통 (낮)

환, 엠버랑 점심 먹으러 가고 있다. 가다가 압전 발판 설치할 만한 공간 나오면 핸드폰으로 사진을 찍는다. 노트펜으로 음성 녹음을 시작하는 환.

환   (핸드폰에 대고) ALT2[2) 일평균 유동인구 체크.

사진 보며 음성 메모를 재생해보는 환.

엠버   위치 잡게?
환   (파일 공유하며) 스무개는 설치해봐야 밤에도 전기를 돌릴 수 있을 거 같아.
엠버   (끄덕이다 둘러보는) 저기는 어때?

엠버가 가리킨 위치로 가서 촬영하는 환.

---

2) Alternative의 약자. 여러 후보지들을 기록할 때 건축가들이 쓰는 용어. 보통 아라비아 숫자를 오름차순으로 정리한다. ALT2의 발음은 '알트투' 영어로 읽는다.

S#32. 수선집 (낮)

임반장이 옷을 한 보따리 들고 온다.

이씨   (기함을 하며) 그게 다 뭐야?

임반장   (일각에 보따리를 내려놓으며) 북경반점 딸래미가 다이어트
           로 10키로를 빼서 바지구 치마구 허리가 다 안 맞는대. 요요
           오기 전에 죄다 줄여놔서 도루 살 찌면 입을 게 없게 만든다
           고 몽땅 줄여달래요.

의순   그걸 왜 받아와. 북경반점 여자가 얼마나 짠순인데. 수선비
           반으로 후려칠라구 할 거야. 절대 그 값 다 안 줘.

임반장   (이씨 쳐다보면)

이씨   (사리며) 난 지금 받은 것두 많어.

고운, 말없이 일어나 임반장 쪽으로 다가온다.

이씨   그걸 왜 가져가! 그 여편네 수선비 후려치는 걸루 유명하다
           니까!

고운   공짜루 해달라군 안 할 거 아니에요.

임반장   돈이야 주긴 주지. 반으로 후려치면서 오케이할 때까지 결
           제를 안 해서 그렇지.

다가가 보따리 집어들려는데... 무게에 휘청! 어어! 임반장이 도와주
려고 하는데... 고운의 시야에서 주변이 빙 돈다. 그 와중에도 보따리
향해 손 내밀다가 쿵! 바닥에 쓰러지는! 놀라서 달려오는 임반장과
수선공들!

S#33. 수선집 계단/동 앞 (낮)

임반장이 고운을 업고 내려온다. 한쪽 발에만 신발이 걸린 고운. 걱정에 따라오는 이씨와 의순. 촬영 마치고 돌아서던 환, 보고 달려가는. 엠버, 뭔가 싶어 보는데.

환   (업힌 고운 확인하고/임반장에게) 무슨 일이세요? 어디 아프세요?

임반장   몰라, 그냥 갑자기 쓰러졌어.

환   구급차는요? 119 부르셨어요?

임반장   급한 맘에 일단 들쳐메고 나왔지...

환   여기 계세요, 제 차 가져올게요!

달려가는 환. 엠버, 당황하고. 목공들 데리고 점심 먹고 오던 경식, 이 광경을 목격한다.

S#34. 양한방병원 전경 (낮)

S#35. 재활치료실 (낮)

휠체어에 앉아 있는 진. 재활치료사, 진의 무릎 ROM(관절가동범위) 검사 중이다. 관절각도계로 체크해 본다.

치료사   무릎 각도가 30도 늘었어요.

진   !

치료사   (각도계 테이블에 올려두고) 오른쪽 다리 한 번 들어볼까요?

재활치료사, 다리의 도수근력검사 시작한다. 진의 발목과 무릎을 살짝 누르듯 잡는 재활치료사. 진, 온 힘을 다해 다리를 들어보려고 하는데... 바닥으로부터 미세하게 떨어지는 발. 움직임 놓치지 않고 보는 재활치료사.

S#36. 복도 (낮)

예지가 기다리는데.

S#37. 응급실 (낮)

의사, 고운의 눈꺼풀 열어 동공 확인하고, 손으로는 목의 경동맥 짚고 눈으로는 가슴 쪽 보면서 호흡하는지 확인한다. 의료진 뒤에서 걱정으로 보고 있는 환.

의사   (간호사 보고) 바이탈?
간호사   (혈압기 정리하면서) 맥박, 혈압 괜찮습니다.
의사   라인 잡아 주세요. ODS 1리터.
간호사   네 (준비 위해 빠지고)
의사   (환에게) 보호자 되십니까?
환   ...그게 저...

S#38. 동 앞 (낮)

응급실에서 나오는 환, 걱정에 예지한테 전화하려는데... 눈앞에 예지 부부 보인다. 핸드폰 내리는 환.

S#39. 응급실 (낮)

병상에서 눈을 뜨는 고운, 팔에는 수액 바늘 꽂혀 있다. 의사에게 설명 듣고 있는 예지.

의사	영양실조에요.
예지	!
의사	평소 고혈압이나 당뇨가 있었다든지...
예지	잘 몰라요...
의사	의식을 잃었다는 건 어떤 전조일 수 있어요. 아무래도 입원해서 추가 검사를 받아보시는 게...
고운	(소리) 그런 거 없어요.

돌아보면 고운이 몸을 일으키고 있다, 예지, 저도 모르게 도우려고 손이 가다 거둬 지는데.

고운	아픈 데 없어요.
예지	(거칠게) 아픈 데가 없는데 왜 쓰러져!
고운	(의사 보고) 이거만 맞고 갈 거니까 뭐 더 하지 말아요. (병상 아래 신발을 찾는데 한 짝 밖에 없다. 곤란하고)
예지	(의사에게) 검사해주세요. 수속 밟을게요.
의사	그럼, 진행하는 걸로 하겠습니다. (나가고)
고운	(뒤에 대고 만류하는) 필요 없다니(까...)
예지	(OL) 못 들었어? 입원하래잖아!
고운	입원은 무슨. 잠깐 어지러웠던 거 가지고.
예지	(차가운) 엄마가 의사야? 병 키우지 말구 병원에서 하라는

　　　　대로 하세요.

고운　　……

S#40. 동 앞/혹은 병원 일각 휴게실 정도 (낮)

진, 환을 추궁한다.

진　　주제넘게, 니가 나 대신 사위 노릇하니?

환　　… 고맙다고 해야 하는 거 아냐?

진　　！

환　　형 말대로! 형 대신 어르신 돌봤으면! 나한테 고마워해야 되
　　　는 거 아니냐구!

진　　예지가 시장에서 공방하려면, 그 분이 떠나게 해.

환　　！

진　　위로금은 준비해보지. 나 대신, 일처리도 깔끔하게 해봐.

환　　그렇게밖에 못하겠어? 형이 아는 방식은, 그게 다야?

진　　예지는, 가족이 없어. 우리가 그 사람 유일한 가족이야.

환　　……

S#41. 고시원 전경 (저녁)

S#42. 지영의 살림집/거실 (저녁)

배달 음식이 도착해 있다. 탁자 위에 음식 펴는 지영과 경식 부부. 랩
뜯고 포장용기 뚜껑 여는데… 먹음직스럽게 매워 보이는 아구찜이다.

지영   (경식에게 들은/고운이) 쓰러졌다고?

경식   사돈총각이 병원으로 데려갔는데, 뒷감당은 예지가 하고 있나 보더라고.

지영   (열 받는) 그것들이 짜구서 내 돈 빼가더니 사이좋게 모녀놀이 중이야?

샤워하고 나오는 찬희, 머리에 수건 감고 다가오는.

찬희   모녀놀이가 아니라 진짜 모녀잖아!

지영   법적으로는 아니거등!

찬희   (아구찜 확인하고 앉으며) 오늘 저녁두 배달이야?

지영   니가 매운 게 땡긴다며!

찬희   엄마가 밥하기 싫대매!

지영   내가 하기 싫음 니가 하면 될 거 아냐!

찬희   회사 갔다 와서 밥까지 해 바쳐야 해?

지영   난 집에서 노니? 고시원 청소에 살림에! 몸이 열 개라두 모자란다!

경식   (두 여자에게 나무젓가락 까주면서) 고시원은 사람을 구하고. 찬희는 엄마 일 좀 돕고.

지영   지금 공실이 몇 갠데 사람을 써! 식구들끼리 인건비 남겨먹는 장사지 사람 써가며 할 일은 아냐.

경식   그럼 내가 일을 좀 줄이지 뭐. 주말을 빼든지 해서 고시원 관리할게.

지영   (질색하는) 자기 하루 일당이 얼만데 일을 빼! 그건 수지가 안 맞지!

찬희   몸 힘든 것두 싫어, 사람 쓰기두 싫어, 아빠가 돈 못 벌어오는

것두 싫어... 예지 언니는 시집가버리구 없는데 대타가 없으니 굴러가질 않지~

지영   (얄미운) 남 일이냐? 이거 다 결국은 니껀데! 팔 걷어 부치고 달려들어도 모자랄 판에 맨날 불구경이지!

경식   (아구찜 호 불어서 지영의 입속에 넣어주며) 아구랑 콩나물 건져먹구 냉동실 찬밥 녹여서 볶음밥 해먹자.

지영   (오물거리며) 김이랑 참기름 왕창 넣구?

경식   계란두 풀구.

찬희   한국인의 후식은 볶음밥이지, 암요 암요~

S#43. 고운의 병실 (다른 날 오전)

고운이 입원한 병실. 윤실장이 와 있다.

윤실장   입원 기간 신경 쓰지 마시구 충분히 쉬다 나가세요. 병원비는 정산 다 끝났습니다.

고운   예지가 보낸 분인가요?

윤실장   예지씨 부군과 일하고 있습니다.

고운   !

윤실장   퇴원하시면, 다른 직장 알아봐 드리죠.

고운   수선집 그만두라는 거예요?

윤실장   아니면 예지씨가 일을 못하게 됩니다. 그걸 원하시는 건 아니죠?

고운   ...... (참담한)

S#44. 진환A&C 전경 (낮)

S#45. 진의 사무실 (낮)

윤실장이 진에게 와서 보고 중이다.

윤실장   담부터 사적인 일은 직접 처리해. 대표님두 나한테 이런 일
           은 안 시키셔.

진   귀찮아서 부탁한 거 아니야.

윤실장   (보면)

진   이런 꼴 보이는 거, 피차 힘들 거구. 그런데 내 입에서 나올
           싸가지 없는 요구, 더 괴로울 거구. 차라리 남한테 듣는 게
           나을 거라고 생각했어.

윤실장   예지씨랑 얘기를 해. 너네 부부는 왜 그렇게 서로 말을 안 해?

진   부모에 관해선, 남이 어떤 말을 해도 상처야.

윤실장   ......

진   내가 아무리 내 부모 원망하구 욕을 해두... 남이 한마디라
           도 보태면 불같이 화가 나지. 그게 사랑하는 사람이면, 오래
           가는 상처가 되구.

윤실장   ... (그건 그렇지)

진   그래서 우린, 서로 별 말 안 해. 꺼내서 좋을 게 없어.

윤실장   예지씨가 오해할까봐 그래.

진   (화제 바꾸는) 자료는 다 준비된 거야?

윤실장   ... 인원수대로 프린트해놨어.

진   마지막으로 체크합시다.

윤실장   (가지러 가는)

진, 마음의 준비를 하는데...

S#46. 캐리의 레지던스 (낮)

공들여 화장을 하는 캐리. 옷장에서 신중하게 옷을 고르고... 하이힐에 발을 집어넣는다. 출전의 기분으로 집을 나서는.

S#47. 대회의실 (낮)

연자가 상석에, 이사진들이 자리에 앉아 있다. 맞은편에 방회장과 캐리, 연철이 앉아 있고. 방회장이 문제제기를 한 상태.

방회장   아트 건축한답시고 갤러리나 짓고 시골에 전원주택이나 지어주던 작은 회사가 상위 1%의 주거 단지와 대규모 아파트를 건설하는 굴지의 기업으로 성장하기까지, 불의의 사고를 당한 부군 대신 경영에 뛰어든 김연자 대표의 헌신이 있었다는 걸 우리는 잊을 수가 없습니다. 그러나!

연자   (굳어 있고)

방회장   대표님의 노고는 여기까지. 회사를 정말 집처럼 생각하셨나 봅니다? 가족의 비극은 그 안에서 끝났어야 하는데 말이죠.

연자   서진 실장은 진환의 중요한 인재로

방회장   (OL) 50억.

놀라는 이사진들. 고개를 절레절레...

방회장   김대표 아들을 찾는데 들어간 회삿돈입니다. 정작 그 자금을 필요한 곳에 쓰지 못해 주주들은 막대한 피해를 봤구요.

연자   (의연하려 애쓰고)

좌중에 불편한 침묵이 흐르는데... 짝짝짝... 천천히 박수를 치는 방회장. 사람들, 쳐다보면.

방회장 마지막 가는 길, 박수는 쳐드리죠. (연철을 쳐다보면)
연철 (겁나지만 용기 짜내서) 그럼 김연자 현 대표 이사 해임에 관한 투표를 시작하겠습니다. 투표는 이 자리에서 용지 투표로 (진행을)
방회장 (OL) 거수로 합시다. 다 바쁜 사람들인데.

방회장, 이사들 한 명, 한 명에게 시선으로 압박을 준다.

연철 (방회장의 눈치를 보며) 반대 의견 없으시면 그럼 거수로 (진행하겠다는)
연자 투표까지 갈 필요 없습니다.

다들 주목하고. 캐리, 연자를 보는데...

연자 대표이사로서 저의 잘못을 인정하고, 이 자리를 깨끗이 물러나는 것으로 사죄의 뜻을 표하고자 합니다.
방회장 ... (그럼 그렇지)
연자 우리가 성장을 거듭해온 것은 사실이지만, 또 다른 혁신이 필요한 시점이기도 합니다. 진환의 새로운 얼굴이 되어 비전을 보여줄 주역을 소개하죠.
캐리 !

배석하고 있던 윤실장, 문을 연다. 회의실로 진입하는 휠체어. 슈트 입은 진이다! 놀라는 사람들. 캐리, 충격으로 보고.

진　　(연자 옆에 자리 잡고 이사들에게 인사하는) 오랜만에 뵙습니다, 서진 실장입니다. 대표님의 잘못은 모두 저 때문에 일어난 일이라... 직접 나와서 사죄 말씀 드리고 싶었습니다.

연자　　(자리에서 일어나) 회사의 대표이기 전에 한 자식의 어미로 회사에 누를 끼쳤습니다. 간절했지만, 올바르지 못했습니다. 깊이 사죄드립니다.

진과 연자가 고개 숙여 진심 어린 사과를 전한다. 지켜보는 사람들. 캐리의 표정.

연자　　수색 비용 중 회사 대여금 형식으로 대출했던 60%는 이미 반환했고 나머지도 추후 3개월 안에 반환 예정입니다.

방회장　　(가소롭다) 그런다고 횡령 사실이 사라집니까?

진　　회사를 조각내고 피해자를 양산한 사실도 사라지지 않죠.

방회장　　?!

진, 윤실장에게 신호를 주면. 윤실장이 이사진에게 서류를 돌린다. 서류를 확인하지만 비웃는 표정의 방회장. 놀라는 캐리와 연철.

진　　방영근 회장이 고려 오일의 자금력을 기반으로 진행한 M&A 피해 기업과 피해자 사례들입니다. 매집한 주식을 비싼 값에 팔아 거액의 차익을 남겼고, 이후 피해는 기존 회사와 그 주주들이 떠안았죠. (이사들에게 경고하듯) 개인의 이익을 위해 회사를 등졌던 사람들도 효용 가치가 떨어지면 가차 없이 버려졌습니다.

동요하는 이사들.

방회장　(여유를 가장한 미소로) 패배자들의 변명일 뿐이지. 모두 적
　　　　　법한 일이었네.
진　　　검찰은 기소를 못 해도 진환의 식구들은 판단이 다를 겁니다.
방회장　!

연자가 회심의 미소를 짓는다. 줄곧 진에게서 시선을 떼지 않는 캐리.
진, 피하지 않고 그 시선 받아낸다.

S#48. 복도/혹은 로비 (낮)

나오는 방회장. 연철이 절절매며 따라온다.

연철　　회장님, 전 어떡합니까. 우리끼리 새로 세팅을 하든가 고려
　　　　　에서 절 받아주셔야
방회장　(멈춰 서서) 패전한 사무라이는 할복이라도 하지, 자넨 뭘 할
　　　　　수 있나.
연철　　! (기겁하는)
방회장　쓸모를 증명해. 1차전은 졌어두 주총이 있으니까.
연철　　방법을 알려주셔야...

연철 버리고 가는 방회장. 연철, 애가 타고...

S#49. 대회의실 (낮)

문가에서 가는 이사들을 배웅하는 연자와 진. 진은 앉아서도 차분하고 위엄 있게 인사를 하고. 이사들, 진과 격려의 악수하며 나간다. 마지막으로 캐리가 남고. 연자는 경멸의 시선을 남기고 먼저 자리를 뜨는데. 진, 휠체어를 움직여 나가려 하면. 캐리가 문을 닫는다. 회의실 안에 두 사람만 남는데.

캐리   어머님 때문인 건 알지만. 그래도 나한테 연락은 해줬어야지. 돌아오기로 했으면... 말은 하고 떠야야 되는 거 아냐?

진   이미 끝내기로 작정한 거 아니었어?

캐리   !

진   혼자 한국 가서 몇 달이나 안 들어오는데, 내가 바보야? 세이 굿바이 사인도 못 알아먹게?

캐리   그런 거 아니었어!

진   (버럭) 그럼 뭐였는데!

캐리   !

진   지옥을 함께 견뎌준 건 잊지 않을게. 하지만 영원히 빠져 있을 순 없잖아? 먼저 탈출한 건 너야. (가려는데)

캐리   (잡으며) 와이프도 알아?

진   (돌아보면)

캐리   미국서 우리가 같이 있었던 거.

진   그러다 네가 날 떠났지. 덕분에 난 끌려왔구.

캐리   ......

진   흙탕물 끼었어서 다 같이 진흙탕 만들구 싶어? 해봐 어디.

캐리   내가 좋아서 붙어 있던 게 아니라는 거, 알아.

진	(멎고)
캐리	사랑하는 마나님께 망가진 꼴 보이기 싫어서, 난 그냥 그 시절 버티게 해준 샌드백 같은 거였지. 잘 보일 필요가 없어서 함부로 대하고 아무렇게나 이용한.
진	그래 달라고 부탁한 적 없어.
캐리	알아. 내가 알아서 세월을 바쳤지.
진	......
캐리	나 아니었음, 서진은 산 목숨 아니었어. 시체로 돌아왔을 거야.
진	어쩌면 그게 더 나았을 거란 생각, 안 해봤어?
캐리	당신 남은 인생은, 내 거야. 내가 살려놨구! 내가 지켰어!
진	먼저 버리기두 했구.
캐리	!

나가버리는 진.

S#50. 동 앞 (낮)

따라서 뛰쳐나온 캐리. 복도에서 멀어져가는 진의 뒷모습. 캐리의 눈 앞에서 휠체어가 멀어져 간다.

무감한 표정으로 캐리로부터 멀어져가는 진인데.

S#51. 연자의 사무실 (낮)

검사와 수사관들이 압수수색 중이다. 검찰 로고가 박힌 단프라 박스에 컴퓨터 집어넣고 각종 서류들 모두 박스에 처박는데. 들어오던 연자와 윤실장, 난리가 난 사무실 풍경에 아연해지고.

윤실장   뭡니까!

검사   (수색 영장 보여주며) 횡령 혐의로 고발당하셨습니다. 0월 0
일까지 검찰청으로 출석하셔야 합니다.

연자   이사회에서 소명이 끝난 사안이에요!

검사   법적인 책임은 지셔야죠.

윤실장   (핸드폰 꺼내며) 류변 부를게요.

연자   ... (긴장하는)

S#52. 진환A&C 앞/방회장의 차 안 (낮)

대기하고 있던 방회장의 차에 오르는 캐리.

캐리   벌써 압수수색 들어왔던데요?

방회장   (미리 검찰에 손을 썼다) 안 됐구만. 방어에 성공한 줄 알구
안심했을 텐데.

캐리   고생 모르는 사모님, 옥살이 무서우면 알아서 손을 들겠죠.

방회장   보자구, 어디까지 버티는지.

캐리   ......

S#53. 병원 전경 (낮)

S#54. 고운의 병실 (낮)

병상 아래 놓아지는 신발. 편안해 보이는 로퍼 정도. 예지가 사온

고운의 신발이다. 고운이 신발 한 짝 잃어버린 걸 기억했던 것. 고운, 울컥해서 본다.

고운   별 신경을 다 썼네.

예지   (퉁명스럽게) 맨발로 갈 순 없잖아.

고운   ... 병원 슬리퍼나 빌릴까 했지.

예지   민폐야.

고운   (핀잔을 들어도 좋은) 그래, 그렇겠지?

예지   ...... (생각해보니 뭘 사 준 게 처음이다. 돈만 줬지...)

S#55. 복도/고운의 병실 앞 (낮)

지영이 오고 있다. 비타 음료 따위 한 박스 정도 들고 오는.

S#56. 고운의 병실 (낮)

퇴원 준비하는 고운. 돕고는 싶은데 막상 나서지도 못하는 예지의 어정쩡한 태도.

고운   (느끼고) 앞으로 나 신경 안 써도 돼. 나가는 대루 시장 뜰 거구, 그럼 이제 정말 볼 일도 없어.

예지   ! 수선소 그만두게요?

고운   (핑계 대는) 독립해야지. 남의 가게서 아무리 일해봤자 공임만 떼여.

예지   돈은 돼?

고운   그만한 여력은 있어.

예지　　　…… (마음이 복잡한데)

문이 벌컥 열리고! 고운과 예지, 놀라서 돌아보면. 지영이 들어온다.

지영　　　이거봐 이거. 내가 이럴 줄 알았어. 안 보구 살긴 뭘 안 보구
　　　　　살아? 즈 엄마 병간에, 살뜰하기두 하다?

예지　　　퇴원하는 길이에요. 몸 안 좋은 사람, 건드리지 말아요.

지영　　　그래두 살아는 있잖아?

고운　　　! (멎고)

예지　　　고모! (그만하라는)

지영　　　(아랑곳없이 고운에게 계속해대는) 이럼 약속이 틀리지! 어린
　　　　　거 나한테 맡기구 옥살이 갈 때는 영영 인연 끊는 게 조건 아
　　　　　니었어? 내가 이 기집애 호적 옮겨오면서두 울 오빠 성 지켜
　　　　　주느라 찬희랑 성두 다르게 했는데!

예지　　　내가 고모랑 연 끊은 거는 잊었어요? 내가 어떻게 살든! 엄마
　　　　　를 만나든 말든! 고모가 상관하실 일이 아니에요!

지영　　　법적으로 엄연히 내가 네 부모데! 연을 끊긴 뭘 끊어! 그게 니
　　　　　가 맘대루 입으로 끊는다구 하면 끊어지는 건지 알아!

예지　　　그럼 정리해요.

지영　　　!

고운　　　(쳐다보는)

예지　　　이참에 법적으로도 다 끊어내자구요!

지영, 예지를 갈긴다! 뺨이 돌아가는 예지! 놀란 고운, 예지 앞을 막아
서며

고운   미쳤어! 애를 왜 때려?

지영   맞을 짓 하니까!

고운, 지영을 대차게 후려치고!

지영   (성질 난) 이 여자가!

고운   너 여태 우리 애 때려가며 키웠니? 누구 동생 아니랄까봐 사
       람 패는 종자였어?

예지   !

고운   감히 어디다 손을 대! 어떻게 지킨 내 새낀데!

지영   (비웃으며) 이제 본색 다 까게?

고운   ! (그제야 자각되는)

지영   (예지에게) 넌 이게 다 니 엄마 쥔 줄 알지?

예지   (보는데)

지영   원죄는 다 너한테서 나온 거야~ 니 팔자가 사나운 건! 다 니
       가 지은 죄가 있어서라구!

예지   !

고운   누구한테 악담이야! (지영 몰아내며) 나가! 쓸데없는 소리 그
       만 하구 나가라구!

지영 몰아내고 문 닫아버리는 고운!

S#57. 동 앞 (낮)

안쪽을 향해 악을 쓰는 지영.

지영   감옥만 갔다오믄 끝이야? 너네가 지금 알콩달콩 모녀지정
        나눌 일 있어? 하늘 무서운 줄 알어! 내가 용서할 줄 알아?
        울 오빠 한 풀릴 때까지 내가 가만 안 둬!

S#58. 동 안 (낮)

고운, 벌벌 떨고 있다. 예지, 고운에게 다가가는.

고운   신경쓰지 마. 나한테 돈 뺏긴 게 아까워서 저러는 거니까. 넌
        신경 쓸 필요 없어.
예지   고모말은 신경 안 써.
고운   ...... (긴장하고)
예지   엄마가... 날 지켰어?
고운   !
예지   언제... 뭘?
고운   (아차 싶은데)

S#59. 복도 (낮)

종이봉투 든 환이 오고 있다. 가던 지영과 마주치는. 환, 지영 알아보
고 멈칫하는데.

지영   차암 복도 많아? 시동생도 수족처럼 부리고.
환   !

무시하고 가버리는 지영. 환, 돌아보는데.

S#60. 고운의 병실 (낮)

병실에서 나가려 하는 고운을 붙잡는 예지.

고운	......
예지	아빠 얘기 좀 해.
고운	!
예지	모두들 엄마가 남자에 미쳤다고, 엄마가 나쁘다고만 했지 정작 아빠가 어땠는지는 아무도 말을 안 해 줬어.
고운	......
예지	아빠가... 어땠는데? 엄마한테 어떡했는데? 나한테는!
고운	니 아빠, 경찰이었어.
예지	직업을 물어본 게 아니잖아!
고운	너한테는 좋은 아빠였어. 생각 안 나? 어디든 널 데리구 다녔어. 다른 아저씨들이랑 당구 칠 때두, 사격 연습할 때두.
예지	......
고운	잠복 나갔다 올 때마다 빈손으로 오는 법이 없었지. 마론이랑 곰인형, 너 좋아하는 김과자 같은 게 꼭 들려 있었잖아.

기억이 떠오르기 시작한다.

인서트) 예지의 어린 시절 회상.

어린 예지의 눈에 보이는 엄마와 아빠의 모습. 예지 부 태호가 고운에게 쥬얼리 선물상자 내미는데... 받아드는 엄마의 표정은 돌처럼 굳어 있다. 태호, 열어보라고 재촉하면. 고운, 그냥 상자 채로 화장대 위에 올려두고. 상처 입은 태호의 표정. 쳐다보는 딸의 시선 의식하고 다른 한 손에 들고 있던 인형을 안겨주는. 어린 예지, 인형 보고 좋아하는데... 엄마의 표정은 싸늘하다.

다시 현재.

예지   엄마가 아빠한테 늘 차가웠던 건 생각나. 내 선물 주기 전에 늘 엄마 선물 먼저 주시던 거. 엄마는 포장도 안 열어보던 거.
고운   ......
예지   그렇게 미웠어? 날 고아로 만들 만큼?

고운, 헤아릴 수 없는 눈길로... 설명할 수 없는 얼굴로... 예지를 보는데... 예지, 그런 엄마를 보고...

노크 소리. 모녀가 문 쪽을 보면. 문이 열리고 환이 들어선다. 고운에게 인사하는. 고운, 표정 들키고 싶지 않아 외면하는데.

환   (예지 보고) 오셨네요? 오늘 어르신 퇴원하신다고 들었는데

북받쳐서 자리 피하는 예지.

환   (양해 구하는) 잠시만요, 어르신. (봉투 내려놓고 따라 나가는데)

S#61. 동 앞/복도 (낮)

환, 나와서 살피는. 예지가 앞서가고 있다. 달려가서 따라잡는.

환	(자기가 와서 그런 줄 알고) 쓰러질 때 제가 모셔다드려서... 나 오시는 것두 챙기고 싶었어요. 쌤이랑 상관없이 시장 어르신 으로 제가 할 일을
예지	고마워.
환	!
예지	부탁해, 그럼.

인사하고 가버리는 예지. 환, 예지를 따라갈 수도 고운을 두고 갈 수 도 없는데...

S#62. 고운의 병실 (낮)

환이 문을 연다. 텅 비어 있는 병실. 덜렁 남아 있는 봉투.

S#63. 복도 (낮)

환이 달려간다. 손에는 들고 왔던 봉투 들렸고.

S#64. 병원 앞/택시 정류장 (낮)

고운이 앉아 있다. 환이 다가오는.

환	어르신, 제가 모셔다드린다니까요... 아직 막 움직이고 그럼 안 되세요...
고운	내가 무슨 염치루...
환	(옆에 와 앉는다/봉투 내밀며) 영양제에요.

고운	!
환	의사 선생님한테 물어보고 산 거니까 하나도 빼놓지 말구 드세요. 하루에 한 알 먹는 거, 하루 세 번 밥 먹고 먹어야 하는 거, 일일이 통에다 써놨어요.
고운	(울컥했다가) 우리 예지... 형하구는 괜찮은가?
환	......
고운	둘이 잘 사는지...
환	(차마 대답을 못 하고)

S#65. 진의 사무실 (저녁)

연자와 진, 승민과 윤실장이 대책회의 중이다.

승민	(리스트 내밀며) 고발장에 이름을 올린 이사들입니다.
진	(받아서 보고)
승민	불구속으로 진행될 거니까 너무 걱정 마시구요.
윤실장	(걱정되는) 실형 때릴까요?
진	방회장 측이 원하는 건 실리야. 거래에 응하면, 어머니 지킬 수 있어.
연자	... 그럴 필요 없어.

모두가 보면.

연자	대가는 치러야지. 대신, 감옥에 가더라두 그 쪽 그림대루 놀아나지는 말자.
진	......

승민   변제부터 서둘러야 합니다. 그래야 집행유예로 정리할 수
         있는 가능성이 높아져요.
진   팔아치울 수 있는 것부터 다 팔아치우죠.
윤실장   (서류 준다) 유동자산과 부동산 리스틉니다.

진, 살펴보는데...

S#66. 공방 전경 (밤)

S#67. 공방 (밤)

잡념에서 벗어나려 작업 중인 예지. 물레 돌리다가 흙을 무너뜨리
는데...

(소리)   잘 안 돼?

고개 들면, 진이다.

예지   ..... (주고받는 동안 손 씻고 닦아내는) 당신은요? 회사일, 정리
         됐어요?
진   한방 먹었어.
예지   (보면)
진   경영권은 지켰는데, 어머니가 고발을 당했지. 나 찾느라구
         회삿돈 쓴 거 땜에.
예지   ! 어떡해요 그럼? 어머님, 괜찮으신 거야?
진   ... 해결할 수 있어. 나 때문에 벌어진 일인데, 책임. 져야지.

예지	(속상해서) 쓸데없는 의심부터 버려. 그래야 회사일에 집중을 하지!
진	맞아. 우리한테 중요한 건 과거가 아니라 현재구... 미래야.
예지	!
진	우리, 서로한테만 신경 쓰자.
예지	(보면)
진	난 회사, 당신은 작업... 서로의 일 응원해주면서... 그렇게.
예지	공방, 해도 된다는 거야?
진	그 분, 시장 떠나실 거야. 그러기루 하셨어.
예지	! 당신이었어? 당신이 가라 마라 한 거야?
진	......
예지	그러지 말라구 했잖아!
진	당신이 못하니까 내가 한 거야.
예지	(화가 나서) 내 과거는 상관이 없지만! 그 엄마가 주변에 얼쩡거리는 건 참을 수 없다?
진	용서할 수 있어? 아무 일도 없었던 것처럼 엄마랑 딸로 살 수는 있구?
예지	......
진	돌이킬 수 없는 과거는 버려. 내가 당신의 미래야.
예지	......

S#68. 공방 앞 (밤)

환의 차가 와서 대어지고. 환이 내린다. 공방에서 나오는 진과 예지, 환의 차를 발견한 진이 예지의 손부터 찾아 쥐고. 예지, 왜 이러나 싶은데. 집으로 들어가려던 환이 공방에서 나오는 두 사람 본다. 꼭 잡은 두 사람의 손. 아프고... 예지, 환 때문임을 알아채는.

S#69. 1층 진 방 (밤)

진의 약물을 챙기는 예지. 베드 테이블 약통들 옆에 물병과 컵이 담긴 쟁반을 놓는다. 필요한 약들 꺼내서 삼키는 진.

예지   박사님이 약 줄여야 한댔는데...
진   몇 알 줄였어.

정말인가 싶어 보는 예지.

진   신경 쓰였어?
예지   통증이 심하단 얘기니까.
진   ......
예지   피곤할 텐데 자요. 불 꺼줄게.

진, 예지의 손을 잡는다. 예지, 보면.

진   가지 마.
예지   !
진   (보는데)
예지   ...... (손 빼내며) 우리가 다시 옛날로 돌아가려면... 당신이 나한테 솔직해져야 해.
진   ......
예지   나, 알아. 당신이 나한테 투명하지 않은 거.

진	......
예지	기다릴게.
진	......

S#70. 환의 집 앞 (밤)

견딜 수 없어진 환이 밖으로 나온다.

S#71. 공방 (밤)

불을 켜는 환. 예지의 빈 작업대를 본다. 맞은 편에 가 앉는 환. 예지의 빈 자리를 보는데... 미치겠고...

S#72. 양한방병원/재활치료실 (다른 날 낮)

평행봉을 잡고 보행훈련 중인 진. 진 옆에 재활치료사 지켜보고. 진이 한 발... 한 발... 온 힘을 다해 내딛는데. 치료실 밖에서 진의 노력을 보고 있는 예지. 평행봉 끝에서 뒤로 돌던 진, 균형을 잃고 휘청이면, 치료사 재빨리 뒤에서 받쳐준다. 예지, 그 모습 철렁하고... 진, 몇 번이고 반복하며 평행봉을 걷는데...

다시 평행봉 끝에 서는 진, 창 너머 예지와 시선이 마주치더니 멈춘다. 이상한 느낌에 치료실로 들어가는 예지. 오는 예지를 보고, 용기를 내는 진. 평행봉에서 천천히, 조심스럽게 손을 놓는데...!

예지	당신 뭐하려고... (멎는) !

진, 제힘으로 선다! 서서 자신을 내려다보는 진의 시선에 놀라고 벅차오르는 예지. 비로소 웃어 보이는 진...

이내 버티지 못하고 풀썩 주저앉혀지는 진, 예지와 치료사가 진을 받아낸다. 진의 온몸이 땀으로 젖어 있고. 마주치는 진과 예지의 시선에서.

S#73. 환의 집 전경 (저녁)

S#74. 환의 집/식당 (저녁)

식탁 위에 놓이는 풍성한 음식들. 성곤이 진의 기립을 축하하며 만든 자리다. 환과 성곤이 연신 접시를 나르고. 상이 다 차려지는데. 예지가 진을 데려오고. 성곤, 벅찬 눈길로 본다.

성곤   장하다, 우리 아들.
진   (쑥스러운) 그런 멘트하지 마세요. 소화 안 돼요.
성곤   (환과 예지 보며) 다들 애썼다. 얼마나 힘들었을지, 모르지 않아.
환   (예지에게) 아부지두 옛날에 엄청 힘들게 하셨거든요~
예지   그래서 잘 아시는구나?
성곤   (청문회 스타일로) 기억이 나지 않습니다.

식구들, 웃으며 자리에 앉고. 성곤이 자식들에게 음식 덜어준다. 이제 다시 찾아온 행복 같은, 그런 순간.

S#75. 환의 집 앞 (저녁)

차가 와 대어진다. 운전석에서 내리는 사람은 캐리다!

S#76. 환의 집/식당 (저녁)

식사 중인 식구들. 환, 식탁 위에 물컵 놓아주다가 거실에 서 있는 캐리를 발견한다.

환   (놀라서) 누구세요?

식구들, 돌아보면. 진, 경악하고. 예지, 캐리 알아보고 멎는다. 다가오는 캐리. 환도 캐리의 얼굴이 어딘가 낯익은데...

캐리   식사 중이셨네요? 문이 열려 있길래...
진   나가! 여기가 어디라고 들어와!
캐리   자기 데려가려고 왔지.
예지   !

무언가 위기감을 느끼고 일어나는 환.

진   (환에게) 저 여자 쫓아내! 어서!
환   ?! (진을 보는데/순간 캐리를 기억해내고)
캐리   (예지 보는) 나, 기억하죠?

멎어 있는 예지의 얼굴에서 엔딩!

12부

내가 가장 예뻤을 때 2

S#1. 환의 집 앞 (저녁)

차가 와 대어진다. 운전석에서 내리는 사람은 캐리다!

S#2. 환의 집/식당 (저녁)

식사 중인 식구들. 환, 식탁 위에 물컵 놓아주다가 거실에 서 있는 캐리를 발견한다.

환   (놀라서) 누구세요?

식구들, 돌아보면. 진, 경악하고. 예지, 캐리 알아보고 멎는다. 다가오는 캐리. 환도 캐리의 얼굴이 어딘가 낯익은데...

캐리   식사 중이셨네요? 문이 열려 있길래...
진   나가! 여기가 어디라고 들어와!
캐리   자기 데려가려고 왔지.
예지   !

무언가 위기감을 느끼고 일어나는 환.

진   (환에게) 저 여자 쫓아내! 어서!
환   ?! (진을 보는데/순간 캐리를 기억해내고)
캐리   (예지 보는) 나, 기억하죠?
예지   ... (알지만/차갑게) 저희는 손님을 초대한 적이 없는데요.
캐리   (진 뒤로 다가가 서는) 이 사람만 데려가면 제 용건은 끝이에요

하시던 식사, 계속하세요. (진의 어깨에 손을 놓는데)

예지/환 !

바로 털어내는 진. 그대로 캐리의 손목을 잡고 위협적으로

진   돌았구나? 니가 드디어 미쳤어.

캐리   (슬픈) 나 이렇게 만든 사람이 누군데!

성곤   우리 아들하고 할 얘기가 있으면, 조용히 따로 해요. (진에
      게) 모시고 나가라.

휠체어 움직이려는 진. 그 순간

캐리   미국에서 이 사람 케어한 거, 나에요.

순간, 얼어붙는 예지! 환, 예지를 보고! 진, 그 두 사람 보는! 캐리 앞
에서 꼿꼿하려는 예지, 몸에 힘을 주는데

캐리   그동안 이 사람의 가족은, 여러분이 아니라 나였단 말이죠.
      오로지 혼자! 이 사람 지켰어요.

예지   (진에게) 사실이야?

진   ......

예지   저 여자 말이! 진짜냐구!

진   ... 도와준 건 맞아. 하지만 이미 끝난 관계야.

예지   !

환, 기가 차서 진을 노려보고. 성곤, 다가가 예지의 손을 잡는다.

성곤   아가, 나가자. 나가서 나하구 얘기하자.
예지   (억장이 무너지는데)

아수라장 속에서 예지를 데리고 나오는 성곤.

S#3. 현관 앞/정원 (저녁)

예지를 공방으로 데려가는 성곤. 끌려가는 예지.

S#4. 거실 (저녁)

진과 대치하는 캐리. 지켜보는 환.

캐리   충분히 기회를 줬어. 시간도 줬어.
진   (노려보는데)
캐리   돌아와.
진   잊었어? 먼저 떠난 건 너야!
캐리   몇 번을 말해?! 일 땜에 들어온 거였어! 떠난 게 아니었다구!
진   질려서 버리고 간 주제에, 망가진 장난감이라두 돌려주는
         건 싫었어? 원래두 니 께 아니었구! 단 한 번도 니 꺼였던 적
         이 없어! 여기가 내 자리야!
캐리   (다가가 얼굴 감싸며) 언제쯤 인정할래? 자기 짝은 나야. 내
         옆이 당신 자리라구!
진   (캐리의 손 쳐내고) 다 까발려진 판에 더 잃을 것도 없어. 꺼져.
캐리   같이 가잔 말이야!
진   !

환, 더 이상 못 참겠다.

환   여긴 우리집입니다!

돌아보는 진과 캐리.

환   형한테 할 말은! 따로 하세요! 가족들 없는 데서!
캐리   (비웃는) 형수가 걱정되나봐?
환   역겨워서요.
진   !
환   (진에게) 식구들한테는 죽은 척 하고 다른 여자랑 살림 차렸어? (캐리에게) 몸도 성치 않은 사람 빼내서! 식구들 몰래 숨어 사니 좋았어요? 다른 사람 피 말려 가면서! 우리 식구들 다 같이 바보 만들구! 뭐가 그렇게 당당해서 여기까지 찾아 왔는데요!
캐리   (피 맺힌) 내가 먼저였어!
진/환   (보는데)
캐리   내가 먼저 사랑했구! 내가 더 오래였어! 저 사람 죽어갈 때 구해낸 것두 나구! 다리 저 꼴 나서 미친놈 됐을 때! 온갖 패악 받아 준 것도 나야! 내가 당당하지 못할 일이 뭔데? 저 사람! 내 꺼야!
환   (충격 받는)
진   제정신 아니었어! 죽을 줄 알았구! 내 인생 포기했을 때야!
캐리   그래! 자기는 포기했구! 끝까지 포기 안 했던 건 나야! 내가 살렸어! 지켰어! 기다렸어!
진   (애증으로 노려보는데)

S#5. 공방 (저녁)

성곤이 예지를 데리고 공방으로 들어오는데

예지   안 되겠어요.
성곤   (말리는) 아가!
예지   이렇게 도망치긴 싫어요!
성곤   도망치는 게 아냐! 상대하지 말라는 거지!

도로 나가는 예지! 성곤, 미처 잡지 못하고...

S#6. 거실 (저녁)

환, 화를 내며 캐리를 몰아낸다.

환   헛소리 집어치우고 나가세요! 우리집에서! 나가달라구요!
캐리   (진에게/간절한) 자기야, 가자.
진   (외면하며/환에게) 이 여자, 끌어내.
캐리   !
진   부탁한다.

환, 캐리를 잡아끈다.

캐리   이거 놔! 저 사람 안 가면, 나도 안 가! 못 가!

끌려나가는 캐리. 그런 캐리를 보는 진에서.

S#7. 정원 (저녁)

환에게 끌려나오는 캐리. 공방에서 나오는 예지. 두 여자가 마주치고.
캐리, 환을 뿌리치고 예지 앞에 서는데. 환, 그런 캐리를 다시 막아선다.

환   그냥 가세요!
캐리   (물러서지 않는데)

다가온 예지, 환을 천천히 밀어낸다. 그렇게 캐리 앞에 마주 서는 예
지. 두 여자의 시선.

예지   아직도 할 말이 남았어요?
캐리   몇 달 되지도 않는 두 사람 짧았던 신혼보다, 우리가 함께한
        세월이 더 길어요. 결혼 전 3년. 사고 나구 7년. 10년을 서진
        이라는 남자하구 함께 했죠.
예지   ! (아프고)
환   (걱정돼서 예지 보는데)
캐리   그런데도 계속 살 수 있나? 법적인 아내라는 이유로?
환   (예지에게) 상대하지 마요. 이런 말 듣고 있지 마요!
예지   (환 밀어내고) 당신 말대루 10년을 함께 했는데! 저 사람은
        왜 나한테 돌아왔을까요?
캐리   !
예지   (간호사 취급해버리는) 그이 아플 때 도와준 거, 고마워요. 하
        지만 우리가 계속 부부일지 아닐지는! 내가 선택해요. (가버
        리는데)
캐리   어머님이 강제로 끌고 갔죠.

예지	! (멎고)
환	...... (그랬구나)
캐리	미국 시절이 궁금하면, 언제든 연락 주세요. 뭐든지 다 얘기해 줄 테니까!
예지	(돌아보는데)

더 이상 안 되겠다! 캐리의 차 문을 열고 캐리를 운전석에 구겨 넣어 버리는 환!

환	가요! 두 번 다시 찾아오지 말구! 한번만 더 우리 식구 건드 렸다간, 형이 아니라 내가 가만 안 있어!
캐리	어쩔 건데? 우리 도련님?
환	!
캐리	날 건드릴수록, 니 형수만 다쳐!
환	!!

캐리의 차가 떠나면. 보고 선 예지, 그리고 그런 예지를 보는 환.

S#8. 공방/연자의 사무실 (저녁)

성곤이 회사에 있는 연자와 통화 중이다. 오가며

성곤	예지가 충격이 커.
연자	그 기지배는 내가 처리할 테니까 딴생각 못하게 해. 진이 기운 차린 지 얼마나 됐다고. 걔 여기서 다시 손 놓으면 영영 재기 못해.

성곤   ... 예지도 우리 자식이야. 며느리 걱정도 좀 해.

연자   주저앉혀야지 별수 있어? 나 같으면 7년 기다린 거 아까워서
       라두 딴 여자 못 줘. 안 줘.

성곤   (한숨) 하는 거 보니까 집착이 강한 애더라구. 돈 같은 거, 안
       먹힐 거야.

연자   (안다) 제일 피곤한 스타일이야. 뻔뻔하구 지밖에 몰라.

성곤   ... (누구랑 비슷한데?)

S#9. 길/캐리의 차 안 (저녁)

운전석의 캐리. 일그러지는 얼굴. 우는 것인지 웃는 것인지 알 수 없
는... 기묘한 표정.

S#10. 환의 집 전경 (저녁)

아무 일도 없었다는 듯 다시 평화로운 저택.

S#11. 식당/거실 (저녁)

식구들이 먹다 만 상 치우는 예지. 보고 있던 진은 화가 난다.

진   하지 마! 그런 거 지금 안 해도 돼!

말없이 다가온 환, 예지의 손에서 접시를 받으려는.

환   제가 할게요. 들어가세요.

예지, 가만 있다가 개수대에 접시를 와장창 깨버린다. 놀라서 보는 환! 멎어버리는 진! 예지, 주방에서 나가버린다. 환, 맘 아파서 접시의 잔해들 보는.

거실에 있던 진, 자신에게 다가오는 예지를 보는데...

예지   왜 말 안 했어! 살아 있으면서도 연락 끊은 거! 돌아와준 것
       만두 감지덕지라 넘어갔어. 그동안 여자가 있었던 거! 그 여
       자가 구여친인 거! 그것도 참아줘야 해?

진   당신이 생각하는 그런 관계 아니야.

예지   그런 관계가 뭔데? 내가 상상하는 게 뭔지 알기나 해?!

진   ......

예지   아무 사이도 아닌데 당당하게 여길 쳐들어와? (폭발하는) 내
       가 바본 줄 알아!

진   당신은 이해 못해. 말한다고 알 수 있는 세월이 아니야!

식당에서 깨진 잔해 치우던 환, 진의 말에 화가 나고.

예지   그럼 평생을 속일 작정이었어?

진   ......

예지   우리가 한 건 결혼이었어! 헤어지고 말면 그만인 연애 따위
       가 아니었다구!

진   (보는데)

예지   내가 여기서 가슴 찢겨가며 기다리는데! 그 여자 데리고 7년
       을 살면서! 이제 끝났다고, 지금은 다 지난 일이라고 그냥 넘
       어가자는 거야?

진	당신 너무 흥분해 있어. 지금은 얘기해봤자 서로 상처만 될 거야. 좀 가라앉고 나면
예지	(OL) 내 상처가! 걱정은 돼?
진	......

어이가 없어 웃어버리는 예지. 환, 걱정되어 나와본다.

예지	지금 여기서 더 상처받을까, 내 걱정 하는 거야?
진	......
예지	그 걱정을 왜 이제야 하는데! 이게 당신이 말한 내 미래야?
환	(보는데)
예지	(진의 휠체어 마구 흔들며) 왜 그랬어! 나한테는 죽은 사람 행세하구! 그 여잔 옆에 붙여 놓구! 왜 그랬냐구! 갑자기 돌아온 이유가 뭐야? 어머님한테 안 들켰으면! 천년만년 거기서 살려 그랬어? 그 여자랑?
진	(버럭) 끝난 관계라구 했잖아!

환, 다가가 예지 떼어낸다.

환	그만 하세요.
예지	(아랑곳없이) 나한테 돌아오기 위해 사력을 다했다는 거, 날 다시 만나기 위해 버텼다는 거! 다 거짓말이었어
진	아니야!
환	(진을 노려보고)
예지	나를 속였어! 나를 버렸어! 나를 기만했어!
진	(미치겠고) 아니야, 아니야, 아니야!

환   (차갑게) 개자식!

진   ! (멎고)

예지   (환을 보는데)

환, 예지를 데려간다. 휠체어 타고 두 사람 따라가는 진! 계단 앞에서
좌절한다. 계단 위로 올라가버리는 두 사람. 진, 저도 모르게 일어섰
다 도로 주저앉는. 통증이 몰려온다.

S#12. 신혼방 앞 (저녁)

앞장서 올라온 예지. 환이 어쩌지를 못하는데. 환에게 눈길도 안 주
고 들어가 버리는 예지. 환의 눈앞에서 닫혀버리는 문.

S#13. 신혼방 안 (저녁)

고통스러운 예지, 침대에 엎드려 괴로움을 삭이고 있다. 침대 커버를
움켜쥐고... 울지 않으려 애쓰며 온몸을 비트는데...

S#14. 신혼방 앞 (저녁)

노크하려다 멎는 환. 차마 두드릴 수 없는. 안에 들어가지도 못하
고... 예지를 안아주듯 양손을 문에 대고 머리를 기대는 환. 아프지
말았으면... 아프지 말았으면... 제 온 마음이 방문 너머 그녀에게 가
닿았으면...

S#15. 1층 진 방 (밤)

진을 야단치고 있는 성곤.

성곤   그러게 진작에 말했어야지! 솔직하게 다 털어놓고 용서를
        구했어야지!
진   두려웠어요.
성곤   !
진   무서웠어요. 절 떠날까봐.
성곤   그게 예지 선택이면, 받아들여야 하는 거야.
진   !
성곤   진실을 말하고, 선택할 자유를 주는 거. 그게 사랑이야.
진   ...... 그렇게 강한 사람이 있어요?
성곤   ! (멎고)
진   (씁쓸한) 예지가 갖구 싶었구... 함께 하구 싶었지만 망가진
        모습은 보여줄 수가 없었어요. 그럴 수가 없었어요.
성곤   (한숨 쉬고)
진   ... (힘든데)

S#16. 거실 (밤)

1층 진 방에서 나오던 성곤, 2층을 서성거리는 환의 뒷모습 보고. 자
식들 모두가 다 걱정되는데...

S#17. 신혼방 (밤)

창가에 앉아 있는 예지, 못 참고 벌떡 일어나 문으로 가는데.

S#18. 2층 거실 (밤)

예지가 문을 벌컥 열고 나온다. 아래층으로 내려가는 예지. 방에도 못 들어가고 밖에서 예지 지키고 있던 환, 걱정에 따라가는데

S#19. 거실/1층 진 방 앞 (밤)

2층에서 내려오는 예지, 따라오는 환. 예지, 진의 방으로 들어가 버리고. 환, 거실에 멈춰 서는데.

S#20. 1층 진 방 (밤)

앉아 있던 진, 핸드폰으로 캐리의 전화번호를 찾아본다. 전화를 걸어보려다가 그만 두는데. 문이 확 열리고 예지가 들어온다. 진, 쳐다보면

예지   헤어진 게 아니었어!

진   !

예지   그 여자 우리 결혼식에도 왔었잖아! 신혼 때두 공방에 와서 손님노릇하구!

진   (어떻게 할 수가 없고)

예지   미국에도 같이 갔었어? 난 나중에 오라구 해놓구! 그 여자랑 같이 간 거야?

진   (차분하게) 앉어.

예지   (상관없이 쏟아붓는) 계속 만날 거면서! 나하구 결혼은 왜 했어!

진   당신 만나기 전에 정리했구! 미국엔 각자 일 땜에 간 거야! 난 내 팀 끌구! 캐리는 자기 팀 데리구!

예지	!
진	날 구차하게 만들지 마. 변명 같은 거, 안 해.
예지	(치밀고) 변명이 아니라! 해명을 해!
진	(아프게 보는데)
예지	그렇게 힘들었어?
진	......
예지	나한테는 연락도 안 하면서, 그래도 다른 여잔 필요했어?
진	......
예지	대답해봐!
진	죽을지 살지도 몰랐어. 한 치 앞도 몰랐어! 그 여잔 그냥 내 앞에 있었구! 아무 손이나 잡은 거야!
예지	그게 배신이야!
진	(멎고)
예지	아빠가 죽었어두! 엄마가 감옥에 갔어두! 아무 상관없다구! 날 다 품어줄 것처럼 통 크게 굴어놓구! 기다리느라 피가 마르는 난 상관두 없이! 다른 여자 잡구 매달려? 그게 사랑이야?
진	(아프고)
예지	(절망해서) 왜 이렇게 날 초라하게 만들어...
진	... 나만큼 초라해?
예지	......
진	나보다 비참해?
예지	(보는데)
진	당신이 2층으로 가버리면. 하고 싶은 말이 있어도 따라가지도 못해! 보고 싶어도 갈 수가 없어!
예지	......
진	화내는 당신을 안아서 달랠 수도 없고! 가지 말라고 붙잡을

수도 없어! 아무것도 할 수가 없어! 이런 나보다... 당신이 더 비참해?

예지   비참한 걸로 따지면, 당신한테 배신당한 내가 더 비참한 거 아냐?

진   ... 자신할 수 있어?

예지   !

진   내가 없는 동안! 환이한테 의지하면서! 흔들린 적 없다고! 날 배신한 적 없다고! 자신 있게 말할 수 있어?

예지   ......

S#21. 거실 (밤)

애타는 마음으로 진의 방문을 바라보고 선 환.

S#22. 다시 1층 진 방 (밤)

진   다른 여잘 원한 게 아니야! 그냥 망가져 있었을 뿐이야!

예지   난 적어도! 죽은 척 숨어서 다른 사람을 만나진 않았어.

진   !

예지   몇년만에 돌아온 당신? 받아들일 수 있어. 하반신이 마비돼두! 괜찮아! 자격지심에 나 밀어내구 아프게 한 거! 그것도 이해해. 그치만 다른 여잔 못 참아. 당신, 용서 안 해. (나가려는데)

진   (예지의 손목 잡으며) 다 끝났어.

예지   ......

진   이미 오래전에.

예지   ......

뿌리치고 나가버리는 예지. 진, 혼자 남고.

S#23. 동 앞/거실 (밤)

서 있는 환을 그대로 지나쳐 가는 예지. 환, 예지의 팔을 잡는데. 예지, 그대로 환의 손 떼어내고 2층으로. 환, 그런 예지를 돌아본다.

S#24. 1층 진 방 (밤)

진, 예지 따라가려다... 그만두는. 제 처지가... 정말 싫다!

S#25. 신혼방 (밤)

예지, 캐리어 꺼내 열어놓고 던지듯 짐을 싸기 시작한다. 그러다 멎는. 갈 데가 없다! 옷가지 마구 던져버리는데!

S#26. 환의 방 (밤)

침대에 기대앉은 환, 무언가를 결심하는.

S#27. 캐리의 레지던스 전경 (다음날 낮)

S#28. 캐리의 레지던스 (낮)

캐리가 문을 열면, 다짜고짜 밀고 들어오는 연자! 뒤에 따라 들어오는 윤실장. 연자, 신발 그대로 신고 들어와서 보자마자 캐리의 머리채부터 잡는다.

캐리   왜 이러세요!

연자, 바닥으로 캐리를 팽개치고! 주저앉는 캐리! 분해서 연자 노려보는데!

연자   두 번 다시 내 아들 앞에 나타나지 말랬지! 죽여 버린다는 내 경고, 말뿐인 줄 알았니?

의연하게 일어나는 캐리.

캐리   죽어두 그이 못 놔요! 시체가 돼서두! 그이 끌어안구 갈 거예요!

연자   네가 왜 들어왔는지! 와서 무슨 짓 했는지, 모를 줄 알아?

캐리   !

연자   옥살이 면하려면 조용히 도로 나가라구 했어, 안 했어!

캐리   집에는 안 간다구 우기는 환자 돌봐준 게 감옥 갈 일이에요? 아픈 사람 사랑한 게! 벌 받을 일이냐구요!

연자   방회장두 알구 있었지?

캐리   !

연자   니들 둘이서 금쪽같은 내 아들 감춰두고 우리 회사 알겨 먹을라구 수 쓴 거잖아!

캐리   오해세요!

연자   오해라는 년이 이사회에 뻔뻔하게 방회장 수행하구 나타나?

캐리   ……

연자   너 빼구 세상 사람 다 등신인 줄 아니?

캐리   절 자꾸 모욕하니까! 지렁이두 밟으면 꿈틀한다구! 그이한
        테 한번 보여주고 싶었던 거 뿐이에요!

연자   끝까지 사랑밖엔 난 몰라 시치미 뗄 작정인가본데, 나한테
        는 안 통해!

캐리   (보는데)

연자   미국으로 돌아가. 그러면 전과자는 면하게 해줄게.

캐리   지금 감옥에 갈 사람은, 어머님 아니세요?

연자   어따 대구 어머님이야!

캐리   ……

연자   내가 감옥에 가더라두 니가 분탕질치는 꼴은 못 봐. 내 아들
        이 놀다 버렸으면 주제파악하구 지 자리루 돌아갔어야지!
        원래 이 남자 저 남자 아무나 만나는 게 네 전공 아냐?

캐리   !

연자   우리집, 잘못 건드렸어. 우리 진이 저 지경이어두 너한테는
        안 줘.

캐리   진환을 빼앗겨두요?

연자   !

캐리   회장님은 2차전을 준비하고 계세요. 이사회는 겨우겨우 넘
        어갔지만, 2차 방어에 실패하면, 어떻게 될지 아시잖아요.

연자   (노려보는데)

캐리   고려가 아닌 진환 편에 서고 싶어요. 어머님이, 절 받아주신다면.

연자   ……

윤실장, 걱정으로 보고.

S#29. 시장 전경 (낮)

S#30. 수선집 (낮)

임반장과 대화 중인 고운. 관두겠다고 얘기한.

임반장   여기 그만두면, 갈 데는 있고?
고운   좀 쉬었다가... 작게 제 가게를 내볼까 해요.
임반장   과로루다 쓰러질 정도니 쉬는 건 좋은데... 섭섭하네. 그간 정도 들었는데...
이씨   여기 단골도 많은데 독립은 무슨 독립이여... 걍 우리랑 같이 있어. 새로 터 잡는 게 쉬운 일이 아니여!
고운   아직 정한 건 아니구우, 일단은 그냥 쉬려구.
의순   쉬어봤자 일주일 못 가. 우리 같은 사람들은 일 쉬면 몸서리나.
고운   자기나 그렇지, 난 백수 체질이야. 한도 끝도 없이 놀 수 있다 뭐.
의순   며칠 가나 두고 본다 내가.

고운. 웃는데. 딸랑! 문종이 울리고 사람들 쳐다보면. 문가에 서 있는 예지. 고운, 놀라는데.

S#31. 국숫집 (낮)

모녀 앞에 놓아지는 잔치국수와 비빔국수 두 그릇.

고운   오늘은 먹어봐. 맛있어.

예지   ......

고운   ... (역시... 속상한데)

예지   (젓가락 들면서) 고르세요. 남은 거 먹을게요.

고운   (벅차고/비빔부터 밀어주면서) 이거 이거. 비빔부터 먹어. 매우면 육수 마시고. 응?

예지   (면을 감아올리며) 드세요.

그저 보기만 하는 고운. 딸이 뭐 먹는 거 처음 본다. 마음이... 좋다.

예지   (어색해서) 안 드세요?

고운   아, 먹어 먹어. (그러면서 또 한참을 보는)

고운의 시선 모른 척하고 비빔국수 먹는 예지. 고운도 젓가락 드는데

예지   (무심한 듯 할 말 하는) 수선소 그만두지 마세요. 어디 안 가도 돼.

고운   ? (멎어서 보면)

예지   누가 뭐래도 신경 쓰지 말구. 하구 싶은 일 하면서... 살고 싶은 데서 살아. 누구도 엄마 인생에 간섭할 권리는 없어.

고운   ...... (뭔 일이 있구나 싶은데)

S#32. 동 앞 (낮)

국숫집에서 나온 두 사람. 가려는 예지를 붙잡는 고운.

고운   너 무슨 일 있지?

예지   ... 다른 데 가지 마. 사이좋게 보면서 살지는 못해도... 어느 하늘 아래 있는지, 그 정도는 알고 사는 게 속이 편한 거 같아.

고운   무슨 일 있음, 말해.

예지   ... 해결해주게?

고운   참으면 병 돼. 병이 깊어지면, 나중에 이상한 짓을 하게 돼. 참는 게, 젤 안 좋아.

예지   엄마도 너무 참았어? 그러다 그렇게 된 거야?

고운   ... (보는/무슨 말을 할 수 있으랴)

후두둑 눈물이 떨어지는 예지. 고운, 당황하고.

예지   죽이고 싶은 맘이... 뭔지 알았어.

고운   !

예지   배신당하면... 그렇게 되는 거잖아.

고운   ... (얘가 무슨 일이 있나 싶고)

예지   그렇다고 엄마가 잘 했다는 건 아냐.

고운   말을 해! 대체 뭔 일이야?!

예지   엄마가... 그냥 엄마였으면... 참 좋았을 텐데...

고운   ! (가슴이 찢어지고)

예지   남들은 부부싸움 하면 친정이라도 가잖아.

고운   예지야!

예지   그러니까 아무데도 가지 마.

고운   !

예지   기댈 수 있는 친정은 없어도! 엄마가 어딨는지도 모르고 싶진 않아

고운   ......

돌아서 가버리는 예지. 사무치는 걱정에 딸의 뒷모습 보고 선 고운.

S#33. 길/일각 (낮)

가다 서는 예지. 사람들 모두 스쳐 가는데... 그 자리에 붙박혀 있다.

S#34. 진환A&C 전경 (낮)

S#35. 진의 사무실/회의 테이블 (낮)

승민이 진에게 보고를 하고 있다.

승민　　(질문지 건네주며) 소환조사에 대비한 예상 질문집니다. 대표
　　　　님도 소환될 수 있어서 두 분 꺼 다 뽑아봤습니다.

진　　　이미 적대적 M&A에 관한 시나리오가 가동 중이던데. 횡령
　　　　건에 대한 고소고발로 끝나지 않을 거예요.

승민　　고려에서 제대로 맘먹으면 아무래도 불리한데... 자금 동원
　　　　력이 게임이 안 되거든요.

진　　　(질문지 살펴보면서) 방회장은 저의 생존을 알고 있었습니다.

승민　　(무슨 말인가 보고)

진　　　내가 살아 있는 거 알면서 우리 회사 알맹이 빼먹어가며 기
　　　　회를 노린 거죠.

승민　　(좀 놀란) 소문은 들었지만... 악랄하네요.

진　　　규모에서 밀리면, 게릴라 전법을 씁시다.

승민　　... 계획이 있으십니까?

진　　　(보는데)

S#36. 진환A&C/로비 (낮)

로비를 얼쩡거리고 있던 기석. 마스크에 야구모자 눌러쓰고 초췌한 차림인데... 엘리베이터 문이 열리고 진의 휠체어가 나온다. 승민이 동행하고. 진을 확인하고 일각에 몸을 숨기는 기석. 진의 휠체어가 문밖으로 나가자 뒤를 쫓는다.

S#37. 진환A&C 앞 (낮)

대기하고 있는 진의 차. 휠체어에서 조수석으로 옮겨 타는 진. 대기하던 보안요원이 진의 휠체어를 트렁크에 싣고. 승민, 운전석으로 가는데...

일각에 숨어서 진의 움직임을 지켜보고 있던 기석, 마스크를 내린다. 진의 차가 출발하고. 기석, 회한에 찬 눈길로 진이 탄 차를 보는데...

S#38. 캐리의 레지던스/화장실 혹은 파우더룸 (낮)

캐리, 엉망이 된 머리를 다시 손질하고 있다. 잘 빗어 내린 머리칼을 높이 올려 묶는. 표정은 어딘가 결연하고.

S#39. 고시원 앞 (오후)

예지가 건물 앞에 서 있다.

S#40. 지영의 살림집/주방에서 거실까지 (오후)

지영과 찬희, 식탁에 앉아 국물 멸치 손질하고 있다.

찬희   내가 집에 일찍 오질 말아야지. 하루 종일 나만 기다리지? 멸치 똥 따고 콩나물 대가리 따고, 빨래 걷구... 낮에 좀 해노면 안 돼?

지영   (손질한 멸치 한 마리 입에 넣어 씹으면서) 나 혼자 먹는 것두 아닌데 왜 내가 다해? 이거 다 니 입에 들어갈 거거든?

찬희   생활비를 받지를 말던가. 월급 반절 칼같이 띠어 가면서 집안일, 부엌일, 고시원일까지 부려먹구. 이 정도면 내가 알바비를 받아야지!

지영   (가소롭게 보면서) 꼬우면 나가시든지.

찬희   !

지영   너 같은 것들이 꼬리 팍 내릴 때가 부동산 시세 알아볼 때라더라. 꼴랑 니 월급으로 어디 나가서 월세 내면서 살아보든가~

찬희   (급 태도 돌변하는) 엄마, 뭐 더 할 거 없어? 쌀 씻으까?

지영, 어이없어 웃는데 초인종 울리고.

지영   (반색하는) 늬 아빠 일찍 오셨나 부다!

문 열러 가는 찬희. 인터폰 화면에 예지의 모습 잡히자 당황하고.

찬희   이 언니가 웬일이래?

지영   뭔데?

찬희, 돌아보는.

S#41. 예지 공방 (오후)

경식이 선반 작업을 하고 있다. 환과 엠버가 공방 내부 마감처리 체크 중이다. 깨진 데가 없는지 벽과 바닥을 구석구석 살피는 엠버, 핸드폰으로 곳곳을 찍어두고. 환은 창문 개폐를 확인해보는데. 선반이 잘 달렸는지 확인해보고 사다리에서 내려오는 경식. 핸드폰 알림음에 문자 확인하는.

찬희(소리) 아빠, 오늘 빨리 와! 예지 언니 왔어! 둘이 붙으면, 나 혼자 감당 못해!

경식 ...... (보더니 환에게 가서) 사돈총각!

환 (보면)

경식 선반은 끝났는데, 나 먼저 마감해도 될까? 집에... 예지가 왔다네?

환 !

경식 뭐 아는 거 있어? 예지가 집까지 찾아올 일이 없는데...

엠버 (돌아보는)

환 (걱정에) 제가 같이 좀 가도 될까요?

경식 ... (뭐가 있구나)

환 혼자 다닐 컨디션이 아니거든요. 가서 데려오는 게 좋을 거 같아요.

경식 일단 가보자구.

엠버 여기 일은 어뜩하구?

환 부탁해.

엠버 !

경식, 공구 정리[1]하면서 퇴근 준비하고. 환이 같이 도우며 서두른다.
엠버, 서운해서 보고.

S#42. 지영의 살림집/주방/거실 (오후)

지영과 예지가 거실에 앉아 있다. 찬희가 혼자서 식탁에 앉아 멸치마
저 다듬으면서 거실에 신경 가 있는데.

지영   병원에서 맞은 거 따지러 왔니? 니 엄마가 할 만큼 했잖아.
        그래두 분이 안 풀리다? 연 끊은 집에 발을 다 들이구.
예지   물어볼 게 있어요.
지영   (보면)
예지   아빠 죽던 날
지영   !
예지   무슨 일이 있었는지 알고 싶어요.
지영   ……
예지   저는 기억 못해요. 그날 이후... 어린 시절이 다 통으로 날아
        갔어요.
지영   (찬희에게) 넌 아래(고시원) 좀 내려가 있어.
찬희   이거 해노래매!
지영   (버럭) 내려가라면 내려가!

찬희, 툴툴거리며 밖으로.

---

[1] 현장에 공구상자를 두고 퇴근

예지   (고요히 지영 보면)

지영   (이미) 얘기해줬잖아.

예지   언제나 외운 듯이 똑같이 말씀해주셨죠. 근데... 저번에 첨
        으루 다른 얘길 하셨잖아요.

지영   (보면)

예지   원죄는 나한테 있다면서

지영   ! (잡아떼는) 기억 안 나. 모녀가 싸잡아서 꼴 베기 싫으니까
        그런 거지.

예지   짜기는 해도 고모부한테 좋은 아내구 찬희한테두 살뜰한
        엄마셨어요. 그런데, 나한테는 왜 그랬어요?

지영   ... 그 여자 딸이니까.

예지   아빠 자식이기두 해요. 그런데 왜 그랬어요! 날 왜 못 잡아먹
        어서 안달이었는데!

지영   ... (회한에 차서 보는데)

예지   아빠는 죽었구... 엄마는 감옥에 갔구... 난 고모 얘기만 들으
        면서 자랐죠. 근데... 그게 정말 다에요?

지영   그 끔찍한 얘길 또 하라구?

예지   (보는데)

지영   너네 엄마한테 가서 들어.

예지   !

지영   이러나저러나 변하지 않는 사실은! 너네 엄마가 남편 죽인살
        인자라는 거야!

예지   그니까 울 엄마가 왜 그랬는데요!

지영   (흔들리는)

예지   바람 피다 걸렸다고! 그딴 말도 안 되는 소리 말고! 제대로
        된 이유를 대란 말이에요!

지영   (못 참고) 너 때문에!

예지   !

지영   너한테 왜 그랬냐고? 그게 그렇게 궁금해? 니가 내 오빠 죽
       게 만든 원흉이라 그렇다!

예지   ... (파랗게 질려가고)

S#43. 고운의 집/안방 (밤) - 과거

(이불 쓰고 복부를 맞아) 정신을 잃고 쓰러져 있는 고운. 태호, 물통 뚜
껑 열어 던지고 찬물을 그대로 고운에게 촥 끼얹는다! 흡! 놀라서 깨
어나는 고운, 고통이 새롭게 엄습하지만 신음이 새어나가는 제 입부
터 막는데. '예지가 들어서는 안 된다! 알아서는 안 된다!' 필사적이
고. 한 무릎 꿇어앉아 고운의 턱을 손아귀에 붙잡고 노려보는 태호.
얼굴에는 상처 하나 없는 고운.

고운   (빨리 상황을 끝내려는) 잘못했어요. 내가 잘못했어...

태호   그니까 뭘 잘못했는데?

고운   나는 그냥... 당신 생각해서...

태호   내 생각해서 그 새끼 도시락까지 챙겼다고?

고운   당신이랑 같이 밤을 샜다고 하니까... 내가 생각이 짧았어.
       모자랐어.

태호   (물에 젖은 고운의 머리카락을 뒤로 쓸어주며) 딴 놈 앞에서
       실실거리는 게 나 좋으라는 짓거리야?

고운   (태호의 손길에 소름/변명하는) 그냥 인사한 거야.

태호   (쓸어 넘기던 머리카락 움켜잡아 뒤통수를 벽에 쾅 찧으며) 누
       굴 등신 취급해!

고운, 벽에 부딪혀 무너지다 보면... 안방 문이 열려 있다. 예지가 들을까 걱정되고.

고운   (사정하는) ...문... 문 닫고... 여보...

널브러져 있던 이불을 들고 태산처럼 다가오는 태호. 공포에 차라리 눈을 감아 버리는 고운 위로... 흔들리는 화장대. 넘어지는 가족사진 보이고. 이불 위로 둔탁한 태호의 발길질 소리와 고운의 신음 소리...

S#44. 고운의 집/예지 방 (밤)

어린 예지, 두 손으로 귀를 막고 눈을 꼭 감은 채 무릎에 얼굴을 묻고 노래를 하는데...

예지   (울음소리로) 가을밤 외로운 밤 벌레 우는 밤...

안간힘을 쓰고 노래를 해보지만 엄마의 비명소리는 막아지지가 않고... 고개를 들어 눈을 뜨면 눈물범벅인데.. 그때, 고운의 숨이 끊길 듯 단말마의 비명 들려오고! 어린 예지, 이 상황을 막아야 한다는 생각에 벌떡 일어서는데!

S#45. 고운의 집/거실 (밤)

방에서 나오는 예지. 한 걸음 한 걸음 안방으로 향하고. 점점 더 생생하게 들리는 지옥의 소리들... 그때 예지 시선으로, 소파에 올려둔 태호의 경찰 점퍼와 총집이 보인다.

S#46. 고운의 집/안방 (밤)

구타를 견디다 못한 고운, 가까스로 태호를 밀치고 도망쳐 나가는데!

S#47. 고운의 집/거실 (밤)

밖으로 도망 나온 고운, 힘이 풀려 얼마 나가지 못하고 바닥에 주저앉는데. 그 뒤로 태호가 소리를 지르며 따라 나온다. 고운, 고개를 들면 덜덜 떨리는 손으로 권총을 꽉 쥐고 있는 예지 보이고... 울면서 총을 겨누고 있는 예지를 보는 고운과 태호.

태호 (놀랬다가 이내 달래듯) ... 우리 예지 깼어? (손 내밀며) 예지야. 그거 이리 줘. 얼른 아빠 줘, 응?

예지 (울면서 고개를 젓는다)

태호 (목소리 높아지며) 얼른 아빠 주라니까, 응? 줘, 빨리!

예지 ... 싫어요.

태호 ... 싫어? (화나서 예지에게 달려들며) 이게 어디서 아빠한테!!

태호, 총 뺏으려 순간적으로 세게 예지를 밀치고...! 예지, 그대로 바닥에 내동댕이쳐지는데... 그 모습을 본 고운, 예지만은 보호해야겠다는 생각에 뛰어들고...!

바닥에 떨어진 총. 고운, 매서운 눈으로 총을 보는 태호의 모습에 얼른 먼저 총을 잡고... 고운이 총을 든 사실에 더욱 분노해 총을 빼앗으려는 태호! 두 사람의 실랑이가 계속되고...! 결국, 탕!! 천둥 같은 굉음소리! 어린 예지 위로 흩뿌려진 핏방울...

쓰러지는 태호와 동시에 충격으로 기절해버리는 예지!

S#48. 고운의 집 앞 (밤)

고운이 예지를 업은 채 뛰쳐나온다. 기절한 예지는 팔다리가 쳐져 있고... 물에 젖고 피가 튀어 짐승의 몰골인 고운이 가로등 아래를 달음박질해 나가는데!

S#49. 지영 동네 골목/계단 (밤)

헉헉거리며 달려가는 고운. 기절해서 업혀 있던 예지가 정신이 들고.

어린 예지 (눈 뜨고) .. 엄마..

고운, 예지 목소리에 얼른 예지 내려놓으며.

고운   (얼굴 매만지며) 괜찮아? 이제 정신 들어?
어린 예지 엄마... 우리, 집에 안 가?

고운, 소스라쳐 딸을 보고.

어린 예지 (충격에 기억을 잃은) 아빠가 찾어... 빨리 집에 가야돼.

딸이 지금 제정신이 아님을 깨닫는 고운, 눈물이 비쳐나오고. 가파른 계단을 올려다본다. 다시는 돌아오지 못할 길이다. 되돌릴 수 없는 선택이다. 이윽고 결심한 듯, 딸의 손을 붙잡고 계단을 오른다.

어린 예지   엄마...

제정신이 아닌 채 고운에게 이끌려 계단을 올라가는 어린 예지.

S#50. 지영의 옛집 앞/골목 (밤)

지영의 집 문을 열고 나와 빠르게 걷는 고운. 덜 닫힌 문틈으로 따라
나오려는 예지, 잡고 말리는 젊은 경식이 보이고. 결국 경식을 뿌리치
고 문을 박차고 뛰어나오는 예지.

예지   엄마아!! 엄마!!

예지가 달려와 고운을 붙잡는다.

예지   엄마, 어디 가! 혼자 가지 마! 나도 같이 가!

예지를 떼어내는 고운. 미처 닦이지 않은 핏자국이 묻은 어린 딸의
얼굴이 보인다. 무릎을 꿇고 티셔츠를 감아올려 얼굴을 닦아내는데.

고운   엄마 너 못 데려가.
예지   왜? 왜 못 데려가?
고운   (자수하러 가는 길. 차마 뭐라고 말할 수가 없고) 엄마... 다신
         안 와...
예지   !
고운   그니까 차려주는 사람 없어도 세끼 밥 네 손으로 꼬박꼬박
         챙겨 먹어.

예지   엄마, 도망 가...? 나 버리구...?

고운   누가 물으면 엄마아빠 없다고 해. 이제부터 넌 고모 딸이야.

예지   (무서운) 그게 무슨 말이야!

고운   엄마아빠 다 잊어버리고. 너만 생각하면서 살아. 너만...

예지   (정말 버려지는 거 같다. 겁나 죽겠는) 엄마 엄마아...

고운   (일어서는) 절대로 엄마 찾지 말어. 니가 엄마 찾으면 (이 악물고, 예지 보면서) 엄마... 죽어야 돼...

예지   !!!

고운, 예지를 떼어내고 도망치듯 골목을 빠져나간다.

예지, 쫓아가고 싶은데 붙잡고 싶은데... 엄마가 정말 죽을까봐 꼼짝도 못하고 섰다... 골목이 꺾인 곳으로 엄마가 사라진다...

고운, 주먹으로 가슴을 내리치며 걷는다. 울음이 막혀 눈물도 안 나오고. 심장이 터져라 쾅쾅 가슴을 내리치며. 행여 딸이 쫓아올까 뒤도 돌아보지 못하고 걷는다.

S#51. 고시원 앞 계단 (저녁) - 다시 현재

무너져서... 영혼이 빠져나간 것 같은 예지가 계단을 내려온다. 다가오던 경식과 환, 예지를 발견한다.

경식   예지야!

예지, 못 듣고 지나간다. 환, 예지를 잡아 세운다.

환	쌤!
예지	(멍하니 보는데)
경식	(다가와) 무슨 일 있었어? 찬희 엄마가 또 모라 그래?
예지	나 때문이었어요...
경식/환	!/?
예지	다 나 때문이었어.
환	(보는데)
예지.	기억, 났어. 총을 든 건... 나였어.
경식	!
환	그게 무슨 소리에요!
예지	우리 엄만... 날 지키려다... 나 때문에 그렇게 된 거야.
환	!
예지	내가 엄말 감옥으로 보낸 거야...
환	대체 무슨 말이냐구요!
경식	(지영 걱정에) 사돈총각! 예지 좀 부탁해!

경식, 계단을 뛰어올라 집으로 가고.

환	정신 차려요. 나 누군지 알죠? 환이에요!
예지	......
환	쌤!

예지, 환을 뿌리치고 걷는다. 환, 따라가고.

S#52. 지영의 살림집/거실 (저녁)

경식, 집안으로 뛰어 들어오면. 지영, 넋을 놓고 앉아 있다.

경식   (다가가) 여보! 괜찮아?

지영   ...... (눈물이 죽)

경식   예지 엄마랑 약속한 거잖아, 절대 말 안 하기루.

지영   그 쪽은 뭐 약속 다 지켰어? 지두 눈치가 있어 가지구 대충 감은 잡구 왔드라구. 애야? 속여 넘기게? 그냥 다 말해줬어.

경식   (짠해서 보고)

지영   이제 내 원망은 못하겠지. 즈 아빠 쏘려던 거, 애초에 누군지 알았으니까.

경식   ......

지영   야단 칠라면 치고 욕할라면 욕해. 나두 더 이상은 못해. 터 질 거 같아. 아니, 터졌어.

경식, 잠자코 지영 안아준다.

경식   지영이, 우리 불쌍한 지영이...

지영   (안겨서 울먹이는) 맨날 마귀할멈 취급했잖아! 예지만 불쌍 해죽구!

경식   당신 맘고생, 내가 알어. 다른 사람은 몰라두... 나는 알어...

와락 터지는 지영! "오빠아~ 오빠아~" 어린애처럼 통곡한다. 달래주 는 경식에서.

S#53. 길 (밤)

허청거리며 걸어가는 예지. 그런 예지를 쫓아가는 환. 혼자 걷는 예지를 지켜주듯, 그렇게 뒤를 따라간다.

인서트)
- 6부 57씬. 출소한 고운에게 악다구니 치는 예지.
"난 왜 버렸어! 왜 안 봤어! 잘못했다구 싹싹 빌어두 모자랄 판에! 그렇게 모질게 끊어내구! 나오기는 왜 나와! 거기서 콱 죽어버리지! 살아서 뭐할 건데!"

- 7부 68씬. 고운을 비난하는 예지.
"죗값은 엄마만 치르고 살았는 줄 알아? 엄마 딸이라는 이유로... 다 포기하구 살았어!"

- 8부 32씬. 지영에게 돈 받아낸 고운을 나무라는 예지
"엄마가 언제 나 지켜준 적 있어? 차라리 고아원이 나았을 거란, 생각. 자라면서 많이 했어."

울음이 차오르는 예지. 미안하고... 미안하고... 후회로 죽을 거 같은. 그런 예지를 따라가는 환.

S#54. 수선집 (밤)

미싱 돌아가는 소리. 모두가 퇴근한 공간에 고운 혼자만 미싱 돌리고 있다.

S#55. 수선집 앞 (밤)

불 꺼진 상가에 수선집 창만 불이 환한데... 거길 올려다보고 선 예지. 환, 다가온다.

환   만나보구 오세요. 기다릴게요.

고개를 젓는 예지.

환   할 얘기가 있는 거 아니에요? 하고 싶은 말이 있잖아요.
예지   나 때문이라는 걸 모르게 하려고... 당신은 평생을 걸었어. 전부를 버렸어.
환   ......
예지   그런데 이제 내가 알게 됐다고 하면... 더 아프실 거야. 힘들 거야.
환   ...... 외면하면, 쌤이 힘들잖아요.
예지   ... 엄마 맘이... 이런 거였겠지?
환   (보면)
예지   나한테 미움 받을 걸 알면서... 날 위해 자기를 버리고 거짓말한 그 맘이...
환   (울컥 솟고)
예지   자식이 자길 미워해도... 다 감수했던 그 맘...
환   ......
예지   ......

그렇게 다가갈 수도, 멀어질 수도 없는 예지의 마음. 그 마음 지키고 선 환에서.

S#56. 환의 집 전경 (밤)

S#57. 환의 집/거실 (밤)

거실에서 진이 기다리고 있다. 환과 예지가 들어오고. 예지, 진에게 시선도 안 주고 2층으로 가버린다. 환도 따라 올라가려는데

진	언제 나갈 건데?
환	!
진	너, 집에서 독립하기로 하지 않았어?
환	(어이가 없지만 꾹 참고) 지금은 그게 급한 게 아니지 않아?
진	우리 일은 우리 일이고, 네가 한 약속은 지켜.
환	!
진	너만 없으면, 예지하구 나... 어떤 위기도 극복할 수 있어.
환	(올라오고)
진	생사를 모르는 상황에서도 기다려준 여자야. 예지, 나 절대 못 놔.
환	그런 사람 등에 칼 꽂은 게 형이야.
진	!
환	위기가 아니라 끝장이 난 거야.
진	그런다고 너한테 기회가 있을 거 같아?
환	난 형이 아니야.
진	(노려보는데)
환	내가 바라는 건 상대를 갖는 게 아니라! 그 사람이 행복한 거야.
진	!

환	행복하게 해준다고 장담했구! 믿었기 때문에 포기했어. 행복하라고 물러섰어. 근데 결과가 뭐야?
진	......
환	형은 입이 열 개라두 할 말이 없어!
진	(무참한데)

진을 지나쳐가는 환.

휠체어를 잡은 손이 하얗게 질려가는 진.

S#58. 신혼방 (밤)

핸드백을 내려놓고... 겉옷을 벗어서 걸다가... 그 자리에 스르륵 주저 앉는 예지.

S#59. 1층 진 방 (밤)

진, 윤실장과 통화 중이다.

진	그거 좀 구해줘. 몬트레이 병원에 연락하면, 처방전 받아서 인터넷으로 살 수 있어. (듣고) 알아, 알아! 미국에선 합법이 어두 한국 넘어오는 순간 불법 되는 거! 그래도 구해달라구! 죽어두 좋아! 예지한테! 한번은 보여주구 싶어. (듣고/끊는)

통증이 온다. 베드 테이블 위의 약병들 열어 통증조절약 삼키는 진.

S#60. 법원 전경 (다른 날 낮)

S#61. 검사실 (낮)

소환조사 받고 있는 연자, 승민이 변호인 자격으로 동석했다. 데스크 탑으로 조서를 작성하며 취조 중인 검사.

검사   (증거 서류 내밀며) 2014년 10월부터 2020년 4월까지 진환A&C의 자금 46억 3천 2백 63만원을 횡령한 사실, 인정합니까?

연자   (승민 보면)

승민   (대답하라는 사인)

연자   정식 대여 과정을 거쳤습니다.

검사   민간 잠수사 추가 고용 등 누락된 금액도 상당수 파악됐는데요.

승민   (나서는) 증거로 말씀하시죠.

연자   서진 실장은 제 아들이기 전에 회사의 임원으로 그 능력을 인정받았습니다. 현직 이사들의 신임이 그걸 증명하구요.

검사   문제는 회사 업무가 아닌 개인적인 용무를 보다 실종됐다는 것에 있죠.

연자   (지지 않고) 회사의 인재가 복귀했을 시 가져올 이익과 가치는 경영진이 판단합니다.

검사   (비웃으며) 채용 자체부터 냄새가 나잖아요. 오너 아들인데.

승민   진술 거부하셔도 됩니다.

연자   (하기로 한 말만 하는) 현재 38억을 변제한 상태에요. 3개월 안에 합당한 이자를 포함, 완전 변제를 마칠 계획입니다.

검사   (노려보는데)

S#62. 진환A&C 복도/연자의 사무실 앞 (오후)

사무실로 오고 있는 연자와 승민.

연자   (위기감 느끼는) 검사가 우리편 아닌 건 확실해.

승민   애초에 고려가 고발한 건이라...

연자   그 기집애한테서 위임장 받아낼 거야. 초안 마련해요.

승민   (멎어서 보는)

연자   왜?

승민   아드님이, 동의하셔야 하는 사안 같은데요.

연자   예지 걱정?

승민   ......

연자   류변이 걱정해야 할 건 소꿉친구가 아니라 우리 회사야.

승민   가족회사라 두 분 관계가 회사에 미칠 영향을 걱정하는 겁니다. 아드님이 나중에 알구 문제라도 일으키면

연자   회사가 존속해야 문제라도 일으키지, 다 날리고 나면 무슨 소용인데?

승민   ......

연자   (사무실로 들어가며) 비밀 유지하세요. 일단 캐리 지분 확보가 먼저니까.

승민의 눈앞에서 닫혀버리는 문.

S#63. 양한방병원 전경 (오후)

S#64. 재활치료실 몽타주

재활을 위한 진의 피나는 노력이 계속된다.

- '피바 평행봉'에서 보행 연습하는 진. 치료사가 옆에서 따라붙는다.
- '코끼리(수동 자전거)' 기구로 하지 근력 운동 중인 진.
- 다른 날. 계단 연습 중인 진. 치료사는 진이 오를 때 뒤에서 따르고,
내려갈 때는 앞서 내려오면서 환자를 보호한다.
- '트레드밀' 위에서 천천히 걷는 진, 힘겨워 보이고

S#65. 시장 전경 (다른 날 아침)

S#66. 시장/예지 공방 (아침)

서안과 함께 가오픈을 준비 중인 예지, 선반을 닦고 전시품을 디스
플레이하고 있다. 서안이 충전재가 가득 찬 박스에서 작품들을 꺼내
는데.

예지 고마워요, 언니. 와줘서 얼마나 든든한지 몰라.
서안 내가 고맙지! 좋은 일에 나까지 끼워주고.
예지 혼자는 못해. 언니 믿고 덥석 일 벌린 거예요.
서안 강의날만 빼주면 돼. 나머지는 와서 살게. 나두 사실 강사
    료 받아서는 생활이 안 돼가지구... 미술학원이라도 나가야
    되나 그러구 있었어.
예지 여기서 원데이 클라스 열면 되죠.
서안 (웃으며) 안 그래도 시간표 짜놨어. 이따 같이 보자.

미소로 답해주다가 문득 어두워지는 예지.

S#67. 오디오 가게 (낮)

환과 엠버가 스피커를 고르고 있다. 예지 공방에 놓을 선물이다. 엠버에게 헤드폰 씌워주며 성능 테스트시키는 환.

엠버	(들어보고 헤드폰 벗어놓으며) 괜찮은데?
환	이걸루 하까?
엠버	굿 초이스.
환	(계산대로 가려는데)
엠버	우리 여행 가.
환	! (보면)
엠버	사귀는 사이가 뭐 이래? 데이트를 하길 해, 뜨거운 밤이 있길 해. 맨날 현장에서 일이나 하구 달라진 게 1도 없잖아.
환	(당황해서) 어 미안. 내가 요새 정신이 없어가지구.
엠버	같이 사는 건 어때?
환	!
엠버	집 나올까 한다며. 괜히 방 구한다고 고생하지 말고 그냥 내 오피스텔로 들어와. 원룸 원거실이어도 사이즈 괜찮아. 충분히 같이 지낼 수 있어.
환	갑자기 그건 좀...
엠버	좁아서 싫어? 그럼 큰 데 새로 구하지 뭐. 너네 집 돈 많잖아. 나두 더 넓은 데서 살면 땡큐지.
환	... 한국선 동거 같은 거 쉽게 안 해.
엠버	(짜증나는) 맨날 뭐만 어쩌면 한국선 안 그런대. 한국에서는 여친한테 이렇게 푸대접이야? 이게 한국식이야?
환	... 조금만 기다려. 프로젝트 끝나면... 여유가 좀 생길 거야.

엠버   두고 보겠어!

환, 마음이 무거운데...

S#68. 시장 주차장/진의 차 안 (낮)

진의 차가 와 선다. 운전석에 윤실장, 조수석에 진. 뒷좌석에는 꽃다발이 놓였다.

윤실장   준비됐어?
진   ......
윤실장   스테로이드 효과는 일시적인 거야. 부작용도 크고.
진   해볼 수 있는 건 다 해보려고. 그 사람 마음 녹일 수만 있다면.
윤실장   제 살 깎아가면서?
진   ......
윤실장   다시는 안 구해줘. 이번이 마지막이야.
진   ... 가자.
윤실장   (맘에 안 들고)

S#69. 시장/예지 공방 앞 (낮)

공방 앞에 축하 화환과 화분이 늘어서 있고.

S#70. 동 안 (낮)

손님들이 공방 내부 구경 중이다. 오픈 행사로 핸드 페인팅 테이블이 준비되어 있고 서안이 원하는 사람들에게 시범을 보이는데...

한쪽에서는 예지의 지휘 아래 다운과 정일이 개업떡을 꺼내서 진열 중이다. 작은 팩 안에 모듬떡이 담겼는데... 한 팩 열어서 맛을 보는 정일.

다운   야! 나중에 먹어! 모자라면 어쩌려구!
정일   (눈치 보고 도로 닫는데)
예지   괜찮아, 먹어 먹어. 정일이보다 더 귀한 손님이 어딨다구.
정일   (씨익 웃으며 다시 열고 다른 떡 꺼낸다)
다운   (흘기고)

정일, 다운 입에도 떡을 넣어주려는데.

다운   (피하며) 너나 먹어!
정일   너 이거 안 먹으면 후회한다? 완전 쫄깃해~ (하면서 다운의 벌린 입에 물려주는데)
다운   (눈 커지면서 떡 뱉어내는)
정일   야!
다운   (믿을 수가 없다/한쪽 팔로 정일 툭툭 치는)

공방 앞에 진이 서 있다. 지팡이를 짚고 선 모습. 한 손에는 꽃다발 들었는데. 정일도 놀라서 사레가 들리고!

다운   (다급하게 예지를 부르는) 언니 언니!
예지   (고개 들면)

밖에 진이 서 있다. 서 있다! 서안도 놀라서 일어나고. 예지, 천천히...
밖으로 나가는데... 놀라서 제 입을 막는 다운!

S#71. 동 앞 (낮)

예지가 나온다. 진이 기다리며 서 있다. 예지, 복잡한 회한으로 다가
가면. 진, 예지에게 꽃다발을 내민다.

진   축하해.
예지   언제부터 걸은 거야? 병원에선 뭐래?
진   오래는 못 걸어. 오늘 이 순간만이라도 당신 앞에 서 있고 싶
            어서 훈련을 빡세게 했지.
예지   (사람들 앞이다/마지못해 꽃다발 받으며)
진   ......
예지   이렇게 좋은 날, 기뻐할 수가 없어. 내 이름으로 공방을
            열어도! 당신이 이렇게 기적처럼 일어나도! 웃을 수가 없
            게 됐어!
진   (진심인) 미안해.
예지   당신이 다시 일어났다고, 용서가 저절로 되진 않아.
진   기회를 줘.
예지   ......
진   날... 한 번만 더 봐줘.
예지   ......
진   죽음 앞에서 될 대로 되라였던 나를... 가엾게 여겨줘.
예지   (보는데)
진   미워해도 돼. 욕해도 좋아. 뭐든 감수해. 그치만, 당신 못 놔.

예지   ......

진   당신 없으면 안 돼.

예지   (기가 막히고)

진   당신 때문에 살고 싶어졌고! 이렇게 다시 일어나고 싶어졌
어! 여기서 당신 놓치면. 다 놓게 될 거야.

예지   협박해?

진   뭐라구 해도 좋아. 나 놓지 마.

예지   먼저 버린 게 누군데!

엠버와 스피커 든 선물 박스 들고 오던 환, 예지 앞에 서 있는 진의 모습 보고 놀라서 멎는다.

엠버   (화들짝 놀라서) 뭐야? 형님 이제 걷는 거야?

환   (다가가는데)

진에게 터뜨리는 예지.

예지   내가 넘어가면, 없었던 일이 돼? 우리 다시, (예전으로) 돌아
갈 수 있어? (그럴 수 없다는)

진   ... (아프게 보는데)

돌아서는 예지인데. 진, 지팡이 짚고 따라가려다 넘어진다. "형!" 엠버에게 박스 넘기고 달려와 진을 일으키는 환! 예지도 다가가려다 멈칫하고.

진   괜찮아, 오래는 못 서 있어서 그래.

환   ... 무리한 거 아냐?

진   나 좀 데려다줘. 주차장에 윤실장 있어.

환   (예지 보면)

예지   ... (그러라는)

환, 진을 데리고 주차장으로 가는데... 그런 형제의 뒷모습 보고 선 예지. 그리고 엠버.

S#72. 동 안 (낮)

예지와 엠버가 들어선다.

서안   (엠버에게서 박스 받아주며) 들어오라 그러지. 힘들게 여기까지 온 거 같은데.

예지   무리해서 그런지 컨디션이 안 좋은가봐요.

다운   기적이 일어난 거예요? 진이 오빠, 다시 걸을 수 있어요?

예지   피나게 재활훈련중이야. 아직은 오래 못 서 있는데.

엠버   정말 대단하세요. 재활 성공하는 경우 드문데.

예지   ......

S#73. 주차장/진의 차 안 (낮)

환의 부축 받고 걸어오는 진. 윤실장, 차에서 내려 조수석 문 열어준다. 진을 태우는 환. 힘들어서 등받이에 몸을 기대는 진.

환   무리한 거 아냐?

진   이제부터 달라질 수 있어. 반드시 재활에 성공할 거구! 예지
        두 다시 웃게 해 줄 거야.

윤실장 (약을 끊을 생각이 없구나) 약으루다 일시적으로 근육 키워서?

환   !

윤실장 (환에게) 미국에서 아나볼릭 공수했어.

환   (무슨 약인지 안다/놀라서) 그거, 부작용이 더 큰 거 몰라?

진   간 좀 상하면 어때! 우울증 와도 상관없어! 일어날 수 있으
        면! 걸을 수만 있으면!

환   (걱정으로 보는데)

S#74. 예지 공방 (낮)

엠버, 스피커 설치 끝내고 음악 온 시키면. 매장 안에 퍼지는 멜로디.

서안   (느끼며/음질이) 확실히 좋은데요?

예지   (엠버에게) 고마워.

엠버   계산은 환이가 했어요.

예지   (웃고)

엠버   근데 얘는 왜 이렇게 안 와...

예지   ... (다운과 정일에게 떡이 든 종이백 주면서) 이거 주변 가게랑
        노점 어르신들한테 좀 갖다 드려.

정일   제가 또 한배달하죠.

다운   흘리지나 마.

정일   너나 잘해.

티격태격하며 나가는 두 친구. 예지도 떡 들고 나가는.

S#75. 수선집 앞 (낮)

떡 들고 서 있는 예지, 용기가 안 나 돌아섰다가... 다시 돌아보는.

S#76. 동 (낮)

고운, 수선 마친 옷 배달하러 나온다. 발치에 뭔가가 걸리고. 보면, 예지가 두고 간 개업떡이다. 고운, 떡 봉투 들어보는데...

S#77. 예지 공방 앞 (낮)

떡 돌리고 오는 예지. 오토바이가 공방 앞에 와 선다. 퀵맨이 꽃바구니 꺼내는데. 공방 안에 있던 엠버도 받아주러 나온다.

예지   어디서 온 거죠?
퀵맨   (확인하고) 캐리 정? 이라는 분이 보내셨네요.
예지   ! (바구니에 꽂힌 카드 열어서 확인하는)
캐리(소리) 오픈 축하드려요. 직접 가보고 싶었지만, 그이가 좋아하지
                않을 거 같아서 꽃으로 대신합니다. 따로 한번 만나고 싶은
                데, 시간 날 때 들러주실래요?

카드 구겨쥐는 예지, 꽃바구니 던져버리고 가는데. 엠버, 당황해서 보고.

S#78. 도로변 (낮)

택시 세우는 예지.

S#79. 도로/택시 안 (낮)

택시 뒷좌석의 예지, 긴장해 앉아 있고.

S#80. 진의 차 안 (낮)

윤실장이 운전하는 차 안. 조수석에는 진. 태블릿이나 스마트폰으로 정보 확인하는.

진　　　　(긴장하는) BYG 케미칼, 고려 오일 자회사 아냐? 우리 주식을 공개매수하는데?

윤실장　　시장매입한 거까지 합치면 최대주주 아냐?

진　　　　법원에 경영진 위법행위 금지 청구해 놨으니... 곧 업무 집행 금지 가처분 신청이 내려질 거구...

윤실장　　(OL) 임시주총을 열겠지.

진　　　　회사로 가자.

윤실장　　지금 몸이...

진　　　　일이 더 급해. 가서 변동된 지분 현황 리스트부터 뽑자.

차를 돌리는 윤실장.

S#81. 캐리의 레지던스 객실 (낮)

실내에서도 잘 차려입은 캐리, 음악을 튼다. 화려한 꽃들이 잘 보이게

화병의 위치를 조정하고, 쿠션을 정돈하고... 방향제를 뿌린다. 누군
가를 기다리는 것처럼 보이는데...

S#82. 레지던스 복도 (낮)

예지가 또각또각 걸어오고 있다.

S#83. 캐리의 레지던스/복도 (낮)

- 캐리, 커피를 내리는데. 초인종 울리고.

- 복도에 서 있는 예지.

- 캐리가 문가에 시선 주는데.

CUT TO

예지가 안에 들어와 있다.

캐리	(여유로운 미소로) 연락도 없이 오셨네요?
예지	초대장을 보냈길래.
캐리	......
예지	꽃바구니, 저한테 와 달라는 거 아니었나요?
캐리	(긴장을 감추고 쳐다보는)

마주 보는 예지의 얼굴에서 엔딩!

13부

내가 가장 예뻤을 때 2

S#1. 레지던스 복도 (낮)

예지가 또각또각 걸어오고 있다.

S#2. 캐리의 레지던스 (낮)

캐리, 커피를 내리는데. 초인종 울리고. 잠깐 멎었다가 문가로 가는. 문을 열면, 예지가 와 서 있다.

캐리	(여유로운 미소로) 연락도 없이 오셨네요?
예지	초대장을 보냈길래.
캐리	......
예지	꽃바구니, 저한테 와 달라는 거 아니었나요?
캐리	... (안으로 들어오라고 뒤로 물러나주는)

잠시 보다가, 안으로 발을 들이는 예지.

캐리	(커피 가지러 움직이면서) 앉아요.

예지 망설이다 자리로 가면. 캐리가 쟁반에 커피 두 잔 가져다 테이블 위에 놓는다.

예지	바라는 게 뭐죠?
캐리	(커피향부터 음미하고)
예지	둘 사이 알리는 거, 그게 목적 아니었어요?
캐리	잘못 알고 계시네. (한 모금 마시고 잔 내려놓는다)

예지	(긴장하면)
캐리	난 예지씨한테 알리러 간 게 아니라! 서진 데리러 간 거예요.
예지	!
캐리	돌려줘요.
예지	(기가 차고)
캐리	예지씨가 버리면, 나한테 올 거예요. 계속 받아줄 거 아니죠?
예지	우리가 정리된다구 해두 그 사람, 그쪽한테 돌아갈 거 같지는 않은데요.
캐리	어머님한테 끌려오지만 않았어두 계속 내 남자였을 거예요.
예지	간호사 취급 당하구 아웃된 게, 그렇게 인정이 안 돼요?
캐리	! (발끈하고 노려보는)
예지	그 쪽 주장대로라면 내가 그 사람을 버려줘야 순서가 돌아갈 거 같으니까 기다리세요. 난 아직 결정 못했거든요.
캐리	결정을 질질 끄는 건, 모두에게 고문 아닌가?
예지	아픈 사람 7년을 숨기고 우리 식구 고문한 건, 잊었어요?
캐리	...... 그이가 원해서였어요.
예지	당신은 그걸 이용했구.
캐리	... 이번엔 예지씨가 원하는 걸 말해봐요.
예지	(멎는)
캐리	꽃배달이야 무시하면 그만이지 여기까지 달려온 이유가 뭐죠?
예지	......
캐리	궁금한 게 많을 거 같은데...
예지	(노려보는데)

S#3. 시장/예지 공방 앞 (낮)

엠버가 바닥에 구르는 꽃바구니를 챙긴다. 안으로 들고 가야 할지, 버려야 할지 판단이 안 서는데... 진을 보내고 다가오는 환.

환	또 배달? (받아서 들고 들어가려는데)
엠버	그게 저...
환	(보면)
엠버	챙겨두 되는 건지 모르겠어. 예지 언니가 이거 받더니 사색이 돼서 달려나갔거든.
환	?! 누가 보낸 건데?
엠버	(누구였더라...) 캐리? 캐리 정?

열 받은 환, 꽃바구니 던져버리고 달려간다. 길바닥에 구르는 꽃바구니.

엠버　　버려야 될 게 확실하네.

S#4. 시장 주차장/환의 차 안 (낮)

환, 차에 올라 시동 걸면서 진에게 전화한다.

S#5. 도로/진의 차 안 (낮)

진의 핸드폰 울리고. 진, 핸드폰 받는데.

진　　　왜?

환의 차와 오가며

환   그 여자 집이 어디야!
진   ! 그건 니가 뭐하러
환   쌤 그 여자 만나러 갔어! 약 올려? 꽃은 왜 보내!
진   !

S#6. 도로/진의 차/환의 차 (낮)

- 차를 돌리게 하는 진.

- 속력을 내는 환.

S#7. 캐리의 레지던스 (낮)

예지, 캐리에게 묻는다. 간호사 취급하는.

예지   그 사람, 얼마나 아팠나요?
캐리   ! (예상한 질문이 아니라 당황하고)
예지   죽는 줄 알았다고 하던데, 병원에는 얼마나 있었던 거예요?
         수술은 몇 번이나? 오기 전에는 요양원에서 지냈다던데, 언
         제 옮겼어요?
캐리   ...... (기분이 확 나빠지는/반말 시작한다) 궁금한 게 겨우 그
         거야?
예지   (멎고)
캐리   (기가 차서) 남편 옆에 몇 년을 붙어 있던 나한테, 물어볼 게

	그게 다야?
예지	(작정하고) 그이가 당신 어떻게 취급하는지, 봤어. 들었어.
캐리	!
예지	옛날에두 무시해치웠어. 그 쪽이 좋아서 붙어 있었던 것두 아닌데, 궁금할 거 없어요.
캐리	결혼전에두 내가 싫어서 헤어진 게 아니었어! 오해하구 질투해서
예지	(OL) 자신 없잖아.
캐리	!
예지	결혼식에두 찾아오구 공방에두 찾아오구. 그이에 대해서 얼마나 자신 있었으면 저럴까... 아팠던 적도 있어. 하지만 이제 알아. 사실은 아무런 자신이 없다는 거.
캐리	(아픈데)
예지	그 사람, 내가 싫어서 숨은 게 아니야. 아니! 어쩌면 사랑해서. 너무 사랑해서 돌아올 수가 없었어! 아무 손이나 붙잡은 건 괴롭지만! 당신 따위한테 질투는 안 해. 동정은 해도.
캐리	(마구 흔들리는데)
예지	한 번이라두 내 얘기 허투루 한 적 있어? 없을 거야. 너 같은 여자 입에! 내 존재가 오르내리게 안 했을 거야. 서진은! 그런 사람이야!
캐리	(허세 버리며) 너두 사랑하니?
예지	(굳고)
캐리	서진이, 오예지 잊은 적 없다 치자! 몸은 나한테 와 있어두! 마음은 너한테 가 있었다 치자구!
예지	...
캐리	그래서 넌 얼마나 애가 타는데!

예지   (보면)

캐리   나처럼 매달릴 수 있어? 그이는 이미 얼음장 같은데! 와이프
        하구 헤어질 생각이 없다는데! 그래도 자존심 다 버리고 식
        구들 사는 집에 찾아가서! 돌아오라구 붙잡을 수 있어?

예지   ......

캐리   자존심 때문에 용서도 못할 거잖아? 그럴 바엔 나한테 달란
        말이야!

예지   ......

캐리   그이가 나 미워해도 괜찮아! 익숙해! 그래도 나는 살 수 있
        어! 옆에 있을 거야! 넌 못하잖아!

예지   (일어나서) 남의 남편 훔쳐간 도둑년한테 그런 상은 줄 수 없어.

캐리   !

예지   평생 목말라하며 살아. 난 몇 년이었지만, 넌 이제 평생이 되
        겠지.

캐리, 얼어붙어 있는데...

S#8. 동 앞/복도 (낮)

달려오는 환, 캐리의 객실 앞에 서서 문을 두드린다!

환   문 열어요! 어서!

S#9. 동 안 (낮)

쾅쾅! 문 두드리는 소리! 동시에 돌아보는 두 여자. 밖에서 들리는 환의

목소리

환(소리) 열어요, 빨리! (예지에게) 쌤! 안에 계시죠? 얼른 나오세요!
예지 ······
캐리 (일어나며) 도련님 오셨네? 가만 보면, 신랑보다 더 가드가
세? (문을 열어주러 가는데)

예지, 나가려고 문으로 가고.

S#10. 동 앞 (낮)

환, 문을 계속 두드리는데. 다가오는 진의 휠체어. 환, 돌아보면.

진 (다가와서) 안에 있는 거 확실해?
환 아직 몰라.

그 순간, 문이 열리고. 캐리와 예지의 모습 보인다. 환, 예지부터 살피고.

캐리 (진을 발견하고 반색하는) 자기도 왔어?
진 (무시하고/예지를 향해 손 내밀며) 나와.
예지 (보는)

환, 그런 진과 예지 지켜보는데···

캐리 자긴 들어와. 얘기 좀 하게.
진 (계속 예지만 보면서) 이리 나와.

예지, 문 앞을 막아선 캐리를 지나쳐 진에게 간다. 그러나 진의 손을 잡지는 않고. 환, 이 모든 과정을 긴장해서 지켜보고. 진의 휠체어 뒤에 서는 예지. 진, 손을 내리고.

진   (예지에게) 궁금한 게 있으면 나한테 물어.

예지   ……

진   이 여자가 도발해도 넘어가지 마. 거짓말에 속임수가 백단이야.

예지   (캐리에게) 더 이상의 초대는 사양하겠어요. 내 문제는 내가
          해결할 테니까, 그 쪽두 그 쪽 문제는 알아서 해결해요. 괜
          히 나 자극해서 원하는 거 얻어내려 하지 말구.

캐리   자존심이 강한 줄 알았는데, 비위가 좋네?

진   ! (노려보는)

캐리   내가 도둑년이면 넌 뭔데? 10년을 내 남자로 산 사람 뺏아가
          면서! 넌 뭐가 그렇게 당당한데!

진   닥쳐!

캐리   ! (상처받고)

진   앞으로 두 번 다시 내 와이프한테 연락하지 마! 마지막 경고야.

예지, 진의 휠체어를 밀고 엘리베이터로 간다. 캐리, 미련과 상처로 두 사람의 뒷모습 보는데. 캐리의 시야를 막아서는 환. 마치 진과 예지를 캐리에게서 보호하려는 듯. 캐리, 쳐다보면

환   우리 식구 건들지 마요.

캐리   !

환   더 이상은! 안 참습니다.

캐리   ……

환, 문가에서 멀어진다. 돌아서는 환의 등 뒤로 여전히 그들을 보고 선 캐리에서.

S#11. 엘리베이터 안 (낮)

휠체어에 탄 진, 환과 예지가 타고 있다. 환, 예지를 보고 있는데... 예지, 환의 시선 느끼지만 눈길은 주지 않는다. 진, 뒤에 선 예지가, 옆에 선 환의 분위기를 알 수 없어 답답하다. 낮은 위치가 모멸스러운. 돌아보지도, 올려다보지도 않는다.

예지 (진에게) 할 얘기 있으면 하구 와요.

진   없어.

환   (예지 본다)

예지 이왕 여기까지 온 거, 할 거 다 하구 끝장을 보란 말이야! 저 여자가 계속 저러는 건! 제대로 상대를 안 해줘서 악이 난 거잖아!

진   환이 앞이야. (진정하라는)

예지 왜! 동생한테 창피해?

진   ... 죽도록.

예지 !

환   (진을 보는)

진   그러니까 우리 둘이 얘기해. 제3자 없는 데서.

예지 ......

엘리베이터 문이 열리고.

S#12. 주차장 (낮)

기석과 우근이 주차시켜놓은 우근의 차 옆에서 실랑이를 벌이고 있다.

우근   아니 이제 와서 캐리한테 따지면 뭐해. 그냥 우리가 진이형 보러 가면 되지.

기석   다 알고 있었던 거야! 살아 있는 거 다 알면서 우리 엿먹인 거야!

우근   입 다문 건 괘씸하긴 한데... 사정이 있었겠지. 그냥 진이형이 나 보러 가자니까?

기석   (미치겠는) 난 못 가. 진이 얼굴을 어뜨케 봐!

우근   그럴 건 또 뭐 있어... 우리한테 서운하기야 하겠지만, 몇 년 만에 돌아왔는데 찾지도 않으면 더 섭섭할 걸?

기석   ......

우근   (표정에) 형, 뭐 있어?

기석   ......

우근   나 모르게, 뭐 있었던 거야?

기석   (가려는) 넌 가. 캐리는 내가 가만 안 둬.

우근   (잡으려) 형!

S#13. 엘리베이터 앞/주차장 (낮)

환이 먼저 내린다. 진과 예지가 나오면

환   (예지에게) 데려다줄게요.

예지   (보면)

진	! (멎었다가) 나서지 마.
환	(예지만 보며) 하고 싶은 대로 하세요. 형하구 가기 싫음, 제 차 타세요.
진	(예지에게) 집에 가서 마저 얘기해.
예지	둘 다 됐어!
환/진	......
예지	난 공방 다시 가봐야 돼. 두 사람은, 각자 볼일들 보세요. (가 는데)
환/진	쌤!/예지야

하는데, 엘리베이터로 오던 우근과 기석 발견하고.

진과 눈 마주친 기석, 굳는다.

진	기석이?
우근	(반가워서/진에게) 형!
진	우근아...

뒷걸음질 치던 기석, 돌아서 도망친다!

우근	(돌아보고) 형! 어디 가!
진	(이상해서) 강기석!

달아나는 기석. 진, 휠체어 움직여서 따라가려다 말고. 기석과 진 사 이에서 갈등하던 우근, 진에게 다가오는데...

우근   (반가움과 속상함이 뒤범벅된) 형...

진   (담담하게) 잘 있었냐?

우근   (삐죽이다 울음 터뜨리는) 형... 이게 뭐야... 왜 이렇게 됐어...

휠체어, 진의 무릎 위로 엎어지는 우근. 진, 그런 우근의 등을 두드리고... 예지, 보고 있다 맘 아파서 고개를 돌린다. 환, 그런 예지 보고.

S#14. 주차장 램프/출입구 (낮)

램프를 달려 올라가는 기석! 출입구까지 빠져나와 헉헉대는데... 내리쬐는 햇살, 몰려오는 죄책감에 주저앉는. 괴롭다.

S#15. 양평/공방 전경 (오후)

S#16. 공방 (오후)

다운모와 성곤이 막걸리 마시고 있다. 다운모가 안주로 골뱅이 무쳐 왔는데.

다운모   (안주 집어먹으며) 왜 서울 안 갔대? 아무리 가오픈이래두 날은 날인데.

성곤   (마시던 잔 내려놓고) 진이가 폼 잡을라구 잔뜩 벼른 날이야, 주인공 위해 조연은 집에.

다운모   (궁금한) 뭔 폼을 잡았으까?

성곤   기를 쓰구 일어났어. 걷더라고.

다운모   (놀라서) 진짜야? 누구 아들 아니랄까봐 기어이 이겨내는구나!

성곤 　조마조마해. 아직은 어쩌다 한번 일어났다 주저앉는 모양
　　　이구.

다운모 　그래도 그게 어디에요! (눈물 훔치며) 옛날 생각나네... 서선
　　　생 고생하던 때...

성곤 　다운네 식구들이 많이 도와줬지. 다운 엄마 없었음, 못 일어
　　　났을지도 몰라.

다운모 　뭔 소리에요! 나야 살림 도와준 게 단데. 서선생이 식구들
　　　생각해서 이 악문 거지.

성곤 　다운 엄마 공도 적지 않아.

다운모 　그렇게 말해주니 고맙구. 이제 예지쌤두 한시름 놓겠네.

성곤 　(걱정이 많은) 그래야 될 텐데...

핸드폰 울린다. 성곤, 액정 보면. '마나님'이다. 전화 받고

성곤 　어 그래. 조사는 잘 받았구?

S#17. 연자의 사무실 (오후)

연자가 성곤과 통화 중이다. 윤 실장이 옆에서 서류 놓아주는.

연자 　(보면서 통화하는데) 모욕적이었지 뭐. 두 번은 못하겠드라.

공방의 성곤과 오가며

성곤 　그냥 나한테 떠넘겨.

연자 　?

성곤   내가 아들 찾는다고 돈 빼냈다구 해. 대신 조사 받을게. 그
        냥 하는 말 아니야. 검찰 상대 내가 해줄 테니까 당신은 회
        사 지켜.

연자   (기분 좀 좋아지는) 검찰이 바보야? 우긴다고 믿어주게?

성곤   대기업들, 많이 하는 짓이야. 임원 한 사람한테 떠넘기고 희
        생양 만드는 거. 식구 일인데 내가 덤터기 쓰는 게 맞지.

연자   나 대신 감옥이라도 가게?

성곤   할 수 있다면.

연자   ......

성곤   걱정하지 말구 넘겨. 감당할 수 있어.

연자   ... 감동만 하구 우리 변호사들 쪼아볼게.

성곤   그냥 하는 말 아니야.

연자   ... 알았어.

S#18. 공방 (오후)

전화 끊은 성곤, 막걸리잔 마저 비우면... 다운모가 복잡한 표정으로
본다.

다운모   진이 엄마는 마누라 노릇 안 해도, 서선생은 남편 노릇한다?

성곤   애들 엄마잖아.

다운모   ......

S#19. 연자의 사무실 (오후)

연자, 핸드폰 끊고 잠시 생각에 잠기는데...

윤실장   (통화 다 들었다) 우리 선생님, 멋있으시다아~

연자   남자가 돼가지구 이것두 안 해? 진이랑 환이가 누구 닮았는데. 다 지 아부지한테 배운 거야.

윤실장   (씩 웃는)

연자, 서류로 눈 돌리는데...

S#20. 진의 사무실 (오후)

진, 우근과 마주 앉았다.

우근   우린 다 형 죽은 줄 알구... 말두 못하게 괴로웠는데... 기석이 형은 사람이 아주 망가져버렸어.

진   (듣고 있는)

우근   경기 나가두 계속 예선에서 떨어지구 도박으로 빠지더니... 팀 해산해버리고 필드에서 안 보이더라구. 동남아 어디로 도망갔다는 소문만 파다하구...

진   그러다 오늘 나타난 거야?

우근   형 소식을 어디서 들었는지 갑자기 찾아와가지구 이거저거 캐묻는데 내가 뭐 알아? 그냥 찾아가자고 그랬더니 캐리를 가만 안 두겠다고...

진   ......

우근   형하구 팀 깨구 그렇게 돼서 미안한 심정은 알겠는데... 죄책감이 너무 심하더라고... 자기가 언제부터 그렇게 맘이 약했다구...

진   어딨는지 알아?

우근　(고개를 젓는)

진　　연락되면 나한테 데려와.

우근　좀... 이상하지?

진　　의리는 없어도 나쁜 놈은 아닌데... 나한테 켕기는 게 있는 거야.

우근　그런 거 같아...

진　　찾아보자.

끄덕이는 우근.

S#21. 시장 주차장/환의 차 안 (오후)

차 세우고 시동 끄는 환. 예지를 본다. 걱정되는.

환　　괜찮아요?

예지　......

환　　뭐하러 거길 가요? 그런 여자 만나서 뭐하게요! 괜히 마음만 다쳐요.

예지　내가 더 상처주고 왔어.

환　　(보는데)

예지　그이가 왜 저렇게 됐는지, 미국서 어떻게 지냈는지... 그 여자 하구는 어쩌다 엮인 건지... 끝난 마당에 나한테 왜 이러는 건지 궁금한 것도 많았는데... 다 부질없는 거 같기도 하고.

환　　... 형은 무리하고 있어요. 낮에 걸어본 건, 재활의 승리가 아니라 약기운이에요.

예지　!

환	미국서 스테로이드 공수했대요.
예지	도대체 왜!
환	... 당당하고 싶은 거예요. 자기 여자 앞에서.
예지	뒤통수 쳐놓고! 이제 와 어거지로 걸어다닌다고 누가 용서라도 한대!
환	형 마음 뭔지... 알 거 같긴 해요.
예지	(이해가 안 가고)
환	잘못했다고 무릎 꿇진 못해두... 노력은 하는 거예요. 필사적으로.
예지	자기만족일 뿐이야!
환	......

S#22. 길/예지 공방 앞 (오후)

공방으로 오는 환과 예지. 화분 들고 오는 고운과 마주친다.

예지	엄마...

환, 인사하고.

고운	떡 잘 먹었어. 받기만 하고... 입 닦을 수가 없어서...
예지	... (난지 알았구나)

환이 가서 화분부터 받아주는데.

고운	그럼 일해. 가께.

예지, 고운을 잡는다.

고운   (돌아보면)
예지   안에 구경하구 가세요.
고운   (당황하고)
환   그러세요, 쌤이 만든 작품들도 좀 보시구

고운, 예지에게 끌려들어 간다.

S#23. 예지 공방 (오후)

공방 안에 엠버와 서안이 보인다. 화분 들고 들어서는 환. 뒤따라오는
예지와 고운.

서안   (정리하다가) 왔어?
예지   별일 없었죠?
서안   구경손님들 좀 있구... 원데이 클라스 상담하구. 두 명 등록
         했다?
예지   (웃고)

환, 적당한 곳에 화분 내려놓고. 화가 나 있는 엠버, 환의 손을 잡아
끈다.

엠버   너 나 좀 봐.
환   (당황하고/예지 의식되는데) 야야...

엠버, 환을 데리고 나가버리고.

예지   (신경 쓰이지만/고운에게 서안 소개하는) 나랑 공방 같이하는
         선배.
서안   ?
예지   우리 엄마야.
고운   (당황하는데)

예지 형편 아는 서안도 당황하지만 예의 바르게 인사부터 챙긴다.

서안   안녕하세요? 이서안이라고 합니다. 예지 대학 선배에요.
고운   아, 네...
예지   이 언니 아니었음, 나 졸업 못 했어. 장학금도 받아주고 맨날
         알바 소개해주고...
고운   ... (사무치는/고맙게 보고)
서안   (웃으며) 지금은 예지가 저 먹여살려요.
예지   무슨...
서안   마감 (혼자) 할 수 있지? (가방 챙기며) 어머님두 오셨는데, 빠
         져주는 게 센스 같아서.
예지   (가라는) 내가 할게 언니. 오늘 고생 많았어.
서안   (고운에게) 좋은 시간 보내세요~
고운   감사합니다.

서안, 나가고. 공방 안에 고운과 예지만 남는데...

S#24. 시장 일각 (오후)

엠버, 환에게 화를 내고 있다.

엠버   정신 차려. 너 지금 위험한 거 알지?

환   ... 집안에 일이 좀 있어서

엠버   (OL) 예지 언니 일이겠지!

환   ......

엠버   지나간 일이야 얼마든지 이해할 수 있어! 어릴 때 추억도 넘
       어갈 수 있고!

환   (보는데)

엠버   근데 지금은 안 되지! 너 이러면 안 되는 거 아냐?

환   내가, 뭘 어쨌는데?

엠버   몰라서 물어? 예지 언니 일이라면 정신을 못 차리잖아!

환   ......

엠버   왜 나하구 사귀자고 했어? 네 마음 숨기려고? 거기에 나 이
       용하려고?

환   노력한다구 했잖아. 기다려달라구

엠버   이게 노력하는 거야?

환   ......

엠버   미련 못 버리면, 너 그냥 미친놈 되는 거야. 네 말대루 여긴
       한국이야! 설사 미국이어두 환영받을 일은 아니구!

환   (화내는) 사람 이상하게 몰지 마! 너 지금 선을 넘었어!

엠버   선을 넘은 건 너잖아!

환   !

엠버   억울해? 아니야? 죽어도 결백해?

환   ......

엠버   그럼 증명을 해. 예지 언니가 아니라! 날 좋아한다고! 여자로

266

　　　 원하는 건 나라고!

환　　　 (당황하는데)

엠버, 환의 손을 잡아끌고 간다. 끌려가는 환.

S#25. 예지 공방 (오후)

고운, 예지의 안내대로 작품을 구경하고 있다.

고운　　 (진심) 이쁘다...

예지　　 (아직은 어색한) 뭐 필요한 거 없으세요? 갖고 싶은 거... 차
　　　　 마시면 다기도 좋구...

고운　　 아까워서 이걸 어떻게 써... 난 보기만 할래. (계속 구경하는)
　　　　 어려서두 그림 그리는 거 좋아하더니...

예지　　 (그런 엄마 보다가) 우린.. 같이 살 수 없겠지?

고운　　 (멎는)

예지　　 난, 엄마한테 가면... 안 되겠지...

고운　　 (돌아서 예지 앞으로) 남편 건사가 힘든 거야? 너 괴롭혀?

예지　　 ... 다른 여자가 있어.

고운　　 ! (억장이 무너지고) 너하구, 안 산대?

예지　　 (그건 아닌데) 용서가 안 돼. 하고 싶지 않아. 날 속였어.

고운　　 썩을 놈! 몇 년을 행방불명돼서 애간장을 녹이더니! 그 몸으
　　　　 루 바람까지? (기가 막혀서) 하!

예지　　 ......

고운　　 (뼈저린) 친정 읎다구 무시한 게지. 돌아갈 데 없구, 와서 난
　　　　 리쳐줄 피붙이가 없다구... 함부로...

예지	그런 거 아냐.
고운	그만 살 거야?
예지	……
고운	(안타깝지만) 그렇다고 우리가 같이 살 수는 없어.
예지	(보면)
고운	난 너하구 상관없는 사람 된지 오래야. 주변에 내가 엄마라구, 그런 소리두 하지 마. 이혼하면 여기서 인생 끝이야? 아니야. 새사람 만날 거구 다시 결혼두 하겠지. 그 때두 여전히 나는 없는 사람이어야 돼. 근데, 우리가 어떻게 같이 살어.
예지	난 그냥…
고운	(독하게) 못 살겠음 이혼해. 그리고 혼자 살어. 다른 누구한테 기댈 생각 말구 혼자 우뚝 서.
예지	…… (아픈데)

S#26. 동 앞 (오후)

고운이 가고 있다. 문가에서 그런 고운의 뒷모습 보고 선 예지.

S#27. 호텔/엘리베이터 (저녁)

앞만 보고 선 엠버. 환, 이건 아니다 싶어진

| 환 | 엠버… |
| 엠버 | Shut up! |

환, 그런 엠버 보고…

S#28. 호텔 복도/객실 앞 (저녁)

객실 앞으로 온 엠버. 거침없이 카드키로 문을 열고 먼저 들어간다. 따라 들어가지 못하고 문 밖에 서 있는 환. 엠버, 환을 끌어들이고 문을 닫는다.

S#29. 동 안 (저녁)

엠버, 가방 내려놓고 겉옷부터 벗는다. 무감하게 옷부터 벗어 내리는 엠버. 환, 그런 엠버의 손을 잡는다. 말리는.

엠버   왜? 처음도 아닌데. 잊었어? 잠시지만 우리 한때 연인이었어. 그 때두 내가 이용당한 거 같기는 하지만.

환, 잠자코 엠버의 옷을 다시 입혀주고. 천천히... 단추를 채워준다. 무참해지는 엠버.

환   너 이용한 거, 맞아.
엠버   !
환   그 때는 네가 아무것도 몰라서... 다른 사람처럼 연애라는 걸 해보려고 발버둥을 친 거구... 지금은 그래 맞아. 너, 이용했어.

엠버, 환 밀어내고 소파에 주저앉는다.

환   노력해보려는 마음까지 가짜는 아니었어. 널... 좋아하고 싶었어.

엠버   (무참한) 차라리 싫다고 해! 좋아하고 싶었다구? 그게 더 비
        참해!

환   (엠버 앞에 한무릎 꿇고 눈높이 맞춘다/올려다본다) 돌아가.

엠버   !

환   나를... 버려.

엠버   (어깨를 밀치며 때린다) 나쁜 놈! 나쁜 새끼!

환   (안아주는) 나 같은 놈한테 이용당하고 말기엔, 넌 너무 좋은
        사람이잖아.

엠버   (울고)

환   이런 개자식은 버려. 욕하구 잊어버려.

엠버   (마주 끌어안는/가슴이 찢어진다)

환, 그렇게 엠버를 달래주는데...

S#30. 환의 집 전경 (밤)

S#31. 환의 집 앞 (밤)

진의 차가 와 서고. 윤실장이 휠체어 내려주면. 진이 일어나서 옮겨
타고.

윤실장   소환장 왔어요. 대표님두 검찰조사받으셔야 해요.

진   ... 알았어.

윤실장   (친구로서) 약은 끊어.

진   알아서 할게. 강기석 선수 행방이나 좀 찾아줘.

윤실장 (끄덕이고)

진, 들어가는데. 윤실장, 여러모로 걱정되어 보고.

S#32. 캐리의 레지던스 (밤)

기석이 캐리를 다시 찾아왔다. 열 받아 있는 캐리

캐리 서울엔 도대체 왜 들어왔어! 지난번이 마지막이라구, 다시는
      보지 말자구 했잖아!
기석 진이가 살아 있었어.
캐리 !
기석 애 그렇게 만들어서 숨겨놓구, 너 도대체 무슨 짓 한 거야?!
캐리 살아 있었으니 다행이지, 살인은 면했으니까.
기석 왜 말을 안 했냐구!
캐리 네가 감당못할 게 뻔하니까!
기석 (올라서) 진이 죽은 줄 알고 지옥에서 살았는데! 감당을 못
      해? 말이 되는 소릴 해!
캐리 그건 사고였어!
기석 니가 시켰잖아!
캐리 헛소리 말구 도로 나가! 돈 떨어져서 다시 겨들어온 모양인
      데! 그래, 한 번 더 속아줄게!
기석 (달려들어 캐리의 목을 조르며) 니가 사람이냐! 니가 사람이야!
캐리 (기석의 손 떼어내려 발버둥을 치고)
기석 (팽개치는데)

켁켁대며 주저앉는 캐리.

기석   그 집 형제가 다 봤어.

캐리   ! (휙 쳐다보면)

기석   진이랑 환이한테! 들켰다구!

캐리   불었어?

기석   보자마자 내뺐어! 죽어라 도망갔어!

캐리   (말만 안 섞었으면) 됐어. 넌 한국에 있으면 안 되는 사람이야. 준비해줄 테니까 잠시만 숨어 있어.

기석   나만 꺼지면 돼? 나만 없는 사람 되면 되는 거냐구!

캐리   아무 일도 없었던 척 할 수 있어? 제정신으로! 제대로 살 수 있어? 자신 있으면, 레이싱 다시 해! 진이 만나! 그렇게 할 수 있냐구!

기석   (질리는) 넌 무섭지두 않냐?

캐리   ......

기석   난 그 날 이후로 하루도 맘 편히 자본 적이 없는데!

캐리   안 들키면 돼. 들키지만 않으면, 아무도 몰라.

기석   ! (증오로 보고)

S#33. 환의 집 전경 (밤)

S#34. 1층 진 방 (밤)

문이 열리고 진, 들어가려는데. 침대에 예지가 앉아 있다. 천천히 휠체어 움직여 안으로 들어가는 진.

예지   왜 나는 안 됐어?

진   !

예지   그 여자 앞에서는 다 무너지고 그 손 붙잡고 일어나면서... 왜 나한테는... 죽은 척 했어?

진   버림받기 싫어서.

예지   !

진   이 꼴로 돌아와서 당신한테 버림받으면, 난 끝이니까.

예지   우린 부부야! 난 당신 아내구!

진   어머니도 아버지하구 부부였어.

예지   ! 난 어머니하구 달라! 당신 사랑했어!

진   어머니두 사랑, 했어. 아버지가 건강할 때만.

예지   그래서! 나한테 까일까봐 다른 여자 잡아서! 지금은 괜찮은 거 같아? 내가 참을 수 없는 건 당신 잃어버린 다리가 아니라! 다른 여자랑 함께했단 거야!

진   사람이 아니었어. 죽어가는 짐승이었지. 그 짐승, 보여주고 싶지 않았어.

예지   그럼 난! 나한테 같은 일 생기면, 나두 숨겨?

진   당신은 안 그래도 돼. 내가 지킨다고 했잖아. 감당할 수 있어.

예지   자기한테 일어난 일도 감당을 못하면서! 지키긴 뭘 지켜!

진   ! 일어날 거야! 반드시 다시 걸어 보일 거야! 당당하게 설 거야!

예지   내가 바라는 건! 그런 게 아니야! 당장 울 엄마 일도 받아들이질 못하면서! 먹으면 안 되는 약 먹어가며 다리힘 찾으면! 그걸로 때워질 거 같아?

진   당신이 내려와주지 않으니까... 내가 올라가려고...

예지   (굳고)

진   그렇게라도 해서 일어나고 싶었어.

예지   (가슴은 찢어지는데) 부작용 생기면, 여기서 더 망가지는 거
        야. 약은 안 돼!
진   (보는)

S#35. 호텔 객실 (밤)

테이블 위에, 바닥에 널브러진 와인병들. 엠버, 소파 위에 잠들어 있
는데. 환, 침대 위의 이불 가져다 덮어주는. 한참을 미안함으로 보다
가... 객실을 나가는데. 문 닫히고 나면 눈을 뜨는 엠버. 일어나 앉는
다. 그렇게 가만히 앉아 있는 엠버에서.

S#36. 복도 (밤)

혼자서 걸어가는 환의 뒷모습.

S#37. 양평/동네길 (밤)

운동복 입은 정일, 뛰다가 찬희와 통화 중이다.

정일   저요? 지금 운동하고 있어요.
찬희(F)   못 믿겠는데? 야식 먹고 있는 중 아니고?
정일   (영상통화로 전환하며) 진짜에요~

운동복 입은 자신과 주변 보여주는데. 화면에 걸리는 다운. 막걸리
두어 병 사가지고 집으로 가는 길이다.

찬희(F)　어? 다운이다! (화면 속에서 손 흔들며) 다운아, 안녕~

다운　(떨떠름한) 안녕하세요...

찬희(F)　(웃어주고/정일에게) 운동 마저 해. 이따 끝나고 전화하자?

정일　네! (씩 웃으며 전화 끊는데)

다운　달밤에 뭐하냐?

정일　(딴청) 소화가 좀 안 돼서.

다운　뭔 소리야, 만두판도 씹어 먹는 애가... (하다가) 너 설마 찬희 언니 땜?!

정일　(멋쩍게 웃는)

다운　(괜히 심술) 야! 니가 이렇게 푹 퍼져도, 듬직하고 푹신해서 좋단 사람을 만나야지! 살 빼라는 사람 말고! 널 있는 그대로 좋아해주는 사람을!

정일　누가 이 싸이즐 좋아하겠어~

다운　(자기도 모르게) 봐줄만해!

정일　응?

다운　(에라 모르겠다) 왕만두 같은 게 가끔 귀엽기도 하다구!

정일　(못 알아듣고 열 받는) 뭐? 왕만두?

다운　(민망함에) 됐어!

쌩하니 가는 다운. 정일, 다운이 왜 저러는지 도통 모르겠는데. 다운, 가다가 병뚜껑 따서 막걸리 마셔버리는. 보고 어이가 없어하다 다시 달리기 시작하는 정일인데...

S#38. 환의 집/정원 (밤)

혼자 앉아 있는 예지, 병만 들고 나와 술을 들이킨다. 결혼 전 진이 갖다주던 위스키 샘플병. 환이 들어온다. 술 마시는 예지 발견하고.
예지, 술병을 뒤로 숨기는데. 다가와 서는 환.

예지   ... 늦었네?
환   (옆에 와 앉고)
예지   ......
환   형은요?
예지   자기방에.

환, 잠자코 예지 뒤의 술병 가져다 자기가 마신다.

예지   ......

둘 다 말은 안 해도 제주도, 병 채로 마시던 술을 떠올리고.

예지   안 좋은 일 있었어?
환   저도 누군가한테 엄청 나쁜 놈일 수 있다는 거, 알았거든요.
예지   (보는/우리 환이가 그럴 리가)
환   엠버랑 끝내구 오는 길이에요.
예지   !
환   진심인 상대에게 더없이 몹쓸 짓이라는 거, 사람 마음이...
       노력만으로는 되지 않는다는 거... (깨달았다는)
예지   ... 아픈 밤이겠네.
환   ... 혼자 두고 오기 좀 그랬는데... 마음 쓰면, 걔가 더 힘들까봐
예지   엠버 말고.
환   (보면)

276

예지   (넌) 친구를 잃었잖아.

환   ......

예지   그것도 이별이야.

환   ...... (미처 그 아픔은 생각지 못했는데)

환이라는 마지막 안식처를 잃고 울었던 제주도의 마지막 날이 떠오르는 예지.

환   (불쑥) 거짓말이었어요.

예지   (보면)

환   제주도 바닷가에서... 술 마시면 걸린다는 거요.

예지   ! (환이도 제주도 생각하는구나)

환   놀린 거예요.

예지, 환의 손에서 술병 가져온다. 마저 마시는. 찡그리고. 그런 예지 보는 환.

두 사람 두고 높이 올라가는 카메라. 정원에 앉아 점점 작아지는 두 사람.

S#39. 진환A&C 전경 (다른 날 낮)

S#40. 로비/혹은 복도 (낮)

아름답게 차려입고 나타난 캐리.

S#41. 진의 사무실 (낮)

문이 열리면, 캐리가 앞에 서 있다. 휠체어의 진, 자리로 가는.

진　　　들어와 앉어.

캐리　　(문 닫고 자리로 가면서/다소 들뜬) 그냥 집으로 오지, 뭐하러
　　　　사무실로 불러. 아, 자기가 움직이기 불편할래나?

진　　　……

캐리　　(앉고) 나 혼내려는 거지?

진　　　(보는데)

캐리　　와이프가 뭐래? 난리쳐?

진　　　기석인 어떻게 된 거야.

캐리　　(굳고)

진　　　기석이팀, 네가 꾸려준 거잖아. 근데 왜 페인 소문이야? 날
　　　　보더니 도망이나 가구.

캐리　　원래 멘탈이 약하잖아. 자기 실종이 괴로웠는지 도박에 빠
　　　　졌어. 결국 팀 해체하구 필드 떠났지.

진　　　뭘 그렇게 괴로워한 건데?

캐리　　(당황했다가) 자기가 배신만 안 했어두 새 팀 안 만들었을 거
　　　　구... 그 대회 안 나갔을 거라구. 원인제공자라 이거지 뭐.

진　　　(속상해서) 바보 같은 자식. 쓸데없이...

캐리　　신경쓰지 마. 다 각자 자기그릇대로 사는 거지.

진　　　너 찾아온 거 같던데.

캐리　　(태연하게) 그래? 난 못 봤어. 가끔 돈 떨어지면 연락 와.

진　　　……

캐리　　한 몇 년 안 보였는데, 다시 궁해졌나부지.

진　　　(솔직해지는) 레이서 시절에, 너 좋아한 건 맞어.

캐리　　(보는)

진	매사에 적극적인 게 매력으로 다가왔구, 내숭 떨지 않는 게 나하구 잘 맞는다구 생각했어.
캐리	지금두 잘 맞어.
진	넌 날 사랑한다면서 여전히 방회장 하구의 끈 놓지 않았구. 날 사랑한다면서 몰래 한국에 들어와 우리 회사 박살내고 있었어.
캐리	그건!
진	망가졌을 때 네 손 잡은 거, 후회해.
캐리	(굳는)
진	이용한 거, 미안해. 고마웠구... 사과할게.
캐리	(서늘해지는데)
진	생각해보면, 너한테 번번이 무례했어. 스폰서 만나면서 날 세컨드 만든 게 화가 나서 일방적으로 쓰레기 취급했구... 결혼하면서 네가 받았을 충격, 무시했어. 그러면서두 미국서 케어해줄 땐, 거절하지 않았지. 내가 쓰레기였어.
캐리	갑자기 왜 이러는 거야? 차라리 욕을 해!
진	나, 예지 못 놔.
캐리	!
진	너 혼자 한국으로 가버렸을 때, 화는 났지만 괴롭지는 않았어. 이게 끝이구나... 그래 이게 맞는 거지. 쉽게 포기했어.
캐리	그건 끝이 아니었어!
진	예지가 떠난다구 생각하면, 숨부터 막혀. 죽을 거 같아.
캐리	(그동안) 그 여자 없이두 잘만 살았던 주제에!
진	시체나 다름없었어.
캐리	!
진	예지 만나서 다시 살아났구, 계속 살구 싶어졌어. 일어나구

싫어졌구 달리구 싶어졌어. 그렇게, 다시 서고 싶어.

캐리   (서러운) 나는 뭐야? 내가 바친 시간은 뭔데?!

진   원하는 보상을 말해.

캐리   !

진   뭐가 됐든, 보상을 할게.

캐리   (일어나며) 보상은 내가 줄게.

진   (보는데)

캐리   내 선물이, 맘에 들길 바래.

진   이게

캐리   (보면)

진   우리의 마지막이었으면 해.

캐리   !

진   방회장한테서 독립하구, 날 끊어내. 그리구나서 니 인생 살어.

캐리   이게 내 인생이야.

진   ......

캐리   (나가다 뒤돌아보며) 이번이 마지막두 아닐 거구.

진   !

캐리 나간다. 진, 혼자 남는데...

S#42. 연자의 사무실 (낮)

연자한테 와 있는 캐리. 윤실장 동석해 있고. 캐리, 위임장에 사인해서 연자에게 내밀면. 연자, 서류 봉투 준다. 캐리, 봉투 살짝 열어서 위만 꺼내보면 예지의 혼전 계약서 복사본이다. 확인한 캐리, 챙기고.

윤실장, 두 사람의 거래를 걱정스레 보는데.

S#43. 일식집 전경 (저녁)

S#44. 별실 (저녁)

방회장이 연철과 은밀한 회동 중이다. 연철이 지분 5%를 확보해 온
상태.

방회장	5%라고?
연철	정확히는 5.3%죠.
방회장	(맘에 들지만 티 내지 않는)
연철	(절박한) 어차피 배신자 된 거, 이겨야 얼굴이라도 들고 다니 죠.
방회장	주총에서 캐리하구 측근들을 이사 자리에 올릴 거야. 자넨 좀 기다리시게. 지금은 조카가 대표이사 아닌가. 우리한테 도 레드카펫 깔 시간은 줘야지.
연철	(감격한) 감사합니다, 회장님!
방회장	방심은 금물이야. 우호주식을 더 모아보게.
연철	저만 믿으십쇼!
방회장	죽을 각오로 임하고 있다는 거, (죽을 각오로 하라는) 알고 있네.

결연한 얼굴의 연철.

S#45. 일식집/화장실 (저녁)

소변기 앞에서 볼일 보는 연철, 옷 추스르고 세면대로 돌아와 손 씻는데. 옆에 와 서는 승민. 연철이 수도 잠그면, 페이퍼 타월을 뽑아준다.

연철   ! 류변이 여긴 웬일이야?

승민   전화두 안 받으시구 문자두 씹으시구. 별수 있나요? 직접 만나러 왔죠.

연철   (화들짝) 나 미행 붙였어?

승민   (한숨) 집에 전화했어요. 사모님한테 물어보니까 여기서 저녁 약속 있다고 바로 말씀해주시던데요 뭐.

연철   (어이가 없고) 이누무 여편네가!

승민   복귀하시죠.

연철   ?!

승민   서대표가 기다리고 있어요. 어머님은, 본인이 설득하겠답니다.

연철   우리 누날 내가 아는데! 다시 받아줄 사람이 아니야. 돌아오라고 꼬셔서 콱 밟아버리지.

승민   ......

연철   (혼자 비극적인) 난 이제 돌아올 수 없는 강을 건넌 거야~

승민   서대표를 믿으세요. 이제 조카가 책임자에요.

연철   (그게 더 싫은) 누나 밑에서는 살아두 조카 밑에서는 못 살지. 가서 전해요. 우린 이제 남이라고. 원래 가족이 원수 되면, 남보다 못한 사이가 되는 거야.

승민   ......

연철, 나가버리고.

S#46. 시장 전경 (다른 날 낮)

S#47. 수선집 앞 (낮)

경식이 지영을 끌고 간다. 버티는 지영.

지영   (버티며) 안 간다구! 내가 왜 그 여잘 만나! 싫다구!
경식   (달래는) 아주머님도 아셔야지, 그게 도리지.
고운(소리) 뭐를요?

경식과 지영, 돌아보면. 수선 마친 고운이 배달 가려 나온 참이다. 경식의 팔 뿌리치고 옷매무새 정리하는 지영, 고운과 시선이 마주치고.

S#48. 카페 (낮)

지영과 경식이 다 털어놓은 뒤다. 얼어붙은 고운. 빈 좌석에는 배달 옷이 놓였고.

고운   우리 예지가... 그걸 알았다구?
경식   죄송합니다. 십수년을 지켜온 비밀이구 약속인데... 결국 이렇게 됐네요.
고운   ......
지영   똑똑한 년 아니우? 이미 다 눈치 까구 왔드라구! 아닌 척두 정도가 있지, 더 이상은 안 되는 걸 어째?
고운   그래두... 아니라구 해야지. 모른다구 해야지...
경식   죄송합니다.
지영   죄송하긴 뭘 그렇게 죄송해!

달라졌던 예지의 태도가 이제사 이해가 되는. 고운, 배달 옷가지를 들고 힘없이 일어나 나간다.

지영   뭐야? 계산은 하구 나가는 거야?
경식   (싫어서) 내가 내!
지영   이걸 자기가 왜 내!

경식, 얼른 지갑 꺼내서 계산대로.

S#49. 길 (낮)

배달옷 들고 하염없이 걸어가는 고운. 속을 알 수 없었던 예지의 모습들이 떠오르는데...

인서트) 13부 25씬. 고운에게 공방 소개시켜주는 예지

예지   (그런 엄마 보다가) 우린.. 같이 살 수 없겠지?
고운   (멎는)
예지   난, 엄마한테 가면... 안 되겠지...

그렇게 걸어가는 고운에서.

S#50. 시장 주차장 (낮)

캐리의 차가 와 서고. 캐리가 내린다.

S#51. 예지 공방 (낮)

예지가 혼자 있다. 그릇들 닦아서 자리에 놓는데. 창밖에 캐리의 모습 보이고. 예지, 멎는데. 캐리, 들어온다.

캐리	안녕하세요?
예지	...... (당황했지만/태연하게)
캐리	(둘러보는/규모를 비웃는) 공방이 귀엽네요?
예지	... 손님으로 오신 건가요?
캐리	겸사겸사?
예지	......
캐리	본업에 충실 하느라, 내조는 신경 못 쓰나 봐요?
예지	댁이 관여할 일이 아닌 거 같은데요?
캐리	회사가 위긴 거는 알아요?
예지	작전을 바꿨어요? 그이가 꿈쩍두 안 해서?
캐리	혼전계약, 살벌하던데?
예지	!
캐리	시어머니가 나가라면 그냥 나가야 되는 구조던데. 변호사 도움이라도 받았어야지. 너무 순진했던 거 아닌가? (아니면) 그런 모욕적인 조건도 받아들일 만큼 결혼이 급했던가.
예지	...... (모욕감을 누르는데)
캐리	엄청난 사랑인 양 잘난 척 하더니 결국 거래였잖아? 손해가 막심한.
예지	그걸, 당신이 어떻게 아는 거야?
캐리	어떻게 알까?
예지	... (설마)

캐리	어머님이 내 쪽에 서면 끝나는 게임 아닌가? 말 한마디면 바로 쫓겨나게 생겼던데.
예지	그런다고 그이가 당신한테 가진 않아.
캐리	회사를 날려도?
예지	!
캐리	서진은 회사 날리고 당신 택할지 몰라도, 어머님은 아냐. 나하구 거래를 해서라도 진환을 지킬 분이지.
예지	……
캐리	어느날 갑자기 뒤통수 맞게 해줄 수도 있는데, 그건 한번으로 충분한 거 같아서. 미리 경고해주러 온 거야.
예지	(하늘이 무너졌지만/밀릴 수 없다) 그래, 해봐.
캐리	!
예지	회사가 어떻게 되든 말든, 난 관심 없어. 내꺼두 아닌데. 너 가져.
캐리	!
예지	여태두 우리, 회사일 모르고 살았어! 아버님 모시구 그이랑 전처럼 살면 돼! 어머님하구 둘이 회사를 말아먹든 말든! 우린 달라질 거 없어.
캐리	걷지도 못하는 남자, 백수까지 만들게?
예지	!
캐리	서진이, 그거 견딜 수 있을까?
예지	(굳어 있는데)
캐리	자존심 때문에, 다친 거 보여줄 수도 없어! 7년을 숨어 산 남자가?
예지	걱정하지 마. 그건 내 몫이니까. 그이가 괴롭든 행복하든, 그건 우리 삶이야. 당신이 끼어들 수 없는.

캐리   !

S#52. 시장 주차장/캐리의 차 안 (낮)

운전석의 캐리, 핸들 쥐고 멎어 있는. 예상한 반응이 아니었다. 약 오른 캐리, 예지가 만만치 않다는 걸 느끼는데...

S#53. 예지 공방 (낮)

그러나... 당당했던 예지는 혼자가 되자 무너진다. 덜덜덜 떨리는 손. 핸드폰 찾아서 연자에게 전화를 하려는데... 액정에 제대로 터치도 안 될 만큼 흔들리는 손.

S#54. 환의 집 전경 (저녁)

연자의 차가 대어져 있다.

S#55. 거실 (저녁)

연자가 와 있다. 성곤이 서류봉투와 인감 건네주는데. 환, 얼굴 굳어 있고.

성곤   갖다주면 되는데 뭘 여기까지 왔어. 바쁜데.
연자   식구들 얼굴도 보고 그럴려구.
환   ......
연자   (환에게) 네 꺼두 필요해. 가서 가져와.

환	그 여자, 엄마는 알고 있었죠?
성곤	(아들 보는)
연자	그런 것보다 회사에 관심 좀 가져줄래? 지금 위기상황인 거 알지?
환	회사를 뭐하러 하는데요? 식구들 지키자고 하는 거 아니에요? 며느린, 우리 식구 아니에요?
성곤	(말리려는) 환아...
연자	왜 이렇게 오바야? 형 부부 일이야! 남의 부부 사정에, 네가 뭔데 난리야? 늬 형수 대변인이니?
환	엄마는 아빠한테도 냉정하셨죠.
연자	!
성곤	지금 그런 이야기할 때가 아닌 거 같은데
환	그거 아세요?
연자	(보면)
환	누군가 자기 책임을 외면하면! 반드시 다른 사람이 감당하게 된다는 거.
연자	......
성곤	(환에게) 왜 이렇게 흥분해 있어? 하고 싶은 말이 있으면 맘 가라앉히고 서로 준비가 되어 있을 때 해야지.
환	차라리 이혼을 하세요! 아빠가 다른 사람이라두 만날 수 있게! 엄마는 자기 맘대루 살면서! 왜 아빠는 이렇게 혼자 남겨두는 거예요?
성곤	!
연자	자기 선택이야.
환	엄마두 선택을 좀 하세요! 자기만 위한 거 말구! 이번에는 아빠를 위한 선택을요!

연자	!
성곤	(연자에게) 당신, 가.
환	쌤한테두, 그러는 게 아니었어요! 아무도 없으면 아빠가 새 장가라도 갈까봐 남편 없는 며느리 묶어논 거잖아요!
연자	지가 원해서 그렇게 산 거야!
환	그리구 엄만 그게 아주 편했구요.
연자	!
환	형이나 엄마나 다 똑같아요. 이기적이구! 못돼 처먹었어!

기함하는 연자.

연자	(성곤에게) 이 자식, 약이라도 먹은 거야?
성곤	(한숨 나오고)

문이 열린다. 식구들 돌아보면. 예지다.

S#56. 공방 (저녁)

연자와 독대하는 예지.

예지	그 여자가, 제 혼전계약서 알고 있던데요.
연자	! (당황하고)
예지	어머니가... 그 여자 편인 줄 몰랐어요.
연자	누구 편도 아냐. 나한테 필요한 걸 주면, 거래에 응할 뿐이지. 넌, 아쉽게도 무기가 없구.
예지	전 그이 아내구! 이 집 며느리에요! 가족이라구요!

연자	언제든 내가 나가랄 때! 이 집에서 나간다구 서명한 거 잊었니?
예지	다른 선택이 없었으니까요! 짐 싸서 이 동네서 사라지든, 각서에 사인하고 결혼식을 올리든. 둘 중에 하나만 해야 했으니까요!
연자	지금은 다른 거 같아?
예지	!
연자	지금두 넌 선택지가 별루 없어.
예지	...... (쓰라린데)

S#57. 주방 (저녁)

성곤과 환이 식사준비하고 있는데... 성곤이 김치찜 간 보고. 환이 밥솥 열어서 밥 뜨려다가... 아무래도 예지가 걱정되는. 주걱 던져버리고 나간다.

| 성곤 | 환아! |

들은 척도 안 하고 나가는 환. 성곤, 걱정으로 보는데.

S#58. 공방 (저녁)

팽팽하게 대치 중인 연자와 예지.

연자	네가 이뻐서 봐준 줄 알어? 너보다 캐리가 더 싫어서였어.
예지	!
연자	어려운 시간데 협조 좀 해. 지금은 캐리가 더 필요해.

예지   제 알 바 아니에요.

연자   !

예지   할 만큼 했다고 생각해요. 소식도 없는 그이 기다리면서! 식
      구들만 보구 살았어요. 그런데두 제가 아직 가족이 아닌 건
      가요? 언제든 버려질 수 있는 카드에요?

연자   아프겠지만 그게 니 현실이야.

예지   근데 제가 뭐하러 사정을 봐드려요?

연자   넌 약점이 많잖아. 엄마 문제두 그렇구.

예지   자식 지키려구 희생하신 거예요. 모욕하지 마세요! 사돈으
      로! 제대로 대접하세요.

연자   이제 하다하다 전과자까지 끌어들여?

예지   (분노의) 어머니!

예지의 손을 잡아채는 환. 연자, 놀라서 보고.

환   이런 소리 듣고 있지 마요.

예지   (보는데)

환, 예지를 데리고 나간다. 연자, 감이 이상한데...

S#59. 동 앞 (저녁)

환이 예지를 데리고 나온다.

환   뭘 지키구 싶은 거예요?

예지   !

환   그냥 다 버려요!

예지   환아!

환   행복해지려고 온 거잖아요! 이렇게 괴로울려구 온 게 아니
        잖아요!

예지, 뭐라고 대답하려는데. 두 사람 앞에 와 대어지는 차. 진이다. 윤
실장이 휠체어 내려주기도 전에 차에서 내려 절뚝거리며 걸어가는
진. 동생의 손에서 예지를 빼내느라 환을 밀쳐버리는.

진   아직두 포기 못했어? 우리가 위기라서, 기회 같아? 여기서
        나가라구 했지! (버럭) 니 형수 넘보지 말라구!

환   (지지 않는다) 개판으로 살면서 그런 말 할 자격이나 있어?

예지   환아!

연자(소리) 니들 뭐야?

진   (소스라쳐 보면)

연자가 나와 있다. 굳어버린 예지와 환. 환은 될 대로 되라는 심정이
고. 윤실장, 사색이 돼서 얼어 있는데.

연자   니들... 이거 다 무슨 소리야? 누가 누굴 넘봐? 미쳤어!

예지, 감당이 안 된다. 집에서 나가버리는데! 환, 쫓아가고! 진도 따라
가려다 넘어지고! 윤실장, 진에게 달려간다. 연자, 부들부들 온몸이
떨려오는데.

S#60. 거실 (저녁)

성곤과 진 부자 앞에서 분노를 터뜨리는 연자!

연자 환이 저 자식 언제부터 저런 거야? 진이 없을 때? (가만) 쟤
      두 들어온 지 얼마 안 됐잖아!

성곤 고등학교 때...

진   (보는/알고 계셨구나)

연자 ! (더 기함하고)

성곤 예지, 교생 때 좋아한 거야. 잠깐, 어린 마음에.

연자 그걸 알면서 진이랑 결혼을 시켜? 당신 제정신이야!

진   (수습하려는) 오버하지 마세요. 왜 그런 거 있잖아요, 학교 다
      닐 때 선생님 좋아하는 거. 저도 다 알구 있던 거예요. 환이
      가 금세 정신 차리구 제 여자루, 형수로 대했구요.

연자 내가 등신인 줄 알아? 걔들 장난 아니었잖아! 저번에 그 스
      캔... (인호가 낸 스캔들 언급하려다 진 앞이라 삼키고)

진   제가 맘에 안 들어서 그러는 거예요! 캐리까지 찾아오니까
      지가 좋아하던 선생님, 맘고생하는 게 싫은 거죠.

성곤 선 넘을 애 아니야.

연자 (버럭) 당신이 젤 문제야!

성곤 ......

진   오늘은 가세요. 즈이가 정리할 테니까.

연자 이게 지금 정리가 될 문제냐고!

진   ......

S#61. 구둔역 (밤) - 3부 72씬과 동일 장소

예지와 환이 앉아 있다.

예지	여기 생각나?
환	... (물론)
예지	옛날에 여기서 니가 형이랑 만나지 말라구... 그랬던 거.
환	기억, 하시네요.
예지	그 때... 네 말을 들었어야 했던 걸까?
환	......
예지	형이 날 사랑하긴 했나? 내가... 형을 사랑하긴 한 걸까?
환	형은 쌤을 사랑해요. 근데... 형은 약해요... 자기가 힘들 땐, 늘 상대를 외면해요... 우리 셋이 등산 갔다가 아부지가 다치니까... 평생을 밖으로만 떠돌았어요. 그러다가 쌤 만나서 돌아온 거예요.
예지	나랑 결혼했어두, 만족 못하구 결국 다시 뛰쳐나갔어.
환	......
예지	난 그냥... 가족이 갖고 싶었던 건지도 몰라.
환	(보면)
예지	그 날... 만약에 형이 청혼했으면 거절했을 거야. 레일바이크 타고 가서 니가... 아부지가... 형이... 세 남자가 동시에 가족이 되어달라고 하니까... 가슴이 너무 뜨거워져서... 거절이 안 됐어. 받아들이고 싶었어. 그 속에... 들어가고 싶었어.
환	알아요.
예지	다시는... 혼자가 되고 싶지 않았어.
환	...... (그렇다면) 어머니한테는 잘 설명할게요. 그 여자 땜에 형한테 화가 나서 그런 거라고 제가 잘 말씀드리면
예지	... (그게 될까 싶고)
환	선택을 하세요.
예지	!

환　　　형 용서할 거면 엄마한테 해명이든 거짓말이든 백번이라두 할 수 있어요.

예지　　...

환　　　그 여자, 우리 식구들 곁에 얼씬도 못하게 백날천날 감시해 드릴게요.

예지　　(미어져오는)

환　　　근데 떠날 거면, 아무것도 신경 쓰지 마요. 돌아보지 말구! 남 걱정하지 말구! 오로지 나만 생각하면서! 그렇게 가요.

예지　　형이랑 헤어지면... 아부지는? ... 너는?

환　　　...

예지　　난 다시 세상천지 혼자가 되는 거야. 형하구 헤어지는 건 식구들하구두 다 끝내야 되는 건데... 그게 그렇게... 안 쉬워.

환　　　(하고 싶은 말이 올라오지만)

환의 핸드폰이 울리고. 액정에 형. 환, 받으면.

진(F)　　어머니 가셨어. 예지, 데리구 들어와.

환　　　...... (예지 보는데)

S#62. 환의 집 앞/진입로 (밤)

혼자서 걸어가는 환. 그 위로

예지(소리) 시간을 좀 줘. 혼자 생각할 시간이 필요해.

S#63. 다시 구둔역 (밤)

예지 혼자 앉아 있다. 스쳐가는 지난날들.

언제까지나 그렇게 혼자 앉아 있는 예지에서.

S#64. 환의 집 전경 (밤)

S#65. 공방 (밤)

환을 독하게 야단친 성곤. 반항하는 환.

성곤   형 부부 문제에 끼어들지 마. 네 몫이 아니야!

환   이번에는 안 넘어가요.

성곤   !

환   아부지가 넘어지구 굴러가면서! 산에 올라 설득하고 포기시킨 거, 이제는 안 통한다구요!

성곤   내가 잘못했다.

환   (보면)

성곤   니 맘을 가볍게 알았어. 그저 어린 날의 치기루... 그 나이 풋사랑으로... 편하게 생각했어.

환   (외면하고)

성곤   니가 얼마나 힘들지 모르구... 얼마나 상처가 깊을지 헤아리지 못하구... 그저 성년인 니 형하구 예지, 맺어주는 게 좋은 일인 줄 알았는데...

환   ......

성곤   어른들이... 다 잘못했어.

환   이제, 선택은 제가 해요.

성곤   !

S#66. 거실 (밤)

예지 들어오면. 진이 기다리고 있다.

진   어머니는 걱정하지 마. 해명했구, 내가 감당해. (당신은) 상대
        안 해도 돼.
예지   당신 몸 더 회복되구... 회사 좀 안정되면. 그 때 말하려구 했
        는데
진   ! (불길하고)
예지   난 못하겠어.
진   안 돼!
예지   이 집에 있는 거, 당신하구 사는 거... 더 이상 행복하지 않아.
진   좋아질 거야, 괜찮아질 거야! 시간을 줘!
예지   노력, 그만할래.
진   예지야!
예지   나.. 지쳤어.
진   !
예지   오지 않는 당신을 기다리느라 지쳤구... 망가져서 돌아온 당
        신, 눈치 보느라 지쳤구... 이제야 알게 된 당신 배신에 지쳤어.
진   ......
예지   사랑받은 기억이... 그 뜨거웠던 잠깐이... 다 꿈같고... 거짓
        말 같아.
진   이제부터 시작이야. 우리한테 다시... 올 거야.
예지   우리가... 사랑한 건 맞아?

진	......
예지	그게... 사랑이었어?
진	(아픈데)
예지	나 보내줘. 나도 당신, 놓아줄게.
진	안 돼! 가지 마.

예지, 2층으로 올라가는데. 진, 따라가다 계단 앞에서 멎고. 미치겠는데! 그 순간 전화오고. 예지도 벨소리에 멈추면.

진, 전화를 받는다.

S#67. 캐리의 레지던스 앞 (밤)

캐리가 구급차에 실려 가고 체포당한 기석이 경찰차에 태워진다. 우근이 덜덜 떨면서 진과 통화를 하고 있다.

| 우근 | 형! 기석이 형이 캐리를 찔렀어! 죽으면 어뜩해! |

S#68. 거실 (밤)

기석과 통화 중인 진, 굳어서 물어본다.

| 진 | 정신 차려! 누가 죽는다고? 기석이? 캐리? |

예지, 놀라서 돌아보고. 환도 들어오는데.

진   (듣고) 진정하구 있어. 내가 갈게. (끊으면)

환   무슨 일이야?

진   서울에 좀 데려다줘. 캐리가... 칼을 맞았대.

환   !

놀라는 예지의 얼굴에서 엔딩!

14부

내가 가장 예뻤을 때 2

S#1. 캐리의 레지던스 전경 (밤)

S#2. 캐리의 레지던스/거실 (밤)

바닥에는 의식을 잃은 캐리가 피를 흘리며 쓰러져 있고... 넋이 나간 기석이 싱크대 앞에 주저앉아 있다. 옆에는 피 묻은 칼이 떨어져 있고... 기석은 피 묻은 제 손을 보며 덜덜 떨기 시작하는데...

S#3. 거실 (밤)

진에게 이별을 이야기하는 예지.

예지	난 못하겠어.
진	안 돼!
예지	이 집에 있는 거, 당신하구 사는 거... 더 이상 행복하지 않아.
진	좋아질 거야, 괜찮아질 거야! 시간을 줘!
예지	노력, 그만 할래.
진	예지야!
예지	나.. 지쳤어.
진	!
예지	오지 않는 당신을 기다리느라 지쳤구... 망가져서 돌아온 당신, 눈치보느라 지쳤구... 이제야 알게 된 당신 배신에 지쳤어.
진	......
예지	사랑받은 기억이... 그 뜨거웠던 잠깐이... 다 꿈같고... 거짓말 같아.
진	이제부터 시작이야. 우리한테 다시... 올 거야.

예지	우리가... 사랑한 건 맞아?
진	......
예지	그게... 사랑이었어?
진	(아픈데)
예지	나 보내줘. 나도 당신, 놓아줄게.
진	안 돼! 가지 마.

예지, 2층으로 올라가는데. 진, 따라가다 계단 앞에서 멎고. 미치겠는데! 그 순간 전화 오고. 예지도 벨소리에 멈추면.

진, 전화를 받는다.

S#4. 캐리의 레지던스 앞 (밤)

캐리가 구급차에 실려 가고 체포당한 기석이 경찰차에 태워진다. 우근이 덜덜 떨면서 진과 통화를 하고 있다.

우근	형! 기석이형이 캐리를 찔렀어! 죽으면 어뜩해!

S#5. 거실 (밤)

기석과 통화 중인 진, 굳어서 물어본다.

진	정신 차려! 누가 죽는다고? 기석이? 캐리?

예지, 놀라서 돌아보고. 환도 들어오는데.

진	(듣고) 진정하구 있어. 내가 갈게. (끊으면)
환	무슨 일이야?
진	서울에 좀 데려다줘. 캐리가... 칼을 맞았대.
환	!
예지	(놀라는데)
환	(나가면서) 차 앞으로 댈게.
진	(환 따라 나간다)

계단에 서서 보고 있는 예지.

S#6. 환의 집 앞 (밤)

환이 차를 대고. 진이 차에 타려는데. 예지가 뒤따라 나온다.

예지	나도 갈게.
환	뭐하러요...
예지	경찰서루 병원으로, 손이 모자랄지도 모르잖아. 운전할 사람이라도 있어야지.
진	그럴 거 없어.
예지	집에서 기다리는 게, 더 답답해. 당할 게 더 남았는지는 모르겠지만, 모르는 채루 또 뭔가 뒤통수 맞구 싶지도 않구.
진	!

예지, 먼저 뒷좌석에 올라버리는데. 진, 포기하고 조수석에 오르고. 환, 한숨 쉬며 휠체어 싣는다.

S#7. 병원 전경 (밤)

S#8. 수술실 앞 (밤)

캐리의 수술이 진행 중이다. 수술실 앞에 여경이 대기 중이고. 진 일행, 간호사로부터 환자 상태에 대한 설명을 듣는다.

간호사   출혈이 많아서 안심할 순 없습니다만, CT상으로는 다행히 복부대동맥까지 손상이 가진 않았어요.

한숨 돌리는 진. 예지와 환이 굳어 서 있다.

간호사   내부 출혈 잡고 혈관까지 봉합하려면 꽤 걸릴 겁니다. (인사하고 가는)
진   ... 경찰서부터 가자. (예지에게) 당신은 집에 가 있구.
예지   환이랑 갔다 와요.
진   !
예지   여기 있을게.
환   들어가세요. 쌤이 왜요!
예지   싫든 좋든 내 남편 병수발을 7년이나 한 사람이야. 서울에 가족도 없는 것 같던데, 죽을지 살지 모르는 순간에... 누구라도 있어줘야 할 거 같아서.
환   그 누구 역할을 왜 쌤이 하는데요!
진   오기야?

예지, 진의 말을 삼키고 의자로 가서 앉는다. 진, 보다가 포기하고 밖으로.

환   (비상상황이라 마지못해) 무슨 일 생김 바로 전화해요.
예지   ......

예지를 보며 어렵게 발걸음을 떼는 환, 진을 쫓아간다.

S#9. 경찰서 전경 (밤)

S#10. 경찰서 (밤)

놀란 우근이 연신 눈물 훔치면서 담당형사에게 목격자 조사를 받고 있다. 진과 환이 들어서는데.

우근   (양해 구하는) 잠시만요.
형사   아, 예.

우근, 진에게 다가온다.

진   기석이는?
우근   (눈물 훔치며) 먼저 조사받고 유치장으로 넘어갔어.
진   ......

지켜보는 환.

S#11. 유치장 면회실[1] (밤)

진과 환이 기석을 만나고 있다. 고개를 못 드는 기석.

환   왜 그랬어요, 형...

기석, 울음 터지고.

진   (보는데)

기석   너 사고 나던 날, 내가 커터루 타이어 긁어놨어.

진   !

기석   캐리는 네 기록만 다운시키라고, 그럼 다시 돌아올 거라고. 근데... 포인트에서 바퀴가 터지면서 니 차가 절벽으로 추락한 거야.

환   ! (못 믿겠는) 형이... 형이 우리형을 이렇게 만들었다구?

진, 시선은 기석에게 두고 환의 팔을 잡는다. 진정하라는.

기석   캐리는 가만 있으라고, 아무도 모른다구 했지만... 무섭더라. 잘 수두, 먹을 수두 없었어.

진   (그저 보는)

기석   근데, 이제 와서 니가 살아있다는 거야... 못 걷는다는 거야... 캐리는 그거 다 알면서 감쪽같이 속이구... 그러면서 가책도 없구 뻔뻔하기가... 다 내 잘못이지만... 니 인생 망치구 내 인생 망친 그 여자가 이죽거리는데, 순간 돌아가지구...

---

1) 평일 밤 9시까지 면회 가능

환   (터지는) 지금 뭔 소리를 하는 거예요!

기석   (고개 떨구고)

환   10년을 한팀이었어요! 우리집에 와서 자구 간 게 몇 번인데! 형들 다! 나 어릴 때 우상들이었는데! 우리형을 뭐 어쨌다구요?

기석   (괴로운) 죗값 받을게. 이제라두... 다 자백하구 벌 받을게.

환   (악에 받치는) 그런다구 우리 형이 괜찮아져요? 우리집이 지금 어떤지 알아요?!

기석, 괴롭게 우는데... 기석을 보는 진의 얼굴. 그 어떤 말도 할 수가 없다.

S#12. 동 앞 (밤)

진과 환이 나온다. 울분에 찬 환과 달리 진은 무서우리만큼 차분하다.

진   ......기석이... 변호사 붙여줘.

환   뭐?

진   저 자식, 간이 작아. 시합 나가면 번번이 나한테 진 이유가 그거야. 실력 때문이 아니라.

환   !

진   그런 놈이... 지 손으로 나 죽인 줄 알구 정신이 나간 거야.

환   형은 화 안 나? 분하지도 않아?

진   ......

S#13. 병원/수술실 앞 (새벽)

의자에 앉아 대기 중인 예지. 수술실에서 캐리의 병상이 나온다. 아직 마취에서 깨어나지 못한 채, 수술 모자를 쓴 모습. 파리한 얼굴로 수액을 맞으며 이송되고. 이를 시선으로 쫓는 예지, 복잡한 마음인데.

S#14. 경찰서 일각 (새벽)

호출당한 승민, 어딘가 화를 누르고 있다. 환이 간략한 설명 끝낸 상태.

승민   피습 당한 그 캐리정이라는 여자, 서대표 여자 맞죠?

환   (말문이 막히는데)

승민   서대표한테 예지하구 아는 사이라고 할 수도 없어서 그동안 암말 못했는데... 예지가 그런 꼴 보면서 살구 있는 겁니까?

환   정리된 사입니다. 형은, 함정에 빠졌던 거구요.

승민   (망설이다 작정하고 꺼내는) 어머님하구 캐리정 사이에 모종의 거래가 있었어요.

환   ?!

S#15. 경찰서 앞 (새벽)

우근과 기석에 대해 이야기 나누고 있는 진.

진   변호사 붙였어. 캐리가 합의하고 탄원서 쓰면 형량은 낮출수 있을 거야.

우근   캐리가 해줄까?

진   하게 해야지. 숨이 붙어 있다면.

우근   (섬찟해서 보고)

진   ......

S#16. 병원 전경 (다음날 아침)

S#17. 중환자실 (아침)

뿌연 시야. 차차로 맑아지면. 눈앞에 예지가 서 있다. 헉! 놀라는 캐리.

예지   목숨에는 지장이 없다니까 너무 걱정하지 말아요.

캐리   ......

예지   지금은 중환자실이에요. 낯선 데서 혼자 깨어나면 혼란스러
        울까봐 설명해주려고 기다렸어요.

캐리   (힘없는) 기.. 기석이는...

예지   경찰서에. 그이가 같이 있을 거예요.

캐리   ......

예지   빠른 회복을 빌어요. 무슨 짓을 해서 이 꼴을 당했는진 모
        르겠지만.

캐리, 아무 말도 못하고...

S#18. 경찰서 앞/환의 차 안 (아침)

환이 운전석에, 진이 조수석에 타 있다. 핸드폰 알림음 소리 나고. 진,
핸드폰 확인하면.

예지(소리) 집에 왔어요. 그 여자, 깨어났으니까 걱정 말구.

진   (핸드폰 넣으며) 집으로 가자.

환   병원, 안 가봐도 돼?

진   예지, 집에 있대.

환   그게 아니라

진   병원 가서 얼굴 보면, 내 손으로 도로 죽여버릴 거 같으니까
         집으로 가자구.

환   ......

시동 넣고 차 출발시키는 환.

S#19. 환의 집 전경 (낮)

S#20. 공방 (낮)

환이 성곤에게 사태의 전말을 이야기한 뒤다. 억장이 무너지는 성곤.

성곤   진이는... 늬 형은 괜찮냐?

환   그게...

성곤   (보면)

환   아무런 반응이 없어요.

성곤   ......

환   화를 내지도, 뭐 어쩌지도 않아요.

성곤   (걱정이 드는데)

환   그래서 더 불안해요. 터지기 직전 폭탄 같고...

성곤   (한숨이 깊은)

S#21. 1층 진 방 (낮)

진, 앉아 있고. 예지, 쟁반에 약과 물을 챙겨준다.

예지   일단 약 먹구 푹 자요. 미국에서 온 건 뺐어.

진   (담담하게) 벌 받은 거 같아.

예지   (보면)

진   처음엔... 사고 나서 주저앉은 게... 내가 받는 벌인 줄 알았어.

예지   당신이 왜 (벌을 받아)...

진   나 살자구 형제를 버린 놈이니까.

예지   ! 그게 무슨 말이야?

진   (대답하지 않고 이어가는) 근데... 진짜 벌은... 당신을 잃는 거였어. 결국 내가 잘못 살아온 대가였다구.

예지   (보는데)

진   캐리였어.

예지   ?!

진   그 여자가... 기석이 사주해서 사고내고... 마비된 내 앞에서 시치미 뗀 거였어.

예지   (아연해지는) 기석씨가 그래서...

진   나 이렇게 된 거 보구... 죄책감에...

예지   !

진   (분노가 올라오는) 그 여잘 어떡하면 좋지? 지나간 7년은? 잃어버린 당신은? 감옥에 처넣으면 끝나나? 이 억울함이, 당신 상처가, 그런다구 없어지는 게 아닌데! 난 어떡하지? 우리 어떻게 되는 거냐구?

예지   (굳어 있는데)

진   (살의로 가득 차는/분한 눈물) 병원에... 갈 수가 없더라. 그 얼
        굴을 보면... 내 앞에 보이면... 가만 둘 수가 없을 거 같아. 사
        람이... 사람을 어떻게

엄마일로 공포감이 남아 있는 예지, 주저앉아 진과 눈높이 맞춘다.
울고 있는 진의 얼굴 감싸는.

예지   아무 짓도 하지 마. 절대 안 돼.
진   (보는데)
예지   지금부터 그 여자, 보지 마. 만나지 마! 경찰한테 맡겨. 법대
        루 해.
진   ......
예지   복수심에 허튼 짓 하면, 다 같이 망하는 거야. 더 가면 안 돼.
진   ... 너무... 억울해.

예지, 진을 안아준다. 예지의 품에 안겨 서럽게... 분노와 한을 토해내
는 진에서.

S#22. 동 앞/거실 (낮)

예지, 눈물 훔치며 나오는데 성곤과 환이 들어온다. 쇼크 상태인 성
곤을 환이 부축해들어오는.

예지   (걱정돼서) 아부지...
성곤   괜찮아...
환   ......

성곤	진이, 잘 버티구 있니?
예지	자라구 약 줬어요.
성곤	부탁한다, 아가.
환	!
예지	……
성곤	우리 진이 좀 붙잡아줘…
환	(어쩔 수 없음을 알지만 괴롭고)

S#23. 계단/2층 거실 (낮)

앞서 올라가는 예지. 뒤따르는 환.

환	괜찮아요?
예지	……
환	죄송해요.
예지	(돌아보는) 네가 왜.
환	… 누군가는, 제대로 사과를 해얄 거 같아서.
예지	그 여자가 망가트린 건, 저 사람 다리가 아니라… 우리 식구 모두야.
환	……
예지	형 너무 미워하지 마.
환	(아프고)
예지	가서 자. 너두 밤 샜잖아.
환	……
예지	다 같이 자구 일어서서, 맑은 정신으루 대책을 세우자. 어떡 하면 되는지.

환   ......

올라가는 예지. 그 등을 바라보는 환.

S#24. 몽타주 (낮)

각자의 방에서 고통스러운 세 사람

- 1층 진 방. 휠체어에 앉아 하체를 내려다보는 진
- 신혼방. 창가 의자 위에 쪼그리고 앉아 있는 예지
- 환의 방. 누웠다가 잠이 들지 않아 벌떡 일어나는 환에서.

S#25. 2층 거실 (낮)

환이 나오는데. 예지가 이미 나와서 앉아 있다.

환   안 자요?
예지   잠이 안 와. 신경이... 가라앉질 않아.
환   형 걱정하느라 몰라서 그렇지 본인도 많이 놀랐을 테니까요.
예지   ......
환   뭐 술이라도 좀 갖다드릴까요? 술기운에라도 (자라는)
예지   너는 괜찮아?
환   ...... (아무도 자기가 괜찮은지는 안 물어줬는데)
예지   형 찾느라 고생한 세월, 그게 다 그 여자 때문이었던 거잖아.
환   경찰서에서 엄청 열 받았었는데... 제 기분은 정확히 잘 모
        르겠어요. 다른 식구들 신경 쓰느라.

예지   ... 인생을 도둑맞은 기분이야.

환   ... (맞다)

예지   그 여자가, 우리 모두의 인생을 훔쳐갔어!

환, 다가가서... 예지 앞에 주저앉는다. 예지는 의자에, 환은 바닥에 앉아 있는.

환   같이 있어줄게요.

예지   ......

환   안아주고 싶지만... 그건 제 몫이 아니니까.

예지, 환의 머리를 쓰다듬는데...

환   이건 우리만 아는 고통이잖아요. 젤 열 받은 건 형이겠지
       만... 옆에서 희생당한 고통은... 우리만 아는 거예요.

예지   ... (무슨 말인지 안다)

S#26. 병원 복도 (오후)

연자와 윤실장이 오고 있다. 독기가 올라 있는 연자의 얼굴.

S#27. 중환자실 (오후)

비위관 튜브[2]를 끼고 누워 있는 캐리. 모니터링 장비에 심전도와, 맥박, 체온, 혈중 산소 농도 등이 그래프로 체크 된다. 잠 든 듯, 눈 감은 캐리를 내려다보고 선 연자. 캐리의 심전도와, 똑똑 떨어지는 수액을

확인한다. 당장이라도 뭐 하나 잡아빼버릴 것 같은 위협적인 분위기. 슥 내려가는 연자의 얼굴. 캐리의 귓가에 속삭이듯, 그러나 분명하게 경고한다.

연자　반드시 일어나. 그래야 당한 만큼 갚아주지. 감히 내 아들을 망쳐놓고, 숨겨놓고, 이제와 뻔뻔하게 지가 갖겠다고 나서고. 너 정말 대단하다?

캐리　……

선 채로 서늘하게 캐리를 내려다보는 연자에서.

S#28. 동 앞/복도 (오후)

연자, 윤실장에게 지시하며 걸어간다.

연자　시작하면 절대로 빠져나갈 수 없게! 준비 철저하게 해서 감옥에 처넣어!

윤실장　형사전문 변호사들로 특별팀 꾸리겠습니다.

연자　환이는 미국으로 돌려보내고.

윤실장　?

연자　일은 지가 알아서 할 거구, 숙소 미리 구해놓고 비행기 태워 한방에 보내버려.

---

2) 코를 통하여 위(胃)로 넣는, 고무나 플라스틱 재질의 관. 위의 내용물을 빼내거나 위에 영양을 공급하기 위하여 사용.

윤실장   ......

S#29. 중환자실 (오후)

조용히 눈을 뜨는 캐리.

S#30. 환의 집 전경 (저녁)

S#31. 주방/식당 (저녁)

성곤과 진 형제, 예지가 식탁에 앉아 있다. 아무도 수저를 들지 않는데.

진   (식탁에서 물러나려 하는) 저녁은 패스할게요. 뭘 넘길 수 있을 거 같지 않아요.

성곤   너 없을 때...

진   (멎고)

성곤   우리가 버틴 힘이 뭔지 아냐?

진   (보는데)

성곤   예지하구 나하구... 제 시간에 일어나구 끼니 안 거르구... 그거만 지켰어.

예지   ......

성곤   먹구 토하는 한이 있어도 굶지 않았구... 밤마다 우느라 잠을 못 자두 아침에는 침대에서 일어났다.

환   (먹먹해지는데)

성곤   일상을 지키면 사람은 무너지지 않아. 아무리 아파두. 아무리 힘들어두.

진   ......

예지, 진의 팔을 가만히 잡는다. 식탁으로 돌아오라는.

성곤   네 맘이 어떨지 아는데... 아부지가 하나만 부탁할게. 집안
        물건을 다 부수든, 고래고래 소리를 지르든, 술 마시구 실려
        가든 다 좋아. 무슨 짓을 해도 괜찮아.
진   (힘들고)
성곤   근데 밥은 먹어. 그거 하나만 해.
환   (부탁하는) 형...

예지, 진을 눈으로 설득하면. 진, 수저를 든다. 국을 한술 떠서... 어렵
게 넘기고. 다른 식구들도 천천히 식사를 시작한다.

S#32. 고시원 전경 (저녁)

S#33. 지영네 살림집/주방/거실 (저녁)

아픈 듯한 지영이 '아구구' 신음 소리를 내며 거실 소파에 누워 있고,
경식과 찬희 부녀가 주방에서 김치볶음밥 만들고 있다. 경식이 밥을
볶고 있고. 찬희는 옆에서 계란 후라이 지지는데...

찬희   엄마 왜 저래?
경식   평생을 집착했던 거 잃었잖아. 예지 모녀 미워하는 거.
찬희   하던 대로 계속 미워하면 되잖아. 어차피 보구 살지도 않는데.
경식   탑스타들두 막상 성공하구나서 공황장애 겪구 그런 사람들

많잖아... 느 엄마두 뭐 비슷한 거라구 할 수 있지. 사람이 말이야... 애정이든 미움이든 그게 뭐든 간에, 오래 매달린 거 놓구 나면 허전하거든. 병나지.

찬희   ... (알 것도 같고 모를 것도 같은)

경식, 됐다 싶어서 식탁 위에 냄비받침 놓고 그 위로 팬 째 옮겨놓으면. 찬희가 그 위에 계란 후라이 올리고. 경식, 수저 챙겨오는데. 세팅 끝나자 소파에서 기다시피 식탁으로 오는 지영. 맥아리 없지만 수저를 잡는데.

찬희   안 먹는다며?
지영   (후후 불어가며 첫입 먹고)

S#34. 시장 골목 (다른 날 낮)

고운이 도시락통을 들고 걸어온다.

S#35. 시장/예지 공방 (낮)

예지, 반상기 작업 중이다. 초벌 그릇에 핸드페인팅 중인데. 딸랑. 문종이 울려서 보면, 고운이다. 예지, 뜻밖이면서 반갑고.

예지   엄마...
고운   선배언니는?
예지   오늘 강의 가는 날이에요.
고운   어쩌나... 두사람꺼 쌌는데...

예지   ? (뭔가 싶고)
고운   (도시락을 펴면서) 아직 점심 안 먹었지?

다가와 확인하는 예지. 정갈하게 담겨진 김밥, 유부초밥. 반찬통에는
볶음김치와 비엔나소시지, 멸치볶음, 자른 김치전 등이 담겼다.

고운   뭐 좋아할지 몰라서.. 그냥 너 어릴 때 좋아하던 걸로 쌌어.
예지   (뭉클해지는) 아직두 좋아해. 입맛이 뭐 변하나...
고운   (펴다가 문득 걱정되는) 냄새 날라나?
예지   괜찮아요. 점심시간 팻말 걸구 먹으면 돼.

다행이다 싶어 미소 짓는 고운.

S#36. 동 앞 (낮)

문손잡이에 <Close> 팻말 걸렸다.

S#37. 동 안 (낮)

예지가 먹는 걸 보고 있는 고운.

예지   (젓가락 쥐여주면서) 엄마두 같이 먹자. 이렇게 많은데.
고운   그래. (해놓고 김밥 위에 볶음김치 올려준다) 이렇게 먹으면 맛
          있어.
예지   (울컥하는데/그대로 집어올려 먹는) 그르네. 딱이야.
고운   ... 자책하지 마.

예지   !

고운   너 때문이 아니야. 그 누구 탓도 아니야.

예지   ...... (엄마가 아는구나)

고운   세상 엄마는... 누구라도 다 그렇게 했을 거야.

예지   그럼 이제... 우리 같이 있어두 돼?

고운   ... (천천히 고개를 젓는/그건 안 된다는)

예지   내 앞날 같은 거, 생각 안 해두 돼. 오늘이 불행한데 앞날이
      무슨 소용이야.

고운   우리가 같이 있으면... 서로 얼굴 보고 있으면... 아빠 생각 날
      거구... 그 날이 떠오를 거구... 넌 내가 너 때문에 옥살이했
      다 아플 거구...

예지   .....

고운   사람이... 그렇게는 살 수 없어.

예지   ......

고운   넌 잘못한 게 없구... 난 엄마 노릇했지만... 너무 큰 고통이
      지나가면... 아무리 피붙이여두... 다시 안 붙어. 그런 거야.

예지   ... (목이 메이지만/엄마 앞에 유부초밥 놓아주는) 엄마는 김밥
      보다 이거 더 좋아했지?

고운   ... 기억하네?

예지   엄마 생일날, 미역국은 자신 없구 이거는 쉬워보여서 도전한
      적 있는데.

고운   (생각난다. 미소가 절로) 간 안 하고 유부피 속에 맨밥 넣어서
      준 거?

예지   흑역사야.

고운   (초밥 집어드는) 그래두 맛있었어.

예지, 처연한 미소로 엄마 보는데... 처음으로 딸에게 마음을 다 열고 솔직해지는 고운.

고운   (사무치는) 보고 싶었어.

예지   ......

고운   (손으로 어린아이 키 가늠하는 시늉) 한해가 지나면 요만큼 컸
         을까, 또 한해가 지나면 이만큼일까...

예지   (올라오는데)

고운   이제 아가씨가 됐으려나... 밤마다 잠들기 전에 상상했어.

예지   ... (누르며) 잘 컸지?

고운   (끄덕이고)

S#38. 동 앞 (낮)

빈 도시락통 들고 돌아가는 고운. 예지, 문 앞에서 배웅하는데. 승민 이 온다.

예지   오빠...

승민   (고운에게 목례하며/모녀가 함께 있는 모습이 보기 좋은) 여기
         계셨어요?

고운   (쑥스럽고) 밥 한번 싸다주느라고. 예지 보러 왔어?

승민   네.

고운   그럼 보구 가. 나 갈게.

승민   안녕히 가세요.

예지, 가만 손을 흔들고... 고운, 들어가라고 손짓하는데. 승민, 모녀의

분위기가 달라진 걸 느끼고.

S#39. 동 안 (낮)

예지, 승민에게 커피 준다.

승민　　……
예지　　(앉으며) 오빠 알구 있었던 거지?
승민　　… 짐작만.
예지　　(보면)
승민　　아줌마가 사실대로 얘기 안 하는 거 같다고 아부지가 힘들어하셨지.
예지　　… 총 든 건 나였어.
승민　　!
예지　　아빤… 날 때린 적은 한 번도 없어. 늘 엄마만 때렸지.
승민　　(멎어서 본다)
예지　　그게 더 싫었어. 차라리 나까지 때리든가. 나만 안 맞으니까 엄마한테 더 미안하구 괴로웠어.
승민　　그래서, 아줌마 지키려구…
예지　　못 지켰어.
승민　　……
예지　　난 총을 놓쳤구… 아빠가 나 해칠까봐 엄마가…
승민　　(긴장하고)
예지　　결국… 엄마만 감옥 가게 만들었지.
승민　　네 삶을 또 다른 감옥으로 만들면 안 돼. 아줌마가 얼마나 애써서 지킨 딸인데.

예지   나, 엄마 호적으로 돌아가고 싶어.

승민   ?

예지   지금은 고모 딸루 돼 있잖아. 그거, 정정할 수 있을까?

S#40. 캐리의 병실 (낮)

중환자실에서 병실로 옮긴 캐리. 방회장이 와 있다.

캐리   (초조한) 저는 어떻게 되는 거예요? 강기석이 체포됐다던데,
                쓸데없이 입을 놀리면

방회장   증거가 없어. 네 사주라는.

캐리   ......

방회장   강기석은 질투에 눈이 멀어 친구를 다치게 한 실력 없는 선수
                일 뿐이고.

캐리   ... (망설이다) 말씀드릴 게 있어요.

방회장   (보는데)

캐리   위약금이 필요해요.

방회장   ......

S#41. 동 앞 (낮)

기다리고 있는 연철. 방회장 나온다. 병실 앞으로 다가오는 진과 윤실
장. 연철, 움찔하고 다른 데 본다. 외면하는.

방회장   (태연하게/진에게) 오랜만일세. 많이 좋아졌다는 소식은 들
                었지.

진   덕분에요.

방회장   이번 일루 별다른 오해는 없길 바라네. 자네가 있을 때나 없
        을 때나... 우린 그저 일을 하고 있었던 거 뿐이니까.

진   그렇게 불쾌하셨어요?

방회장   !

진   뒤 봐주는 캐리가, 주는 떡 고마운 줄 모르구 젊은 남자랑
        바람 난 게, 그렇게 못 참을 일이었냐구요!

연철   (외면하고 있다가 나름 근엄하게) 서진! 어디 회장님 앞에서
        막말이야!

방회장   다리만 다친 줄 알았더니 머리도 이상해진 게로군.

진   여잔 내치지두 버리지두 못하면서! 아무것도 모르고 기만당
        한 나한테 엉뚱한 화풀이도 모잘라! 어리석은 삼촌을 들쑤
        시구

연철   ? (나? 내가 어리석다구?)

진   회사까지 건드려?

방회장   (내려다보는데)

진   차라리 캐리한테 매달리세요. 가진 자의 늙은 심술이 얼마
        나 추해질 수 있는지, 지켜보기 역겹습니다.

방회장   (무릎 꿇고 눈높이 맞춰서) 그렇게 안 봤는데, 아직 순진하구
        만. 우리 나이쯤 되면 말이야... 아니 난 젊었을 때두... 사랑
        이니 뭐니 감정 따위로 움직이지 않았다네. 이익이 되면 가
        고, 아니면 접지.

암 그렇지, 그렇구 말구. 동조하는 연철.

진   ......

방회장   (일어나는데)

진   (비웃는) 그토록 많이 갖구 싶은 이유가 뭡니까. 지배하고 싶
       어서? 누리고 싶고, 위에 서고 싶고.

방회장   그거 싫어하는 남자 있나?

진   사랑받지 못하니까 가진 걸루 눌러서라두 존재 확인하고 싶
       은 못난이들, 많죠.

방회장   ! 어디 주총에서 회사 뺏기구나서두 통통한 소리하는지 보
       자구.

진   회장님께 배운 거, 써먹어보죠.

방회장   ······

진, 방회장을 지나쳐 가고. 윤실장, 연철에게 시선 준다. 시선 피하는
연철.

S#42. 캐리의 병실 (낮)

윤실장이 문을 열어주고. 들어서는 진의 휠체어. 윤실장, 문 닫아주고.

캐리와 진, 둘만 있게 된 병실. 캐리는 모르쇠로 나가기로 작정했다.

캐리   왔어?

진   ······ (보기만 하는)

캐리   ······ (두려운데)

진   기석이 위해서, 탄원서를 써줘야겠어.

캐리   내가 왜?

진   (가증스럽게 보고)

캐리   나한테 칼 들었던 미친놈이야! 죽을 뻔 했다구!

진   자업자득 아냐?

캐리   (빠져나가보려는) 기석씨가 뭐라 그랬는지 모르겠는데, 그거 다 사실 아니야. 돈이 필요해서, 더 달라는 거 안 주니까 돌아가지구

진   (OL) 이제 알겠어.

캐리   (멎는)

진   미국에서... 내가 아무리 난리를 쳐두... 아파서 괴롭혀두... 네가 다 받아준 이유.

캐리   ......

진   날 이렇게 만든 게 너라서! 그래서 참아줬던 거야. 죗값하느라고.

캐리   (변명 포기하고) 사랑이었어.

진   (기가 차고) 내 꺼 아니면 죽여버리는 게 사랑이냐?

캐리   (안 되겠다, 모르쇠는 포기하고) 그럼 자긴 와이프 보내줄 수 있어? 다른 남자한테?

진   !

S#43. 공방 앞 (낮)

승민 배웅하는 예지.

승민   파양 허가에 필요한 서류 체크해서 연락 줄게.

예지   ... 고마워.

승민   변호사 할 일인데 뭐.

예지   아프게만 기억했는데... 따지구 보면 오빠 덕에 학창시절

버텼어. 결혼한 다음에도 지인으로, 친구로 내 걱정해주고. 오빠가 내 인생의 상처가 아니라 고마워해야 할 애정이란 거, 이제 알았어.

승민　… 내가 못나서 그랬지 뭐. 너 결혼 소식 듣고 충격 받았었어. 서진이라는 남자, 대단해보이더라. 열등감에 시달렸어, 한동안.

예지　하이구, 그 뒤루 내가 겪은 일 봐봐.

승민　너, 강해졌어.

예지　……

승민　그 힘으루, 남은 산들 잘 넘어갈 수 있을 거야.

예지　…… (그럴 수 있을까 싶고)

S#44. 캐리의 병실 (낮)

캐리, 진에게 묻는다.

캐리　와이프가 다른 남자 사랑한다고 하면, 순순히 보내줄 수 있냐고.

진　(답을 못하는데)

캐리　(간절히) 해치려던 게 아니었어. 자기가 미국 랠리에서 성공할까봐… 그럼 영영 우리한테, 나한테 안 돌아올까봐… 기록만 낮추려고 했던 거야. 코스가 너무 험했던 건, 계산 밖이었어. 하필이면 절벽에서 바퀴가 터질 줄! 그래서 차가 바다에 처박힐 줄은 상상도 못했다구!

진　(보다가) 미국서 한때는… 다 포기하구 너랑 이렇게 늙어가는 건가… 자포자기 비슷한 생각두 했었어.

캐리	!
진	내가 이 꼴이 됐어두 넌 별루 괴로운 거 같지두 않았구. 그 냥 너한테만 망가진 모습 보이면서, 남은 여생, 이렇게 흘러 가나... 그러기두 했었어.
캐리	(서러움 올라오고) 미국서.., 돌아오지 말 걸. 당신두, 나두. 그 렇게 아무도 모르게... 거기서 둘이 살 걸.
진	영원히 날 속여가면서?
캐리	의도한 게 아니라니까!
진	그럼 고백했어야지! 다 니가 한 일이라구! 니가 시킨 거라구! 말하구 용서를 빌었어야지!
캐리	무서웠어!
진	뭐가!
캐리	영원히, 끝일까봐.
진	(보는데)
캐리	당신 이렇게 만든 거, 죽을 만큼 미안했지만. 한편으론 좋았 어. 당신이 다시 내꺼였으니까.
진	......
캐리	화를 내두 참아졌구 욕을 해두 괜찮았어. 아무렇지 않았어. 자기가.. 내 앞에 있어서.
진	기석이 인생은 어쩔 거야.
캐리	......
진	고통 받은 우리 가족은? 상처받은 내 여자는!
캐리	(냉정해지는/내 알 바 아니다)
진	넌... 어쩌다 이런 괴물이 된 거냐?
캐리	......

S#45. 동 앞/복도 (낮)

진 나오고. 윤실장, 수행한다. 진, 휠체어 자동운행하면서 엘리베이터로. 핸드폰 녹음파일 윤실장에게 전송한다.

진   필요한 부분만 편집해서 증거자료 만들어.
윤실장   (핸드폰 확인하고) 이제, 꼼짝도 못하겠네요.
진   하나씩 조여가야지.
윤실장   ......

서늘한 진의 표정에서.

S#46. 도시재생지원센터 전경 (오후)

S#47. 센터 회의실 (오후)

환, 회의준비하고 있다. 엠버, 화난 얼굴로 들어오는.

엠버   정말 끝장내겠다는 거야?
환   (보는데)
엠버   아무리 우리 사이가 지금 이상해졌어두 그렇지 나한테 한마디 의논도 없이 손을 놔? 어떻게 이럴 수가 있어!
환   (영문을 모르는) 무슨 소리야...
엠버   프로젝트 포기한다며?!
환   (말도 안 된다) 누가 그래?
엠버   진환 본사에서 연락 왔어. 너 빼달라구. 미국으로 돌아간다구.

환   !

열 받아서 나가는 환. 엠버, 사태 파악이 안 되는데.

S#48. 진환A&C 전경 (오후)

S#49. 연자의 사무실 (오후)

연자에게 화내고 있는 환.

환   일터가 무슨 학굔 줄 아세요? 학부모가 전화해서 이래라 저
         래라 간섭하게? 학교 다닐 때는 관심도 없더니, 이제 와서 뭐
         하시는 거예요! 사람꼴 우습게!
연자   내가 왜 이러는지, 몰라서 물어?
환   (말문이 막히고)
연자   나야말로 누가 알까 무서워. 세상이 뭐라고 하겠어! 송인호
         그 자식이 퍼트린 소문! 그게 다 근거가 있었던 거잖아!
환   (예지 보호하는) 저 혼자 좋아한 거예요!
연자   그건 뭐 나은 줄 알아!
환   형이 똑바로 살면 돼요. 그럼 아무 문제없어요!
연자   넌 나가. 그게 깔끔해.
환   엄말 어떻게 믿구요.
연자   !
환   한식구인 며느리 내치구 쓰레기 같은 여자랑 거래나 하는
         사람을!
연자   (쳐다보는/어떻게 알았지?) 내가 그 기집앨 가만 둘 거 같아?

환	(의심하는)
연자	지분이 필요했을 뿐이야. 내 아들 건드린 거 알았구, 며느리 내치구 원수랑 손잡는 짓은 안 해.
환	안 믿어요. 못 나갑니다.
연자	그럼 예지를 내보낼까? 니 형은 어떡하구!
환	......
연자	잘 생각해, 정말 중요한 게 뭔지.
환	제가 결론 내면, 감당할 수 있으세요?
연자	!
환	전 엄마처럼 비겁하게 안 살아요. 책임을 지든가. 버리든가. 둘 중에 하나만 해요.
연자	(등골이 서늘해지는데) 협박하니?
환	모자지간 끊는 게, 엄마한테 협박이 된다면요.
연자	!

S#50. 복도 (오후)

가는 환. 들어오던 진과 마주친다. 진 뒤에 윤실장. 환, 진에게 다가가면.

진	회사엔 무슨 일?
환	엄마 잠깐 봤어.
진	나두 좀 보구 가.
환	......

S#51. 진의 사무실 (오후)

진, 장식장에서 위스키병과 잔을 두 개 가져온다.

환   무슨 사무실에서 낮술을...
진   밖에서 할 얘기는 아닌데, 또 술 없이 할 수 있는 얘기도 아
        니라서.
환   집에서 하면 되지.
진   아부지 힘들게 하기 싫어.
환   ...... 내가 할게. (병 가져다 마개 열고. 각자의 잔에 조금씩 따
        른다)

진, 한잔 마셔버리고.

환   천천히 마셔. 독한데. (다시 따라주면)

진, 그것도 마셔버린다.

환   ...... (괴로운 속내가 짐작되고)
진   ......
환   형...
진   예지가... 나간다고 하더라.
환   (멎는)
진   너두, 바라는 바겠지?
환   ... 아부지가 부탁하셨어. 형 옆에 있어달라고. 그 부탁, 쉽게
        무시할 사람 아니야.
진   기석이가 사고치는 바람에, 좀 유보된 거 같기는 하다만.
환   ......

진　나 엿 먹인 그 여자, 어떻게 부숴버릴까 고민하다가...

환　(보는데)

진　내가 그럴 자격이 있나 싶었어.

환　무슨...

진　아부지 때문에 오랫동안 힘들어하는 너 보면서... 니 탓이 아니라 내탓이라고 말해주고 싶었는데, 그렇게 못했어.

환　형 탓이라니?

진　등산로가 끊기구 바윗길을 만나서... 무사히 지나가려고 너 하구 날 묶었는데... 캠 하나가 뽑혀서 위험해진 거야. 우리 둘이... 한 개의 캠에 매달리게 된 거지. 캠은 점점 뽑혀 나오고...

환　......

진　난 무서워서 자일을 끊었어. 떨어지는 게, 죽는 게 무서워서.

환　!

진　나 살자고... 널 버린 거야.

환　(믿어지지가 않고)

진　아부진, 널 받아내려고 몸을 날렸고.

환　사고였잖아. 무슨 소설을 쓰는 거야!

진　사고 맞아. 내 이기심이 만들어낸 사고.

환　...... 그 얘길 지금 와서 왜 하는 건데. 뭐 때문에!

진　아부지는 잊으라고 하지만... 아무것도 모르는 너 보면서... 내가 싫어진 적 많아.

환　우린 어렸어. 형도 어렸다구!

진　그런다구 용서가 될까?

환　(혼란스러운) 이제 와서 형이 왜 이러는지 모르겠어. 난 기억도 안 나.

진, 남은 술을 마신다.

S#52. 동 앞/복도 (오후)

윤실장, 음료 준비해서 오고 있는데 환이 나온다.

윤실장 벌써 가려구? 음료수 준비했는데.

환, 대꾸도 안 하고 가버리는데. 윤실장, 뭐지 싶어서 보고.

S#53. 도로 (오후)

환, 무섭게 차를 운전해간다.

S#54. 공방 앞 (오후)

환의 차가 와 대어지고. 환이 내리는데.

S#55. 공방 (오후)

물레 앞에 앉은 성곤, 마음을 비우기 위한 물레질 중인데. 정일은 수비[3]한 흙의 이물질을 거르기 위해 체질을 하고 있다. 환이 들어서고.

---

3) 흙을 미세하게 분쇄한 후 불순물을 체로 걸러 제거하고 물속에 침전시켜 미세한 앙금만을 채취하여 일정기간 그늘에서 말리는 과정

정일   (보고/반가워서) 어, 환아! 일찍 왔네?

환   자리 좀 비워줄래? 아부지하구 할 얘기가 있어.

정일   (정일 잠깐 멎었다가) 어, 그래. (나가주려 하고)

성곤   ...... (손 씻고 아들 맞을 준비한다)

지켜보는 환.

S#56. 공방 앞 (오후)

정일, 다운에게 전화를 건다. 다운, 받으면.

정일   안 정다운 정다운!

다운(F) 이게 또 뭐래.

정일   환이 간만에 일찍 들어왔어. 삼총사 간만에 뭉쳐서 술 한 잔
       하자.

다운(F) 환이가 그러재?

정일   아니?

다운(F) 물어보지도 않구 스케줄부터 잡는 거야?

정일   그래야 거절을 못하지.

다운(F) (한숨)

해맑은 우리의 정일에서.

S#57. 공방 (오후)

마주앉은 부자.

환	아부지 사고
성곤	(보면)
환	형 때문이었던 거예요?
성곤	! (굳고)
환	형이 다 말했어요.
성곤	... (무거워지는) 책임은 나한테 있어. 어린 늬들을 산에 데려 간 나한테.
환	(보는데)
성곤	아들 둘이 태어나면서... 언젠가 부자 셋이 히말라야 등반을 하는 게 꿈이었지. 늬 형을 먼저 훈련시켜보려구 했는데...
환	제가 떼를 썼죠. 데려가달라구. 기억나요.
성곤	등산로야 별 문제 없었는데... 어린애들도 더러 있었구. 가다가 길이 끊긴 거야. 되돌아갔어야 했는데, 판단착오를 한 거지.
환	......
성곤	그 순간엔 누구라도 그럴 수 있어. 늬 형만 그런 선택을 한 게 아냐.
환	아버진 안 그러셨잖아요. 절 구하려고 몸을 던지셨어요.
성곤	애비니까.
환	......
성곤	어른들두 자기 살자고 동료 버리는 경우, 많아. 숱해.
환	......
성곤	잘못한 건 나야. 아부지가 잘못한 거야.
환	...... 저만 모르고 있었어요. 저 혼자, 아무것도 몰랐어요.
성곤	(보는데)
환	왜 자기 혼자 괴로움에 절어 산 건데요! 말을 해야죠! 털어 놨어야죠! 평생 형한테 거리감이 느껴졌어요! 가끔씩 나타

나서 친한 척 했다가 연락두절되구! 다가가려 하면 이유없이 밀쳐냈다구요!

성곤 죄책감 때문에. 널 볼 때마다... 스스로가 나쁜 놈처럼 느껴졌겠지. 자길 사랑할 수 없으니... 동생인 너두 제대로 사랑할 수 없었던 거다.

환 (올라오는)

성곤 너두 있구... 엄마가 반대하는데두 형을 서둘러 결혼시킨 건... 예지한테는... 맘을 여는 거 같아서.

환 (억울한) 죄책감은... 형만 느끼구 살았는 줄 아세요? 아부지 보면서! 저두 평생 힘들었어요! 날 위해 몸을 던졌던 아버지! 나 아니면 안 된다고! 그렇게 채찍질하면서! 엄마 없는 집에 어린 주부로! 형이 내팽개친 집에 혼자 남아서! 아버지 지켰는데!

성곤 ... (안다)

환 그런 제 고통은 누가 알아주는 건데요!

성곤 넌 사랑이 더 컸어.

환 !

성곤 죄책감 때문이 아니라 사랑해서. 그래서 이 애비 지켰구... 식구들 챙긴 거야.

환 그건 아부지 생각이죠! 제 맘 부대낀 거, 아무도 모르잖아요!

성곤 환아...

환 엄마가 안 오니까 제 몫이 된 거예요! 형이 바깥을 떠도니까 안에 있었던 거예요. 저 아니면 아무도 없는데 무슨 선택의 여지가 있겠어요!

성곤 그래두 안 할 수 있었어.

환 !

성곤 그래두 떠나는 놈 많아.

환 ......

성곤 마지못해 주저앉구 할 수 없이 해온 거, 그게 대단한 거야.

환 (터지는) 아부진 자살두 시도하셨어요!

성곤 ! (가장 미안한 일이다)

환 어린 마음에 얼마나 필사적이었는지, 아세요?

성곤 미안하다... 그 때는...

환 우리 식구 아무도... 제 생각은 안 했어요.

성곤 !

환 엄마두... 아부지두... 형두...

성곤 (차마 위로도 못하겠는) 환아...

환 ......

S#58. 환의 집 전경 (오후)

S#59. 거실/주방 (오후)

환이 들어선다. 셀러에서 와인 고르고 있던 예지, 환을 보고

예지 정일이가 술 좀 달라는데? 뭐로 주까? 와인? 맥주?

환, 멎어서 가만히 예지 보고 서 있는데...

예지 (느끼고) 왜 그래?

환 세상 천지... 혼자 같아서요.

예지 ......

환	(당신은) 계속 이런 기분이었던 거예요?
예지	!
환	어려서두... 뭔가 제 처지가 나은 줄 알구 쌤 지켜주구 싶구
	그랬는데... 주제를 몰랐던 거였어요.
예지	(걱정에) 어머니가... 뭐라구 하셨어?
환	인생을 기만당한 기분이에요.
예지	...... 앉아. 친구가 필요하면, 들어줄게.
환	(기가 찬/슬픈 헛웃음이) 친구요?
예지	....
환	(다가오는) 내가... 쌤이랑 친구하고 싶은 줄 아세요?
예지	!
환	(가까이서) 나하구 하구 싶은 게, 친구에요?
예지	(술병 안겨주며/작정하고 차갑게) 마시기도 전에 취했니? 주
	정은 니 친구들 앞에서나 해.
환	...... (서러움 누르고)

S#60. 2층/신혼방 (오후)

방으로 들어선 예지, 창가에 주저앉는. 환 앞에서는 냉정하게 처신했
지만... 환이 걱정되고... 혼란스러운데...

S#61. 정원 (오후)

13부 38씬, 예지와 술 마시던 그 자리에서 혼자 술병 비우는 환. 예지
가 나와서 그 옆에 앉는다. 환이 마시던 술병, 가져가 한 모금 마시는.

환	왜 나왔어요?
예지	넌 나하구 친구 안 하고 싶은 모양이지만, 나는 친구 돼주고 싶어서.
환	... (그래도 나와 준 게 고마운)
예지	......
환	......
예지	(나도) 같이 있어줄게. 이럴 수 있는 날도 얼마 안 남았는데.
환	!
예지	... 해리 포터 시리즈 본 적 있지?
환	영화는요.
예지	난 책으로 봤는데... 그게 그렇게 슬프더라?
환	(보면)
예지	이모네집 벽장에서 더부살이하면서 구박받는 게 어찌나 내 처지 같던지.
환	...... (아프고)
예지	해리 포터랑 볼드모트랑 둘 다 고아잖아.
환	......
예지	근데 해리는 부모가 자식을 구하다 죽었어. 볼드모트는 그냥 버려진 거고. 똑같은 고아였어도 해리는 사랑받은 자식이었던 거지. 사랑받지 못한 자식이 악당 되는 거 보고 나 혼자 찔렸었거든?
환	... (박히는)
예지	근데... 알고 보니 내가 해리포터였나봐. 엄마가 구해준.
환	저하구 반대네요. 저는 아버지가 구해준 해리포턴 줄 알구 살았는데, 버림받은 볼드모트였던 거예요.
예지	... 너처럼 착한 볼드모트가 어딨어?

환	(씁쓸한) 제가 착하다구요?
예지	(보는데)
환	제가 무슨 생각하면서 사는지 알면, 그런 소리 못하실 걸요?
예지	... (긴장하고)
환	(술 마시는)

S#62. 거실 (저녁)

예지가 현관을 연다. 퇴근해서 들어오는 진. 잠시 서로를 마주보는 두 사람.

진	집안이 조용하네?
예지	아버님은 서울 가셨구, 환이는 친구들이랑 술 마셔.
진	서울?
예지	어머님 만나러 가신 거 같아.
진	... 당신 저녁은?
예지	아직.
진	나도 저녁전이야. 같이 하자.
예지	......

S#63. 주방/식당 (저녁)

둘만의 조용한 저녁 식사.

진	지금 이런 내가 당신 잡는 거, 그것두 또 다른 이기심 같아서... 결심했어. 붙잡지 않기루.

예지	...... (기분이 이상한데) 우리 관계에 당신 장애는 끌어들이지 마. 내가 참을 수 없는 건 당신 배신이지 장애가 아니야.
진	그런데 난... 옛날의 나였으면 당신 잡을 수 있을 거 같아.
예지	...... (아니다)
진	지친 거 알겠구... 싫어졌대두 할 수 없구... 나하구 더 이상 함께 할 수 없는 거, 이해해.
예지	......
진	떠나도 좋아. (사실은 아니다) 방해, 안 할게. (막고 싶다)
예지	(보는데) 사람이 가장 힘들 때 외면하는 거, 안 해. 아버님두 부탁하셨구... 기다릴 수 있어. 가는 건 언제든 가능하니까
진	......
예지	당분간 우리 일은 생각하지 말구, 회사문제 집중해. 기석씨 일이랑 그 여자... 해결해야 할 거구... 그런데 내 문제까지 얹어서 당신 주저앉게 하고 싶지 않아.
진	......
예지	그렇다구 우리 관계에 희망은 갖지 마.
진	......
예지	인간에 대한 예의루, 떠나는 시간은 유보하겠다는 거니까.
진	그럴 거 없다구, 그냥 가라구. 그건 나에 대한 배려두 뭣두 아니라구. 그렇게 말하고 싶은데.
예지	(보면)
진	지금은 안 간다는 당신 말에... 안도감이 드는 내가... 참... 초라하다.
예지	... (밥) 마저 먹어.
진	......

S#64. 1층 진 방 (저녁)

진이 약 먹을 수 있게 물 갖다 주는 예지. 예지, 나가려는데. 진이 예지를 잡는다.

진　　　한번만. 한번만... 나 좀 안아주면 안 되나.

예지　　......

진　　　... (기다리다, 손을 놓는데)

예지, 다가가서 안아준다. 진, 예지의 품속에서 눈을 감고.

예지　　힘든 거지...

진　　　그냥... 죽어버리는 게 나았을 거 같아.

예지　　...

진　　　다친 거 알구 절망했지만... 한편으로는 이게 내 몫이구나, 올 게 왔다... 당연한 기분이 들었어.

예지　　(떨어지며) 그런 생각은 왜 해.

진　　　아부지 볼 때마다... 사실은 저게 내 운명이었다는 생각이 떠나질 않았거든.

예지　　!

진　　　받아야 될 벌 이제 받았구나... 후련한 기분, 있었어.

예지　　그런다고 없었던 일이 돼? 아버님이 옛날로 돌아갈 수가 있어? 그게 무슨 바보 같은 생각이야!

진　　　당신두 그랬잖아.

예지　　!

진　　　감옥에 있는 엄마 땜에, 행복해지면 안 될 거 같았던 거. 그

지겨운 고모 밑에서 그렇게 오래 참은 거, 자학 아니었어?

예지   ...... (인정 안 할 수가 없고)

진   당신이 나보다 더 불행해보였어.

예지   그래서 손을 내밀었던 거야?

진   ......

예지   당신 말이 맞을 거야. 난 행복해지면 안 되는 아이라고... 늘 벌 받는 기분으로 살았으니까.

진   환이한테 고백했어. 아부지 사고, 내 탓이라구. 내가... 나 살자구 자일 끊었다구.

예지   ! (놀라서 보면)

진   이제 괴로운 건 녀석이야.

예지   ......

진   이상하지? 내 죄는... 고백하구 나니까 가벼워졌는데... 아무것도 몰랐던 환이 고통은, 이제 시작이라는 거.

예지   ......

진   잘못한 사람은 난데, 괴로운 사람은 환이구... 당신이지.

예지   안 그래두 힘든데 왜 하필 지금... (고백을 한 거냐는)

진   캐리가 한 짓에 분노하다가... 내가 한 짓이랑 뭐가 다른가 싶고...

예지   당신은, 어렸어. 그건 그냥 사고였어! 나처럼!

진   (보면)

예지   난 더 이상 자책 안 할 거야. 당신두 벗어나.

진   자유는 용서를 받아야 얻을 수 있는 거 아닌가?

예지   ......

진   환이가, 날 용서할까?

예지   ......

S#65. 공방 (저녁)

환, 다운과 정일이 술 마시고 있다. 다운이가 집에서 공수한 두부 김치에 레드 와인 딴 술상. 얼음통 놓였는데. 환, 두 친구들과 달리 가라앉아 있고. 혼자서 술잔만 비운다.

정일   (자기 와인잔에 얼음 몇알 넣으며) 우리 환이 그동안 맘고생 장난 아니었는데, 중간중간 이런 날이라두 있어야 버티지.

다운   (기겁을 하는) 넌 무슨 와인에 얼음을 타구 그래... 레드는 그냥 상온으로 마시는 거야!

정일   술은 시원한 맛이지 뭔 소리야.

다운   증말 수준 안 맞아서 못 살겠네.

정일   지두 와인 안주로 두부김치나 가져온 주제에. 그게 와인 안주가 아니라는 건 나두 안다!

다운   이거야 엄마가 들고 가라구 성화니까 할 수 없이 가져온 거구!

환   그냥 먹자. 레드를 얼음 타서 마시건, 와인 안주로 김치를 먹건 맛있으면 그만이지.

정일   (건배하며) 역쉬 우리 환이는 TOP를 알어.

다운   (아직도 모르네) TPO라구! 그리구 지금 이 상황에 쓸 말도 아니거든?

정일   선생 납셨어요. 그렇게 가르치는 게 좋으면 교사나 될 것이지. 왜 야생초나 뽑고 다니는지 몰라?

다운, 주먹이 운다. 참고. 환, 잠자코 술잔 비우는데.

정일   (따라주며) 천천히 마셔. 와인도 많이 마시면 취해.

다운	(걱정에) 무슨 일 있어?
환	... (혼잣말처럼) 형제가 뭘까? 가족은... 또 뭐구...
정일	(형 있다) 원수지. 어제두 들어오자마자 날 한 대 치더라? 왜 그르냐구 승질을 냈더니 그냥이래. 그냥. 미친! 내가 아주 지 샌드백인 줄 알어!
다운	네가 좀 때리구 싶은 욕구를 불러일으키긴 해.
환	우리 형두... 내가 싫었던 걸까?
다운	무슨! 진이 오빠 스윗했잖아.
정일	(결론 내리는) 세상의 모든 형제는! 서로를 싫어해.
환	......
다운	나야 외동이니까 모르지만... 형제인 애들 보면 그렇더라? 지들끼리 맨날 원수처럼 치고박구 싸우는데, 남이 건드리면 못 참는 거.
정일	그건 맞아. 옛날부터 내가 어디 가서 맞고 오면 우리형이 바로 나가서 평정해줬잖아. 공동의 적이 생길 때면 일시적 연합을 하지.
환	(술 마시는데)

공방문이 활짝 열리고! 안주거리 잔뜩 든 찬희가 등장한다.

찬희	나 왔어!
다운	? 언니가 여기까지 웬일이에요? 낼 출근 안 해요?
찬희	하지.
다운	이따 어뜨케 갈라구요...
찬희	(와서 안주봉지 펼쳐놓으며) 다운이가 재워준다며.
다운	(금시초문이다) 제가요?

찬희   정일이가 그러든데? 마시구 너네집서 자구 가면 된다구. 예
        지 언니 쓰던 방 있다구.
다운   (정일 째려보는데)
환   (문가 보고) 엠버...
다운   ! (엠버까지!)

문가에 각종 맥주캔 한아름 안고 온 엠버가 서 있다.

정일   (혼자 신난) 내가 전화했어!
엠버   술이 모자라다고...

환과 다운, 동시에 정일 보면.

정일   잘했지? 신나지? 재밌지?

S#66. 진환A&C 전경 (저녁)

S#67. 진환A&C/복도 (저녁)

윤실장과 퇴근하는 연자.

연자   크니까 환이 자식이 진이보다 더 힘들어. 진이는 딜이라도
        치지, 환이는 앞뒤도 없고...
윤실장   약한 척 하세요.
연자   ?
윤실장   환이는 약자에 약해요.

연자   (생각만 해도 닭살이 오소소) 어후...

하는데 눈앞에 성곤이. 연자를 만나러 왔다.

연자   여보...
성곤   ......

S#68. 연자의 사무실 (저녁)

테이블 위에 음료 놓였고. 성곤, 연자에게 환을 걱정한다.

연자   아까 낮에 다녀갔는데, 절연이라도 할 기세였어.
성곤   ... 도와줘.
연자   !
성곤   우리 아들, 어떻게 해야 될까... 어떻게 하면 좋을까. 난, 길이
       안 보여.
연자   처음이네.
성곤   (보면)
연자   나한테 약한 소리 하는 거.
성곤   ...... 두 놈 다... 사실은 당신이 고팠나봐. 한번 마음 주면...
       가벼워지지가 않아.
연자   ......
성곤   우리가 잘못 살아서 인생 꼬인 거야 그렇다치지만, 자식들이
       무슨 죄야.
연자   부모는 또 무슨 죄야?
성곤   ......

연자　맘고생은 좀 했다 쳐. 지들 하고 싶은 거 못한 거 있어? 먹이
　　　구 입히구 최상으로 해줬구! 레이싱에 유학에! 혜택은 받을
　　　거 다 받았어. 그깟 여자욕심 어떻게 못해가지고 큰 놈은 이
　　　랬다 저랬다 분란 만들구! 작은 놈은 딴 사람도 아니고 지!
　　　... (더 말을 못 잇고) 남사스러 어디 가서 말도 못해!

성곤　돈만 바르면 부모 노릇 끝이야? 그럼 이제 손 놔? 애들 다 망
　　　가져두?

연자　...... (속상한데)

S#69. 양평/동네길 (밤)

환, 엠버를 배웅 중이다.

환　　미안. 친구들이 장난쳐서.

엠버　난 재밌었어.

환　　......

엠버　어머님하군, 잘 해결 봤어?

환　　터치는 못하게 할 건데... 고민은 하고 있어.

엠버　(보면)

환　　미국으로 돌아가는 거.

엠버　그게 좋을 거 같아.

환　　......

엠버　사심에서 하는 말 아니야. 여깃는 너... 행복해보이지 않아.

환　　...... (너는) 식구들 안 보구 싶어?

엠버　보구야 싶지, 엄마랑 아빠랑 맨날 영통해. 근데 웃기지? 식구
　　　들 보구 싶은 건 참아지는데, 네가 보고 싶은 건 참아지지가

않았어. 결국 비행기 탔잖아. 사랑은 자식을 천하의 불효녀로 만드는 건가봐.

환   ... (자기도 아는 마음이다)

엠버   우울해보여. 술 마실 때두 통 말두 없구. 나 때문이었음 좋겠지만, 아니지?

환   ... 첫사랑을 포기했던 건, 그 때 내가 어려서, 할 수 있는 게 없어서이기도 했지만. 가족을 위해서였어.

엠버   (본다/그의 진심을 듣는 것이 아프기도 하고... 듣고 싶기도 하고)

환   가족두... 사랑하니까. 나 하나 참으면 다 좋다고들 하니까.

엠버   ......

환   근데 식구들은... 나 하나 희생양 삼아서... 자기들 편한 대로... 그렇게 산 거였어.

엠버   ... 시간이 필요해보여.

환   (멈추고)

엠버   너무 가까이 있으면 결론이 안 나. 상처만 나지.

환   ......

엠버   떠나자. 여기.

환   ......

S#70. 공방 (밤)

예지가 쟁반 들고 와서 술상 치우고 있다. 환이 들어와서 다가들며

환   두세요! 제가 치워요.

예지   (걱정돼서) 괜찮아?

환   ......

예지   (친구들하고 마셔서) 기분 좀 나아졌어?

환   나간다고 하셨다면서요.

예지   당장은 아냐. 아버님 부탁두 있구, 좀 기다려주려구. 힘든 시
        기니까.

환   결국은... 헤어지는 거예요?

예지   그이하구 나... 두 번 다시 옛날루 돌아갈 수 없구.

환   (보는)

예지   우리도 마찬가지야.

환   !

예지   어머니까지 알게 된 마당에... 식구들두 예전으로 돌아갈 순
        없어. 깨진 그릇이야.

환   제가 떠나는 방법도 있어요.

예지   !

환   제가, 돌아오지 않으면 돼요.

예지   너한테, 그런 희생 시킬 수 없어.

환   희생은 안 해요. 더 이상.

예지   (보면)

환   복수라면 몰라도.

예지   ! (굳었다가)

환   (빈 병 들고 나가려는데)

예지   (붙잡으며) 형을... 용서해. 형을 위해서가 아니라, 널 위해서.

환   ! (아는구나) 두 사람이 다시 돌아갈 수 없는 것처럼. 형하구
        나두 이젠 안 돼요. 아무 일도 없었던 것처럼, 그렇게 다시
        예전으로 돌아갈 순 없어요.

예지   ... (안타까운데)

나가버리는 환.

S#71. 정원/쓰레기 처리장 (밤) - 이하 15부

술병들 갖다 버리는 환. 쓰레기통 앞에 가만히 서 있다. 생각이 많고.

S#72. 주방 (밤)

식기세척기가 돌아가고 있다. 예지, 그 앞에 서 있는데...

S#73. 거실/주방 (밤)

진의 방으로 가는 환. 주방에서 들어가는 환을 보게 되는 예지, 걱정스럽고.

S#74. 1층 진 방 (밤)

진, 주주명부 보면서 포섭대상 확인하고 있다. 노크 소리.

진   (고개 들며) 네.

문 열리고. 환이다.

환   묻고 싶은 게 있어.
진   (보면)
환   내가 만약... 형이었다면. 내가 그랬다면. 형은 어떡할 건데?

진   ...... (생각지도 못했다)

환   나 용서 안 할 거야?

진   ...... (잘 모르겠고)

환   형은 식구들 믿었어야 해. 날 믿었어야 해. 용서를 구했어야지! 지금도 형은... 날 믿고 있지 않아.

진   ! (충격 받고)

환   쌤 좋아한 거, 사실이야.

진   ... 알아.

환   하지만, 그 마음. 누를 수 있었어. 형을 위해서.

진   ......

환   의심할 게 아니라, 그럼에도 불구하고 날 믿어줬으면... 가슴이 찢어져도 물러날 수 있었어. 내 진심이, 아무것도 아니어서가 아니라. 형이니까. 가족이어서.

진   우린... 지금도 가족이야.

환   (아니라는) 난 이제, 형이 없어.

진   서환...

환   오래전부터 없었는데... 이제 깨달았어.

진   (굳고)

돌아서는 환에서 엔딩!

15부

내가 가장 예뻤을 때 2

S#1. 1층 진 방 (밤)

진, 주주명부 보면서 포섭대상 확인하고 있다. 노크 소리.

진   (고개 들며) 네.

문 열리고. 환이다.

환   묻고 싶은 게 있어.
진   (보면)
환   내가 만약... 형이었다면. 내가 그랬다면. 형은 어떡할 건데?
진   ...... (생각지도 못했다)
환   나 용서 안 할 거야?
진   ...... (잘 모르겠고)
환   형은 식구들 믿었어야 해. 날 믿었어야 해. 용서를 구했어야지! 지금도 형은... 날 믿고 있지 않아.
진   ! (충격 받고)
환   쌤 좋아한 거, 사실이야.
진   ... 알아.
환   하지만, 그 마음. 누를 수 있었어. 형을 위해서.
진   ......
환   의심할 게 아니라, 그럼에도 불구하고 날 믿어줬으면... 가슴이 찢어져도 물러날 수 있었어. 내 진심이, 아무것도 아니어서가 아니라. 형이니까. 가족이어서.
진   우린... 지금도 가족이야.
환   (아니라는) 난 이제, 형이 없어.

진   서환...

환   오래전부터 없었는데... 이제 깨달았어.

진   (굳고)

돌아서는 환.

S#2. 동 앞/거실 (밤)

주방에서 오는 예지. 굳은 얼굴로 진의 방에서 나오는 환을 본다.

예지   환아...

환, 예지 보다가... 말없이 2층으로 올라가버린다. 안타까운 예지의 시선에서.

S#3. 1층 진 방 (밤)

주주명부 덮는 진. 괴롭다.

S#4. 환의 방 (밤)

컴퓨터 앞에 앉은 환, 해외의 건축 구인 사이트[1]를 뒤지고. 그러다 그냥 고개를 파묻는데...

---

1) 미국건축가협회(AIA) 구인구직 사이트. https://careercenter.aia.org/jobs

S#5. 2층 거실/환의 방 앞 (밤)

예지가 그 앞에 서 있다. 걱정되지만, 들어갈 수 없는.

S#6. 시장 전경 (다른 날 낮)

S#7. 예지 공방 (낮)

초벌한 반상기에 그림 그리고 있는 예지. (고운에게 줄 세트의 일부) 연자가 들어온다. 예지, 고개 들면.

연자   (둘러보며/공방이) 너무 작은 거 아니니?

예지   충분해요. 사람 안 쓰고 선배랑 둘이 하는 거라.

연자   (봉투 내밀며) 화분 안 사기 잘했네. 괜히 짐 될 뻔 했어.

예지   (뭔가 싶고)

연자   필요한 거 사.

예지   .... (잠깐 생각하다 받는) 감사합니다.

연자   (바로 본론으로) 두 가지 길이 있어.

예지   (보면)

연자   진이랑 헤어지고 형제 사이 회복시키는 거. 아님 네가 진이랑 같이 있고 환이를 보내는 거.

예지   ......

연자   난 후자를 택했어.

예지   ... 그이하구 얘기 끝냈어요.

연자   (가지 말라는) 너 없인, 우리 진이 못 버틸 거야.

예지   !

연자	캐리건은 오해야. 널 제끼려던 게 아니라, 지분이 필요해서 잠시 작전 썼어. 구차하게 미리 설명 안 했을 뿐이야.
예지	...... (안 믿고)
연자	사과할게.
예지	...... (당황스럽고)
연자	(진심인) 네가 아니었음, 나두 진작에 진이 포기했어. 미국이 땅덩이는 좀 넓어? 남의 나라 수색에 돈두 어마어마하게 들구... 중간에 그만 두고 싶었던 적 많아. 근데, 하염없이 기다리는 너 보면서, 나두 힘 내구 오기 부린 거야.
예지	... (몰랐다) 처음이네요. 저 인정해주시는 거.
연자	말을 안 했을 뿐이야.
예지	전 어머니 보면서 버텼어요. 안 계셨음, 저두 어땠을지...
연자	... 그 세월, 헛수고로 돌리지 말자.
예지	......
연자	진이, 니가 필요해.
예지	...... 환이는요. 지금 젤 힘든 사람... 어쩜 그이보다 환인지도 몰라요.
연자	(솔직하게 물어보는) 어떡하면 좋겠니?
예지	...
연자	좀 가르쳐줘. 진이는 내 손으로 키워보기라도 했지, 환이는 어릴 때 손을 놔서 그런지... 어째야 될지를 모르겠다? 걘 이제 나보다 니가 더 잘 아는 거 같던데.
예지	! (연자의 태도가 좀 놀라운)
연자	(쓰게 웃으며) 나두... 별 수 없는 엄마더라구.
예지	......
연자	나이 먹으니까... 자식들 일에 후회가 돼. 잘못 살았어.

예지　그 마음이... 느껴지게 하세요.

연자　!

예지　엄말... 아주 오래 미워했는데... 사실은 그 미움이, 그리움이었어요.

연자　......

예지　세상은... 엄마가 죄인이라고들 했지만, 온 몸과 마음이 납득이 안 됐어요. 사실은... 기운으로 느껴졌어요. 울엄마는 그런 사람이 아니라고. 근데 눈에 보이는 건 그게 아니까... 부대껴서 자학두 하구 엄마한테 난리두 치구 그랬죠. 근데 결국은 깨닫게 되더라구요. 엄마 본모습, 그 진심...

연자　(조심스럽게) 물어봐도 될까? 왜 그러셨는지.

예지　저 때문에... 자식 지키시려구...

연자　... 훌륭한 엄마를 뒀구나. (자조하는) 나 같은 엄마랑은... 다르시네.

예지　... (남한테 그런 얘기 첨 듣는다. 심지어 연자가! 울컥 올라오고)

연자　... 환이 혼자 돌은 거, 맞아?

예지　... (섣불리 대답을 못 하고)

연자　(그래도 믿어주는) 진이가 아무리 널 아프게 했어두, 환이는 안 되는 거, 알지?

예지　알아요. 하늘이 무너져두 안 되는 일인 거.

연자　(보다가) 그럼 됐어.

예지　... (외면하는데)

S#8. 병원 전경 (낮)

S#9. 캐리의 병실 (낮)

비어 있는 병상. 노크 소리 나고 문이 열린다. 들어오는 간호사.

간호사　캐리정 환자, 주사 맞을 시간...(하는데 자리에 없고)

화장실 가서 문 두드려보는 간호사. 문 열어보면 아무도 없다. 간호사, 서둘러 다시 나가는데.

S#10. 진환A&C 전경 (낮)

S#11. 진의 사무실 (낮)

승민과 주총 준비하는 진.

승민　(서류 짚어주며) 여기까지가 본사 우호세력입니다. 붉은 색은
　　　고려쪽, 파란 색은 중도구요.
진　　설득 가능한 중도층을 얼마로 보는 거죠?
승민　(대답하려는데)

다급한 노크소리와 함께 문이 열리고, 윤실장 들어온다.

진　　(보면)
윤실장　캐리정이 없어졌답니다.
승민　！
진　　무슨 얘기야?
윤실장　병원에서 무단으로 사라졌대요.
진　　！경찰에 얘기하구 이쪽에서두 사람 풀어서 찾아. 잡아야 해.

놓치면 안 돼!

승민과 윤실장, 나가고. 진, 긴장하는데.

S#12. 시장 골목 (저녁)

환이 오고 있다. 수선된 옷 배달 가는 고운 보이는데. 고운은 환 못보고 가버리고. 환, 고운의 뒷모습, 오래 보고 서 있다.

S#13. 예지 공방 (저녁)

예지, 공방 문 닫는 중이다. 셔터를 내리려고 까치발 서는데, 환이 와서 손쉽게 내려준다.

예지   시장에서 일 있었어?
환   데리러 왔어요.
예지   (보는데)
환   여기서 볼 날두 얼마 안 남았거든요. 시공 마무리되면, 관리 업체 선정해서 넘기고 다시 나가려구요.
예지   !
환   활성화 목표까지 채워보려고 했는데, 그건 제 몫이 아닌 거 같기도 하고...
예지   어머님 때문이라면 그럴 거 없어. 어차피 나 없는 집에 너까지 떠날 필요, 없잖아.
환   쌤하구 상관없는 결정이에요.
예지   !

환   저도 제 인생이 있으니까.

예지   ……

S#14. 도로/환의 차 안 (저녁)

운전하는 환에게 예지가 말을 꺼낸다.

예지   잘했어.

환   ……

예지   나 땜에 떠난다고 하면 말려야겠지만, 자기 인생을 위한 결
        정이라면, 나두 이의 없어.

환   … 밥은 한번 먹고 싶어요. 좋은 데서.

예지   (보면)

환   저 이제 돈도 버는데. 생각해보니까 밥두 한번 못 사드렸어요.

예지   집에서 맨날 같이 먹었는데 뭐.

환   그런 거 말구요. 아주 좋은 다이닝에서… 둘 다 멋지게 입
        구… 그렇게… 밥 한번 먹구 싶어요.

예지   그래, 그러자. 그게 뭐 어려운 일이라고.

환   ……

예지   사준다는데 나야 좋지, 막 코스로 먹구 그런다?

환   젤 비싼 거 드세요.

예지   (웃는데)

환   집에 들어가기 전에… 잠깐 어디 좀 들러두 되요?

예지   …… (보고)

S#15. 양평 전경 (저녁)

S#16. 구둔역 (저녁)

예지와 환이 앉아 있다.

환   여기, 못 잊을 거예요.

예지   ......

환   집, 공방, 이 동네, 제주도... 거긴 다 형이 있지만...

예지   ......

환   여긴 우리만 있잖아요.

예지   ... (넌) 아팠잖아.

환   ... 괜찮아요. 아팠던 것도 다 소중하니까.

예지   (미어지고) 시간이 지나면... 기억이 추억이 되면... 우리 다 그
        냥 아무렇지도 않은... 그런 날이... 올까?

환   나 들어오기 전까지, 문자고 전화고 멘션이고 연락 다 씹던
        3년 동안... 내 생각, 한 적 있어요?

예지   ... 왜 없겠어...

환   ...... (일렁이고)

예지   모질게 끊어냈기 때문에, 어쩌면 그래서 더 많이 생각했어.
        오가는 동안, 편하게 보고 싶을 땐... 마음이 가벼웠어. 근
        데... 연락하지 않겠다고, 연락하면 안 된다고 억지로 벽을
        쳐놓으니까... 사실은 더 많이 생각나고... 그랬지.

환   편지는 어떡했어요? 읽기는 했어요?

예지   ... 아니.

환   한번 뜯어보지도 않고 버린 거예요?

예지   ... (간직하고 있지만) 미안해.

환   (새삼 서운하고) 제가 다시 미국 가면... 우리가 헤어진 뒤에도...

연락할 일은, 없겠네요.

예지   거기까진 생각 안 해봤어. 하지만 형한테 연락 안 하면서, 너
      한테만 하는 것도... 이상하겠지.

환   ......

그렇게... 다가오는 마지막을 예감하면서... 언제까지나... 앉아 있는
두 사람.

S#17. 진의 사무실 (저녁)

창가에 진의 휠체어가 가 있다. 야근하다가 아래를 내려다보는. 구둔
역에 앉아 있는 예지와 환을 보기라도 하는 듯. 진, 천천히 일어나 창
가에 서 보는데...

S#18. 진환A&C 전경 (다음날 낮)

S#19. 연자의 사무실 (낮)

연자와 진. 승민이 앉아 있다. 테이블 위에 서류들 깔려 있는데. 방회
장이 내용증명 보냈고.

승민   (내용증명[2] 보여주며) 캐리 정은 행방이 묘연한데, 그 여자
      이름으로 내용증명이 도착했습니다. 위임 철회한다고.

연자   (이 악무는) 이럴까봐 위약금을 얼마나 세게 걸었는데.

진   방회장이 물겠죠. 위약금은.

연자   (낭패고)

진   (나무라는) 그르게 왜 캐리하구 거래 같은 걸 해서 상황을 꼬이게 만드세요!

연자   (열 받는) 애초에 이 사단이 왜 났는데! 니가 그런 기집애랑 엮이지만 않았어두

진   (안 밀린다) 외부투자 받지 말라 그랬죠! 어머니 욕심이 일을 키운 거라구요!

연자   (기가 차서) 이제 와 다 내 잘못이다?

진   (외면하는데)

승민이 중재에 나선다.

승민   지금은 두 분이 머리를 모아주셔야죠. 소모적인 언쟁은 도움이 안 됩니다.

진   캐리가 무슨 생각인지 모르겠어요.

연자   (보면)

진   방회장이 억지로 끌고 간 거면, 찾아서 다시 협상해볼 수 있어요.

연자   지 발루 사라진 거라면...

승민   우릴 엿 먹이려는 거죠.

진   ...... 캐리 지분 포기하면, 우리가 가진 게 얼마죠?

---

2) 제목 : 위임장 철회 통지 (발신인, 수신인, 주소, 발신날짜 등도 기재)

1. 발신인 본인은 진환A&C의 지분 3.4%의 보유주로서 2020년 0월 0일 수신인에게 보유 지분을 위임한다는 위임장을 작성하였습니다.

2. 그러나 수신인의 의결권 행사 방향이 발신인 본인과 다른 바 위임장 철회를 통지합니다.

승민   (서류 짚어주면서 설명 시작하는) 아직 포기할 단계는 아닙니다.

진   (집중하는데)

연자는 머리가 아프고.

S#20. 예지 공방 (낮)

서안과 예지에게 공방 거리 신청서 넘긴 환.

환   신청자가 많아서 최종심 전에 좀 걸러 달래요.

예지   진짜 많네...

환   작업공간과 수익모델이 동시에 생겨나는 거니까요.

서안   (살피기 시작하며) 우선 선정 기준은요? 수상경력? 아니면 지
        원이 더 필요한 쪽?

환   예심표가 있어요. 작업공간이 없는 예술가여야 하고, 경력,
        포트폴리오... 지원동기, 비즈니스 계획... 각 항목에 점수를
        주고 합산하면 돼요.

서안   나름 합리적이네.

예지   나라에서 하는 일인데, 허투루 하겠어?

서안   환이씨, 들었어요? (예지에게) 너 가끔 보면 되게 순진한 소
        리 하더라?

환   (웃고) 쫌 나잇값을 못하긴 하죠.

서안   그쵸?!

예지   이 사람들이! (하는데 핸드폰 알림음 울리고)

핸드폰 확인하는 예지. SNS DM이 왔다. 확인해보면.

캐리(소리) 병원을 ○○으로 옮겼어요. 주문했던 작품은 여기로 배송
　　　　 해주시면 감사하겠습니다. 삭막한 병실에서 위로가 될 거
　　　　 같아요.

예지　　 (이해가 안 가는) 이게 무슨 소리지?
환　　　 (같이 확인하고) ! 이 여자, 입원해 있던 병원에서 사라졌다던
　　　　 데...
예지　　 구조신호 같아.
환　　　 !

서안, 무슨 상황인지 모르겠는데...

환　　　 무시하세요. 위험한 여자에요.
예지　　 ...... (고민되는데)
환　　　 (불안으로 예지 보고)

S#21. 지방병원/병실 (낮)

캐리가 간호사에게 태블릿을 돌려준다.

캐리　　 고마워요.
간호사　 (받아서 챙기고) 심심하시면 책 좀 갖다드릴까요? 환자들한
　　　　 테 대여해주는 거 있거든요.
캐리　　 감사합니다, 필요할 때 말씀드릴게요.
간호사　 (웃어주며) 그러세요...

마지막으로 수액 속도 확인하고 나가는 간호사. 혼자 남은 캐리.

S#22. 양평 전경 (저녁)

S#23. 환의 집 앞 (저녁) - 캐리를 찾아내고 난 뒤. 상황 설명은 추후 전개 중 삽입

차에서 내리는 환과 예지.

환   긴 하루였네요.
예지   ... 나머진 회사에서 알아서 하겠지.
환   ....

S#24. 거실 (저녁)

거실에 술상 차려놓은 진. 환과 예지 들어오는데, 와인 마개를 딴다. 그 소리에 돌아보는 두 사람.

진   (라벨 확인하며) 이게 우리집에 있는 제일 좋은 와인이더군.
           셋이 같이 있을 때 따는 게... 좋을 거 같아서.
예지   (불편한/올라가려는) 형제끼리 마셔요. 둘이서 얘기도 좀 하고.

환, 예지를 잡는다. 예지, 환 보고. 진, 그런 두 사람 보는데.

환   같이 있어요.
예지   ......

진   (예지에게) 당신두 와줬으면 좋겠어. 우리 둘만 있으면, 주먹
         질이라도 할 거 같은데. 보다시피, 이젠 내가 좀 불리해서.

예지, 포기하고 온다. 환도 소파로.

CUT TO

예지의 잔 채워져 있고. 진, 환의 잔 채워주며

진   넌 예지가 왜 좋았는데?
예지/환 (굳고)
진   (환의 잔 채워주고/자기 잔 채우며) 시비 거는 거 아니야. 그
         저... 알고 싶어서. 이해하고 싶어서.
환   ......
예지   (환에게) 상대하기 싫으면, 올라가.
환   (솔직해지기로 작정한다) 처음이었어.
진/예지 !
환   내가 뭘 하면, 보답해주는 사람이.
예지   ......
환   엄마는... 내가 힘들게 서울까지 김치를 갖다줘도 짜증이나
         내는 사람이었어. 아부진 결국 형 걱정만 했구... 형은 나한
         테 관심도 없었잖아.
진   (듣는)
환   쌤은... 내가 고맙다면서 꽃다발을 만들어준 사람이야. '누가
         잘해준 게 처음인데, 좋은 일인데 기쁘기 전에 슬프다'면서...
         난.. 그 맘이 뭔지 알았거든. 세상에 주기만 하고 받은 게 없는

사람이 사실은 얼마나 외롭고 허기가 지는지. 꽃다발도, 가게서 그냥 사온 게 아니었어. 들판에서... 노란 들꽃을 한 송이 한 송이 꺾어다가... 두 손으로 줬어. 그렇게 고마워하는 사람, 처음 봤어. 엄마는... 택시 타고 가라고 수표나 던지는데...

환이 이야기하는 동안 예지의 표정이 서서히 변해가고.

환	내가 건축 전공한다니까 멋있는 건물 보이면 직접 사진 찍구 그림까지 그려서 스크랩북 만들어주구... 형 찾느라구 시체 확인하러 다니는 게 얼마나 힘든 건지
진	... (가슴 아픈/미안한)
환	난 암말두 안 했는데... 보고서만 보구두 알아줬어. 나 때문에 울어줬어.
예지	...... (가슴이 쿡 찔려오는)
환	나 힘든 거, 아픈 거... 내 기분, 내 상태를... 누구보다 먼저 알아줬어. 서로를 알아봐준다는 게, 그런 충족감이 드는지... 처음 알았어. 나는... 내가 누군가를 배려할 땐 많았지만... 그 배려만큼 돌려받은 적이 없어서... 그런 느낌이 뭔지 몰랐어.

예지, 고개를 돌린다. 눈물이 날 것 같다.

진	... (진심으로) 미안하다.
환	(보면)
진	네 첫 마음을, 무시해서. 어리다구 함부로 첫사랑을 빼앗아

가서.

환   ! (뜻밖의 사과에 멎어버린)

예지   (일부러 못을 박는) 선택은 내가 한 거예요. 내가 사랑한 남
        자는, 서진이었어.

환   (상처받고)

진   환이가 어리지 않다면. 우리가 형제가 아니었다면. 당신은
        누굴 택했을까?

예지   !

진   내가 돌아오지 않았다면, 두 사람은... 어떻게 됐을까.

환   내 마음이 그랬다는 거 뿐이야. 쌤, 모욕하지 마.

예지   새로운 고문법이야? 내가 당신이랑 정리하는 건! 환이랑 아
        무 상관 없어!

진   아무도 떠나지 않고...

환   (보는)

진   모두가 다시 함께 하는 길은... 없는 걸까?

예지   늦었어.

환   ......

예지   깨진 그릇(작품)은 다시 걸릴 수 없어. 그냥 쓰레기 되는 거야.

진   ... (아픈데)

두 사람을 보는 환에서.

S#25. 환의 방 (밤)

환, 씻으려고 상의 벗다가... 예지의 말이 새삼 파고든다.

인서트) 24씬

예지   ... 선택은 내가 한 거예요. 내가 사랑한 남자는, 서진이었어.

알고 있지만, 인정하지만... 분명한 말이 너무도 아프다.

S#26. 거실 (밤)

진이 아직도 술을 마시고 있다.

예지   (치우려는) 당신도 그만 마셔. 병원에서 과하면 안 된다고 했잖아.

진   1년만.

예지   (멎고)

진   1년만 시간을 주면 안 되나?

예지   (보는데)

진   가지 말라는 게 아니야. 정리 못한다는 게 아니야. 내가 너무... 후회가 돼서...

예지   ......

진   아무것도 해준 게 없잖아. 연애도 짧고, 신혼도 짧았어... 우리 같이 한 시간이... 너무 아무것도 없어서...

예지   괜찮아.

진   둘이서 같이 하려던 거, 내가 해주고 싶었던 거... 하나도 못 했어. 이대로 보내면, 그게 너무 남을 거 같아. 기회를 줘. 내가 당신 위해서... 뭔가 할 수 있는 기회...

예지	이미 많이 받았어.
진	... (간절하게 보는데)
예지	연애 기간, 짧지만 강렬했어. 당신이 보여준 바다, 물의 정원, 위로들... 어느 한 순간도 잊을 수 없어. 결혼식은 아름다웠구, 제주도에서 한 달이나 같이 지낸 거, 내 인생에 가장 편안한 휴식이었어. 매일 떨리구, 날마다 좋았어.
진	더 좋은 데 많아. 해주고 싶은 게, 아직 산더미야.
예지	기다리느라 힘들었던 7년도... 한편으로는 선물이었어. 당신하구 결혼해서 생긴 아부지, ... 환이, 동네 이웃들... 매 순간이 다 고통이었던 건 아니야. 물레질하고 딸기 따구 토마토 따구... 모여서 막걸리 마시구... 웃으면서 보낸 시간도 많아.
진	......
예지	미칠 거 같은 설레임. 뜨거웠던 밤. 애타는 그리움. 죽음 같은 절망... 그 모두가 당신이 준 거야.
진	(울컥 오르고)
예지	당신한테... 많이 받았어.

잡아지지 않는 예지 때문에 안타까운 진인데.

S#27. 2층 거실/난간 (밤)

환복한 환이 거실을 내려다보고 있다. 환의 눈에 보이는 진과 예지.

S#28. 진환A&C 전경 (다른 날 낮)

S#29. 로비 (낮)

속속 들어오는 주주들.

S#30. 연자의 사무실 (낮)

연자, 윤실장 앞에서 스타일 점검을 받는다.

연자　　어때?

머리부터 발끝까지 유심히 보는 윤실장. 입술에 시선이 꽂히고.

윤실장　(갸웃하는) 립스틱이 좀...
연자　　세?
윤실장　(티슈 뽑아주며) 좀 덜 튀는 게 좋을 거 같아요.

연자, 입술 지우고 윤실장이 콤팩트 열어서 거울 보여준다.

S#31. 진의 사무실 (낮)

슈트 차림의 진, 책상 위의 약병 보고 있다. 그 위로 윤실장의 경고.

윤실장(쇼리) 하루 세알이 적정량이야. 그 이상이면 심장에 무리 가는 거
　　　　알지?

고민하다 뚜껑 여는. 대여섯 알을 꺼내 삼킨다.

S#32. 별실 (낮)

다리를 꼬고 앉은 한 여자의 하체가 보인다. 테이블 위의 커피잔을 우아하게 드는 손길.

S#33. 대회의실 (낮)

임시 주주총회가 열린다. 연자와 윤실장을 비롯 방회장과 연철, 주요 주주들이 자리하고 있다. 대표이사인 진이 의장을 맡아 진행 중에 방회장이 발언 중이다.

방회장   지금까지 진환은 전형적인 가족경영의 폐해를 보여줬습니다. 그리고 현재, 경험도 일천한 그 아들이 대표 이사직에 올라있습니다. 직원들하고 눈높이조차 맞출 수 없는 지경인데 말이죠.

진   제 육체적 장애는 회사를 경영하는데 문제가 되지 않습니다.

방회장   그건 깜냥도 되지 않는 당사자의 궤변일 뿐이지. 52.3%. 주주들의 판단은 다릅니다.

연자   (굳어서 윤실장에게) 52.3? 우리 계산하고 틀리잖아?

윤실장   (당황하는) 지분을 감추려고 파킹[3]을 한 것 같아요. 배신자가 있는 거예요!

연자   (낭패감이 스치는데)

진, 천천히 자리에서 일어선다. 방회장, 발언 중에 굳어서 보고. 오오!

---

3) Parking. 우세한 의결권을 가진 지분을 자신의 지분이 아닌 척 숨기는 전략

헉! 주주들이 보고 놀라는데! 연자도 몰랐다. 놀라서 보고. 윤실장만 그저 걱정으로 보는데.

진   계산을 잘못하신 거 같은데... 회장님이 가진 게, 52.3%가 맞습니까?

S#34. 진환A&C/복도 (낮)

승민의 안내를 받으며 걸어오는 누군가의 발걸음 보인다. 여자다.

S#35. 대회의실 (낮)

진, 선 채로 계속 진행한다.

진   제가 불의의 사고를 당하고 장애를 입은 것은 사실입니다. 경기 도중 실종된 아들을 찾기 위해 저희 어머니가 쓰신 회삿돈이 문제의 발단이었죠. 그런데, 회장님은 제가 어딨는지 다 알고 있었으면서, 왜 진환에 그 사실을 알리지 않은 겁니까?

방회장   !

주주들, 웅성거리고. 연자, 차분하게 지켜본다.

방회장   (비웃으며) 자네 복잡한 여자문제까지 관여하긴, 어려웠네만.

진   그 여자란 사람이... 바로 회장님의 직원이었죠. 고려오일은 조직적으로 제 존재를 은폐, 진환A&C를 차지하기 위해 우리 가족들이 고통당하게 내버려두었습니다.

경악하는 주주들. 윤실장, 회의실의 문을 열고. 캐리가 들어온다. 방회장, 놀라고.

캐리   좀 늦었습니다.
방회장   (태연한 척) 직관이 재미있는 법이지.
캐리   제 의결권은 직접 행사하고 싶어서요.
방회장   (보는데)

또각또각 걸어서 진의 편에 서는 캐리.

방회장   !

주주들, 웅성거리면.

진   캐리정의 지분 3.4%가 더해지면 저희 우호지분은 51.1%가 됩니다.

방회장, 캐리를 쏘아보는데. 캐리, 시선 주지 않고 꼿꼿한.

S#36. 동 (낮)

주주들은 나가고. 진환 식구들과 방회장 측근들만이 남아 있다.

방회장   오랜만에 이 늙은이한테 재미를 준 건 인정해주지 (자리에서

일어나며)

진   변호사나 선임하시죠.

방회장   ?!

열린 문으로 들어오는 형사들. 형사3이 문을 지키고 형사1,2가 방회장에게 다가온다.

형사1   (경찰 신분증 내밀며) 방영근씨, 당신을 0시 00분 경으로 자본 시장법상 시세 조종 혐의로 체포합니다.

방회장에게 수갑을 채우려는 형사1.

방회장   (대비한 일이다/거부하며) 이 문제는 우리 정이사가 책임을 져야 할 거 같은데?

무시하고 수갑을 채우며 미란다 원칙을 읊는 형사1. 캐리도 형사2에게 체포된다! 연철, 슬금슬금 걸어가서 연자 뒤에 숨는다. 연자, 흘기고.

형사1   당신은 묵비권을 행사할 수 있고, 변호사를 선임할 권리가 있으며 모든 발언은 법정에서 불리하게 사용될 수 있고 체포구속적부심을 신청할 수 있습니다.

방회장   !

진   캐리도 벌을 받을 겁니다. 하지만, 자기가 지은 죄에 대해서만 벌을 받아야죠.

방회장   ! (배신당한 것을 깨닫고)

방회장, 먼저 끌려가고. 진, 체포된 캐리에게 다가간다. 캐리, 다가오는 진을 눈에 담고.

캐리   (눈물이 어리는) 이제... 걷는 거야?

진   주총에서 주주들 신뢰 사려고, 오늘만 무리한 거야. 아직, 오래는 못 서 있어. 많이 걷는 것도 무리고.

캐리   난 7년을 애써도 당신 재활 못 시켰는데... 오예지는 당신을 버린다는데두 단번에 일어나는구나.

진   7년 재활이 있었기 때문에, 돌아와서 일어날 수 있었던 거야.

캐리   (눈물이 툭 터지는) 고맙네. 그렇게 말해줘서.

진   진심이야.

캐리   예지씨 아니었음, 난 그냥 회장님 편에 섰을 거야. 그게 내가 살 길이니까.

진   방회장한테 너는 버리는 카드였어.

캐리   ... 이제 알아. 결국 난 있는 놈들한테 그런 도구밖에 못 된다는 거.

진   (널 용서는 못하지만) 오늘은 고마웠다.

캐리   실형 안 나오게 열심히 변호할 거야. 당신을 사랑했다고, 그래서 그랬다고, 법정에서 우겨볼 거야.

진   ... (보는)

캐리   ... (마지막이라는 것을 안다)

캐리, 형사가 데려간다. 진, 보고 있는데... 캐리. 돌아보지 않고 가는.

S#37. 공방 전경 (낮)

S#38. 공방 (낮)

환에게 차 우려주고 있는 성곤. 연자의 전화를 받고 있다. 주총에서 승리했다는.

성곤   (안도하는) 수고했네. 다들 애썼어. (사이) 그럽시다, 축하파
       티해야지. (끊으면)
환   잘 막았대요?
성곤   진이가 작전을 잘 짰어. 예지두 도와주구.
환   ...... 아부지두 전 재산 다 내노셨구요. 대출두 받으셨잖아요.
성곤   엄말 감옥에 보낼 순 없잖니.
환   (차 마시는)
성곤   (가만히 보고)
환   ......
성곤   아부지가... 어떻게 하면 될까?
환   시간을 되돌릴 수 있어요?
성곤   ......
환   집에 오지 않는 엄마... 되게 눈치 보며 자랐어요. 내가 잘
       하면, 돌아오시지 않을까... 공부도 잘 하고 말썽도 안 피우
       고... 아부지도 잘 돌보고...
성곤   ......
환   아부지 곁에서... 사실은 힘들었어요. 아부지 앞에서 울 수가
       없어서... 혼자 많이 울었어요.

성곤, 환의 손을 잡는다. 환, 잡혀주고.

성곤   아파두 부모는 부모여야 했는데... 어린 너한테 기대서...

환   ......

성곤   내가... 얼마나 어리석은 인간인지... 나쁜 아버지인지... 이제야
        알았어.

환   ......

성곤   미안하다, 아들.

환   차라리... 모르는 게 나았어요.

성곤   (보는)

환   형 고백은, 자폭 같은 거였어요. 용서를 구하는 게 아니라.

성곤   진이는

환   알아요. 그 미친 여자가 한 짓 때문에 제정신 아니었던 거.

성곤   식구들, 끝내 용서 안 할 생각이니?

환   ......

성곤   네가 가비리면... 이세 우린 널 기다리면서 살아야 해.

환   더 이상의 희생양은 없어요. 가족을 유지하고 싶으면, 각자가
        최선을 다하라구 하세요. 다른 사람 몫까지 애쓰던 막내는,
        이제 없으니까요.

성곤   ...... (뼈아픈데)

S#39. 공방 앞 (낮)

나오는 환. 집으로 가다가... 멎는다. 아버지에게 냉정하게 말했지만...
저도 가슴이 아픈.

S#40. 진환 A&C 전경 (낮)

S#41. 연자의 사무실 (낮)

진과 연자, 승민과 윤실장, 연철까지 다 모였다.

연자   대체 어떻게 된 거야? 지분 확보는 그렇다 치고 방회장을 어떻게 거기까지 몰았어?

승민   상무님이 고려 쪽 비리 증거 다 빼주셨어요.

연자   ! 간에 붙었다 쓸개에 붙었다, 아주 바빴겠다?

연철   누님, 그게 아니고요... 우리 조카님의 간절한 부탁에 제가 마음을 돌린 거라구요.

연자   (진 보면)

진   ...... 외삼촌이랑 거래했어요. 대표이사 준다고.

연자   (성질 팍 내는) 누구 맘대로!

연철   내가 달란 거 아닙니다! 진이가 준다고 했어요!

진   재활에 집중하고 싶어요.

연자   ... (본 게 있어서 뭐라고 못하고)

진   제가 대표이사 맡기에는 아직 여러 가지 부족합니다. 어머니하구 삼촌이 다시 현역복귀하시구, 저는 밑에서 배우면서... 그렇게 천천히 가요.

연자   한번 배신한 놈은 또 배신하게 돼 있어. 나 저 자식 못 믿어.

연철   누나... 나 누나 친동생이야. 진이를 누구 땜에 찾았는데? 나 아니었음, 우리 진이 저 자리에 없어!

연자   (개무시하고)

승민   캐리정이 막판 변수였어요. 전 그 여자 끝까지 못 믿었는데.

윤실장   예지씨 아니었음, 못 잡았죠. DM 온 거, 바로 눈치채구 그 여자 설득하러 갔잖아요.

진　　　……

S#42. 지방병원/병실 (낮) – 21씬 이후 상황

병상의 캐리. 페이크용 작품 박스 들고 온 예지가 병상 옆에 박스를 내려놓는다.

예지　　내가 할 수 있는 건, 경찰을 부르는 거예요. 여기 있는 게 자의가 아니라면.

캐리　　……

예지　　(차가운) 왜 나한테 연락한 거죠?

캐리　　아무리 내가 그 집 식구들한테 원수 같아도, 내 이름의 지분은 진환의 동아줄이죠.

예지　　그래서, 지금 와서 그걸로 뭘 하게? 어머님하구의 거래는 물 건너갔구. 쓸데없는 협박은 사양이에요. 회사의 운명은, 난 상관 안 하니까.

캐리　　감옥엔 가고 싶지 않아요.

예지　　(보는데)

캐리　　7년을 돌봤구, 칼 맞아 죽을 뻔두 했어요. 개인적으로, 벌은 받을 만큼 받았다구 생각해요.

예지　　… 버려졌군요.

캐리　　!

예지　　그쪽에서두… 당신 버린 거야. 지금 위험해졌구… 당신두 그걸 아는 거지.

캐리　　……

예지　　당신 살자구 몸부림치는 딜에 브릿지가 되어줄 생각은 없어요.

그 사람, 어머님하군 달라요. 냉정하긴 해두 속물은 아니라
는 거, 알지 않아요?

캐리   ...... (모멸감 느끼고)

예지   이용 당하구 버림받는 게 수순이라면, 나 같으면 사랑했던
        남자한테 던지구 가겠어요.

캐리   (비웃는) 누구 좋으라고?

예지   미국에서 헌신한 거, 그게 사랑은 아니죠. 죄책감으로 사람
        기만한 거지.

캐리   (피식/네가 뭘 알겠어) 지금쯤 알 텐데? 아픈 사람 옆에 있는
        거, 같이 미치는 일이라는 거.

예지   ... 그래도 죽었다고 생각할 때보단 나았어요. 당신하구 날
        배신했다는 걸 알기 전까지는.

캐리   ......

예지   사랑이었다고 부르짖으면서 결국은 자기 실속만 차린 거 같
        던데...

캐리   ......

예지   그이한테 한 짓 용서 받으려면, 캐리씨두 희생을 각오해야죠.

캐리   ...... 서진은 나, 용서 안 할 거예요.

예지   그래두 인정은 할 수 있죠. 캐리라는 여자가... 그래도 바닥
        에 남은 진심이 있었다고.

캐리   !

S#43. 지방병원/로비 (낮)

환이 기다리고 있다. 예지, 나오는데.

환	류변호사님하구 통화했어요. 입원 정보 확인되면 경찰에 신고하고 회사 변호사 보낸다고
예지	경찰에 넘어가면 협상이 안 될거구... 우리가 신변을 확보하면 저 쪽에 노출이 돼. 그냥 여기 있겠다구... 주총당일에 사람을 보내달래.
환	그 여잘 어떻게 믿구요... (그냥 신고하자는)
예지	회사엔 최악의 시나리오로 대비하라고 해. 나두 믿지는 않아. 그냥... 그 여자 마지막 자존심을 건드려봤어.
환	(보면)
예지	나도 궁금하거든. 그 여자 바닥이.
환	(이해가 안 간다) 다른 사람 같았으면 7년을 바보같이 안 기다렸어요. 남편한테 여자 있는 거 알았으면 무너졌어요. 자기 고통은 모른 채 형 처지 봐주고 기다려주는 거, 안 해요.
예지	난 나한테 잘해주는 사람보다 못되게 구는 사람이 더 익숙했어.
환	!
예지	다정함에 주려 있지만... 누가 나한테 해 끼쳐두... 잘 몰랐어. 내 인생은 그게 기본값이라서.
환	......
예지	그 기준을 바꿔준 사람이 형하구... 너야.
환	!
예지	사람이 사람한테 어떻게 해야 되는지, 어떤 대접을 받아야 하는지. 우리 식구들 통해서 배웠어.
환	......
예지	상처받았다고 가버리지 말구... 싸워두 여기서 싸워.
환	(당신은) 떠나실 거잖아요.

예지   난 형하구 남자와 여자였어. 깨지면 함께 할 수 없는 사이지
       만 넌 피붙이잖아.

환   ...... (다 버리고 싶은데)

S#44. 진의 사무실 (낮) - 다시 현재

진, 약을 또 몇 알 먹는다. 윤실장이 들어온다. 진, 서랍에 약병 숨기
는. 윤실장, 눈치 챘지만 주총 관련 결재 올리는.

윤실장 주주총회 결과 보고서, 임원현황 총괄푭니다.

진   파킹에 넘어간 우리측 주주들도 확인해줘. 회식에서는 빼
       주고.

윤실장 (친구 모드로) 안 기뻐? 보란 듯이 엿 먹이구 멋지게 지켜냈
       잖아.

진   나한테서 위기가 사라지면, 예지가 떠나거든.

윤실장 ......

진   아프다고 봐주고... 회사 땜에 봐주고... 이제 더 이상은 봐줄
       건덕지가 없어서.

윤실장 잡아.

진   보내준다고... 약속했어.

윤실장 캐리껀, 함정에 걸린 거잖아.

진   그런다고 면죄부 안 생겨. 사고는 캐리의 사주였지만. 미국서
       단절하고 그렇게 산 거, 결국 내 선택이야.

윤실장 여기까지 재활하고, 사력을 다해 회사 지켜내고... 그거 다
       예지씨 때문 아니야?

진   ... (그건 맞지만 소용없는)

걱정으로 보는 윤실장.

S#45. 예지 공방 (오후)

고운이 와 있다. 고운 앞에 놓인 반상기 세트.

예지　이거 다 내가 만든 거야. 엄마 주려고.

고운　(귀하게 보며) 어뜨케 여기다 밥을 먹어... 아까워서 어뜨케...

예지　(테이블 다른 쪽에 똑같은 세트 보여주며) 엄마꺼랑 똑같이 만들었어. 내꺼다?

고운　......

예지　각자 다른 데서 혼자 먹어두... 우리는 같은 반상기를 쓰는 거야. 혼자 밥 먹으면서 생각해... 우리 예지도 여기다 밥을 먹고 있겠구나...

고운　(울컥 오르고)

예지　혼자 먹어두 이쁜 그릇에 이쁜 상에 놓고 먹는 게 좋대. 우리 그르자.

고운　이제, 혼자 살 준비하는 거야?

예지　(끄덕이는데)

고운　(맘 아프지만) 요즘은 우리 때하구 달러서 이혼이 흠두 아냐. 애가 딸린 것두 아니고. 이쁘겠다, 능력 있겠다, 아무 상관 없어!

예지　울 엄마 쿨하네?

고운　난 별 달구두 살어. 이혼 까짓 거 그거 뭐...

예지, 웃고...

S#46. 동 앞/길 (오후)

문가에서 인사하는 예지. 고운에게 손 흔드는데... 같이 손 흔들어주고 씩씩하게 돌아선 고운의 얼굴. 딸의 시야에서 벗어나자마자 일그러진다... 딸의 이혼 소식에 가슴이 찢어지는.

S#47. 진환A&C앞 (오후)

고운이 건물 앞에 서 있다. 용기를 끌어 모으고.

S#48. 진의 사무실 (오후)

진, 주총 서류 보는데. 심장이 아파오는. 가슴 움켜쥐는데. 노크 소리.

진   (호흡 고르고 다시 태연하게) 네.

문 열리고. 윤실장 보인다. 진, 보면.

윤실장   손님이 오셨는데...
진   약속한 거 없는데?
윤실장   예지씨 어머님이시래요.
진   ! (움직이며) 안으로 모셔줘.

CUT TO

고운, 단정하게 앉아 있고. 진, 어려워한다.

진	오랜만에 뵙습니다. 별고 없으신지...
고운	(단도직입적으로) 예지하구 그만 산다면서?
진	... 제 뜻은 아닙니다.
고운	난 우리딸 결혼식에도 못 가봤네.
진	... (할 말이 없고)
고운	얼마나 이뻤을까... 혼주석은 어떻게 채웠을까...
진	... 세상에서... 제일 아름다운 신부였습니다.
고운	나는... 나만 없으면... 우리 예지, 무탈하게 살 줄 알았어.
진	......
고운	나라고... 해보고 싶은 게 왜 없었겠나? 해주고 싶은 건 또 얼마나 많았는데...
진	......
고운	남들 장모자리처럼... 우리 딸이 사윗감이라고 데려오면 그 손 붙잡고 내 새끼 잘해달라고 신신당부도 하고 싶었고... 처갓집에 놀러오면 씨암탉은 못 잡아도 입에 맞는 거 해먹이면서 가는 길에 김치도 싸주고 싶었어.
진	......
고운	그 모든 욕심, 소망... 다 누르고... 있는 듯 없는 듯 숨어 살면 되는 줄 알았는데... 자네가 그렇게 되구
진	(고개 떨구고)
고운	억장이 무너졌지만, 사돈 총각이
진	(고개 드는)
고운	자네 동생 환이가 와서 안심을 시켜주길래... 나 또 믿었어.
진	(굳고)
고운	자네 없을 때두 시댁에서 버티는 애 보면서, 시어른들 좋으시구 식구들 뜨뜻하다구 안 나오는 거... 하나를 보면 열을

안다구 신랑은 얼마나 정이 깊어 저런가... 가슴이 미어져두 그냥 됐는데.

진   ......

고운   우리애가 번듯한 집안에, 이 회사처럼 큰 부잣집 딸이어두 그렇게 했겠나?

진   ! 어머님, 그건 아닙니다.

고운   친정 부모가 멀쩡했대두! 이렇게 함부로 했겠냐구!

진   제가 어머님한테 무례했던 건, 가족과 단절하는 게 예지한 테 더 낫다고 판단했기 때문입니다. ... 죄송합니다.

고운   나, 예지가 있는 집에 시집갔다고 좋아한 적 없어. 가진 놈들 이, 얼마나 사람 귀한지 모르고 있는 유세로 살아가는지 똑 똑히 봤기 때문에. 자네한테 무시당한 거? 괜찮아! 그거 뭐 라는 거 아니야! 내 새끼 가슴에 피멍은 들이지 말았어야지!

진   ......

고운   (일어나며) 천벌을 받을 거라고 악담을 하구 싶지만. 천벌은 이미 받은 거 같으니 말을 아끼지.

진   평생 후회하면서 살 겁니다.

고운   (보는)

진   잘못은 했지만... 기회를 얻구 싶었어요. 예지, 보내고 싶지 않았습니다.

고운   (소용없다는) 난 믿어. 우리 딸이, 맞는 선택을 했을 거라고.

진   ......

S#49. 동 앞/복도 (오후)

연자, 진의 사무실로 가는데. 고운이 걸어온다. 저 여자 뭐지 싶은데...

고운, 일별도 안 하고 가버리고. 그렇게 스쳐가는, 두 엄마.

S#50. 환의 집 전경 (저녁)

S#51. 1층 진 방 (저녁)

예지에게 이야기하는 진. 고운한테 당하고 와서 기분이 무겁다.

진   어머니하구 같이 살기로 한 거야?

예지   거절하셨어. 이혼하는 마당에도 내 장래만 생각하니까.

진   ... 당신이 도와줘서 회사, 지킬 수 있었지만. 모두 던져버리
        고 싶은 유혹에 시달렸어. 내가 다 잃고 나면... 당신이 주저
        앉아주지 않을까 싶어서.

예지   나한테 받고 싶은 게 동정이야?

진   동정이든 뭐든 일단은 눈앞에 있어야 뭘 해보든가 하지.

예지   그 여자가 우리 집에 들이닥쳤던 그날밤, 내 안에서 뭔가가
        죽어버렸어.

진   ......

예지   당신이 없는 동안에도 기다릴 수 있었구... 휠체어를 타구 나
        타났두 버틸 수 있었지만...

진   ......

예지   다른 여자와 함께 한 당신은, 사랑할 수 없어. 사랑하지 않아.

진   정말 캐리 때문이야?

예지   환이 때문이냐고 묻고 싶은 거야?

진   어리다고 무시했던 동생이... 남자가 되어 있는데... 당신을
        지켜주겠다고 장담한 나는... 언제나 당신을 올려다봐야 해.

예지	당신을 내려다보는 나는. 그래서 더 애틋했어.
진	(멎고)
예지	건강하구 잘 나갈 때보다... 약해진 다음이 더 사무쳤어. 더 잘해야겠다구, 더 사랑할 수 있다구 다짐했는데.
진	(보는데)
예지	같이 살구 싶을 때, 당신한테 상처 입히구 싶지 않을 때는... 어떻게 해서든지 변명이라도 했지만... 지금은 안 해. 그런 의미 없는 노력.
진	......

S#52. 동 앞 (저녁)

환이 들어온다. 진의 방에서 나오는 예지.

예지	(감정 수습하고) 왔어?
환	예약 잡았어요.
예지	(보면)
환	저번에 얘기한 거.
예지	아, 저녁?
환	좀 그러시면, 형한테 허락을 구할게요.
예지	아냐, 그럴 필요 없을 거 같아. 우리도... 밥 한번은 먹어도 되는 사이 아냐?
환	...... 저 슈트 입을 거예요.
예지	......

S#53. 동 안 (저녁)

안에서 듣고 있는 진.

S#54. 환의 방 (밤)

환, 인터넷으로 뉴욕행 비행기 티켓 예매 중이다. 편도를 클릭하고 출발 날짜를 지정하는데. '성인 1명'이 기본값인 인원수 선택 칸에서 한 명 더 추가할지 고민하는.

S#55. 공방 앞 (다음날 낮)

나무재를 담아들고 오는 다운. 무선 이어폰 끼고 스마트폰으로 음악을 들으며 오고 있다. 혼자 리듬에 취해 흔들거리다가 음악 포인트에서 제대로 격하게 안무를 해주고! 누가 보면 또라이 같은데...

S#56. 공방 (낮)

유약 제조를 위한 사전 작업 중인 정일. 테이블 위에 자리를 깔아 놓고, 벽돌 위에 돌을 올려 망치로 깨고 있다. 깨진 돌 파편을 잘게 부수고 쌓인 돌가루들을 플라스틱함에 담는. 다운이 나무재[4]를 담아서 가져온다.

다운   유약 만들어? 엄마가 나무재 갖다주라던데.
정일   형수가 서울로 출퇴근해서 내 일이 훨 많아졌어.

---

4) 소나무, 떡갈나무, 참나무 등 나무재를 돌가루와 섞어 유약을 만든다.

다운 (나무재 쏟을 요량으로) 섞어?

정일 (돌가루 함 사수하며) 배합은 선생님이 하셔야 돼!

다운 아... (내려놓는)

정일 하여간 무식한 게 용감해가지구.

다운 무식? 너 지금 나한테 무식하다고 했냐? 니가?

정일 공방일은 너보다 내가 전문이야.

다운 뭐, 잡일이라도 잘 해야지.

정일 (급 한숨)

다운 왜?

정일 내가... 여기서 일한다구 도예가가 될 수 있는 건 아니잖아?

다운 예술은 아무나 하니? 넌 그냥 잡부가 딱이야.

정일 그니까... 도예할 거 아니면 비전이 없는데... 첨엔 취직두 안
    되구 환이 부탁두 있구 해서 공방 출근 시작한 건데...

다운 네가 이제야 미래를 고민하기 시작했구나? 차암 빨리두 정
    신 차렸다?

정일 남자가 직업이 확실해야 결혼을 할 수 있잖아.

다운 여자두 없는 게 무슨 결혼씩이나...

정일 (피식/의미심장하게 웃는)

다운 ! (뭐야? 불안해지고) 너 뭐 여자 생겼냐? 아니지?

정일 진도 좀 더 나가면 말해줄게.

다운 ! 뭔데? 나한테 이러기야? 누구야? 어디까지 갔어? 서로 좋
    아하는 거 맞아?

정일 뭐야... 마누라도 아닌데 뭐 이렇게 취조모드야?

다운 (열 받는/그랬다가) 너 설마... 이찬희는 아니지?

정일 (정색하고) 이찬희라니! 누나가 니 친구냐?

다운 (맞아? 순간 보이는 게 없고/나무재 들어서 정일이 머리에 쏟아

　　　　　버린다)

정일　　! 미쳤어!

다운, 씩씩거리며 나가버리고

정일　　(얼굴 훔치며) 너 자꾸 이러면 절교당하는 수가 있어!

S#57. 동 앞 (낮)

씩씩거리며 나온 다운, 화도 나고 고민도 되는.

다운　　이제 정말 환이... 버려? 선택할 때가 온 거야?

S#58. 레스토랑 앞 (저녁)

예지가 도착했다. 안으로 들어가는.

S#59. 동 안 (저녁)

예약석. 먼저 와서 앉아 있던 환. 들어오는 예지를 보고 일어난다. 다가오는 예지. 웨이터가 와서 예지의 의자를 빼주려 하는데.

환　　　제가 할게요.

웨이터 물러나면.

환	(의자 빼준다)
예지	(앉고) 미국식이야?
환	서환 식이에요.
예지	... (웃는데)

웨이터, 메뉴 놓아주고 물 가지러 간다.

예지	(메뉴 펼치며) 좀 어색한데?
환	(그냥 보는)
예지	집에서 식구들이랑 같이 아니면 밖에서 애들이랑 보다가... 둘이서 이런 데 앉아 있으니까 낯설어.
환	아마 제주도 이후에 처음일 거예요.
예지	?
환	둘이서 밥 먹는 거.
예지	......
환	형하구 헤어지면 나도 안 본다면서요.
예지	......
환	돌아볼 추억 하나쯤은 갖고 싶어요.
예지	... (그래) 밥 먹자. 여기 뭐가 맛있는데?
환	쉐프 추천으로 드세요. 그게 젤 나요.
예지	(여기) 데이트 많이 와봤구나?
환	... 처음이에요.
예지	근데 어떻게 그렇게 잘 알아?
환	SNS 쳐보면 다 나와요.
예지	(보는데)
환	(와인 리스트 보면서) 와인은 피노누아 중에서 고를게요.

예지   나 피노 좋아하는지 어떻게 알았어?

환   그냥 알아요. 무거운 거보다 가벼운 맛 좋아하잖아요.

예지   ...... (와인 취향까지...)

CUT TO

요리 나왔고. 식사 중인 두 사람. 간간이 와인 마시고. 환, 말은 없지만 신경은 온통 예지에게. 스테이크 옆에 머스터드도 놓아주고, 소금도 접시 한쪽에 뿌려주고. 예지 역시 환의 집중 의식하고.

두 사람, 서로 안다. 이것이 마지막 자리라는 것을.

환   고마워요.

예지   (보면)

환   예쁘게 하구 나와줘서.

예지   네가 슈트 입는다며 대놓구 힌트 줬잖아.

환   오늘은... 어려보이구 싶지 않았거든요. 난 영원히 10대의 모습으로 박혀 있다길래.

예지   ... 환아...

환   (보면)

예지   너 남자야.

환   !

예지   누구보다 멋진 남자구... 미래에 니 여자가 될 누군가가... 부러워.

환   ......

예지   내 인생에서 너를... 아부지를... 이렇게 떼어내는 게 얼마나 아픈지... 너는 모를 거야.

환   (마구 일렁이는)

예지   ...... 그치만 나... 잘 살 게. 잘 살 수 있어. 네가 얼마나 나를
        귀하게 여겨줬는데. 아부지가... 얼마나 잘해주셨는데. 평생
        충전된 거야. 이제 우리가 가족이 아니란 거 아파하지 않고,
        받은 사랑 기억하면서... 감사해하면서 살 거야.

환   기억할지 모르겠지만... 형한테 보내야겠다구 결심하구 나
        서... 그래도 한번은 물어보고 싶어서... 갔었어요.

예지   ... (기억난다)

환   마지막으로... 다시 물어볼게요.

예지   (뭔지 알 것 같고)

환   평생 후회하느니, 그래도 물어는 보고 싶어요.

예지   안 돼.

환   지금도... 난 안 돼요?

예지   !

환   난... 식구들 안 봐도 돼요. 내 인생에, 단 한사람만 있어도
        돼요.

예지   그만. 더 이상 말하지 마.

환   나는... 안 되는 거예요?

예지   !

더 이상 아무 말도 없는 테이블. 서로를 쳐다보는 두 사람에서.

S#60. 레스토랑 앞 (저녁)

다급히 뛰쳐나오는 예지. 혼자 가버리고. 천천히 나온 환, 뛰어가는

예지 뒷모습 보는데... 두 사람이 마지막으로 내린 결론은 알 수가 없고.

S#61. 구둔역 (밤)

혼자 앉아 있는 예지. 오랜 시간, 자기만 바라봐온 환을 떠올린다.

S#62. 양평/나무 아래 (밤) - 3부 40씬과 동일 장소

형과 예지의 키스를 목격하고 나무 아래서 울던 환. 그 자리에 다시 와 선. 이제는 울지 않는.

S#63. 환의 집 앞 (밤)

예지가 들어간다.

S#64. 거실 (밤)

예지, 들어오는데. 진이 기다리고 있다.

진	(담담하게) 즐거운 디너였나?
예지	... 그 정도는 해도 된다고 생각했어. 환이하구두... 작별인사는 해야니까.
진	(질투 아닌/안 되는 일이라는) 우리가 끝장 나두 걔는 안 돼.
예지	(굳고)
진	당신은 믿어. 환이를 못 믿는 거지. 지금 식구들한테 화도 많이 나 있고

예지   ......

진   친구로라도 안 돼. 여지 주지 마.

예지   (무시하고 올라가려는데)

진   걔한테 기댈 생각에 자신 있게 이혼장 날리고 싶은 거면,
         재고해봐. 아무리 우리가 헤어져두, 그건 안 돼.

예지   의심받는 사람은, 반항하게 돼. 믿어주면! 아파도 참게 돼 있
         어! 당신이 해야 하는 건 그런 단도리가 아니라! 끝없는 믿음
         이야!

진   우리집 식구들 중에 환이 맘 모르는 사람 있어?! 동네선 이미
         스캔들 된지 오래구! 당신 이렇게 가구 나면 이제 온 세상이
         다 알게 될 거야!

예지   그래도 믿어! 세상이 다 의심하구! 사람들이 다 욕해두! 식
         구들이 믿어주면! 아무도 나가서 안 울어! 잘못돼도 다시 펴
         지구! 딴 생각하다가두 제자리로 돌아와!

진   궁금한 건, 환이 마음 따위가 아니야. 우리 동생 맘은, 오래
         전부터 분명했으니까.

예지   ......

진   당신이 궁금해.

예지   !

진   당신 맘이 알고 싶어.

예지   (보는데)

S#65. 환의 집 앞 (밤)

환이 집으로 들어간다.

S#66. 거실 (밤)

예지를 계속 추궁하는 진. 그럴 의도가 아니었으나 몰리고 만.

진   (아프게) 떠나는 거, 날 절대로 용서할 수 없어서가 맞아? 환이
          는 조금도 영향이 없어? 앞으로 정말, 걔도 안 보고 살 거야?

예지   ......

진   환이는! 당신 사랑하잖아!

예지   ... 나도 사랑해!

진   ! (멎고)

현관에서 굳어버린 환.

예지   (격해지는) 사랑은 남자 여자밖에 못해? 갖고 싶고 만지고 싶
           고! 그런 것만 사랑이야? 당신이 말하는 사랑! 그게 대체 뭔데!

진   ......

예지   환이는! 처음 만난 날부터 이 날 이때까지 단 한 순간도 빠짐
           없이! 내가 행복하기만 바랬어! 자기가 날 좋아하면서도 어
           른인 형에게 양보했구! 남편 없는 집에서 말라가는 거 안타
           까워 애가 탔구! 형이 돌아오니까 흔들린 맘 다잡으면서 당
           신 위해 최선 다했어! 나, 그런 환이 사랑해! 자기 아프다구
           7년을 날 버려둔 당신보다! 날 배신한 당신보다! 환이 사랑
           이 못할 게 뭐야! 환이 때문에 무너지지 않았구! 바닥에서두
           다시 일어날 수 있었어!

환, 더 못 듣겠다. 밖으로 다시 나가는데! 문소리 의식하는 진! 그러나

예지는 상관없이 퍼붓는다.

예지   환이는! 나만 사랑하는 게 아니야! 당신도 사랑하고... 아부
          지두 사랑하고... 이 집 식구들 다 사랑해.

진   ......

예지   당신이 잡아야 할 건 내가 아니라! 어린 날에 그 손을 놓아
          버린, 당신 동생이야!

진   !

S#67. 정원 (밤)

뛰쳐나오는 환. 예지에게... 사랑한다는 말을 들었다... 가슴에 통증이
몰려온다. 잔디 위에 엎드려 통증을 삭이려 애쓰는데... 환의 손에 짓
이겨지는 풀잎들... 쏟아지는 눈물에서!

S#68. 다시 거실 (밤)

올라가려는 예지에게 진이 덧붙인다.

진   인정하기 싫지만... 아마 당신, 상처 준 나는 잊을 수 있을 거
          야. 다른 남자, 만날 수도 있겠지.

예지   (돌아보면)

진   근데... 환이는 못 잊을 거야. (아픈) 당신, 환이 없이 살 수 있
          어?

예지   ! (가슴이 쿵! 내려앉는)

진   그게, 될까?

예지, 충격을 숨긴 채 2층으로 올라간다. 예지의 뒷모습 보는 진.

S#69. 2층 거실/신혼방 (밤)

방으로 들어가는 예지. 다급히 들어와 숨을 고른다. 진의 지적이, 그가 일깨운 자각이 무섭게 몰려오는.

S#70. 정원 (밤)

감정 가라앉힌 환, 예지와 술 마시던 자리에 가만히 앉아 있다. 무언가를 결심하고.

공방에서 나오던 성곤, 혼자 앉아 있는 아들에게 다가가다 멈추는. 더 이상 가지 못하는데.

S#71. 신혼방 (밤)

예지, 짐을 싼다. 짐을 챙기다가 손이 멎는. 이내 정신 차리고 계속 움직이는데...

S#72. 1층 진 방 (밤)

또 약을 삼키는 진.

S#73. 환의 집 전경 (다음날 아침)

S#74. 환의 방 (아침)

출근 준비하는 환. 넥타이 메고, 슈트를 걸치고.

S#75. 신혼방 (아침)

방 한 구석에 박스와 캐리어들이 쌓여 있다. 예쁜 박스에 미개봉 화장품 따로 담는 예지.

S#76. 2층 거실 (아침)

출근준비 마친 환, 나오고. 예지도 나오는데. 2층 거실에서 부딪히는 두 사람.

예지   (평범하게 대하려고 애쓰는) 출근?
환   ...... (일상적으로 대할 수가 없고)
예지   아침 먹고 가. (먼저 내려가려는데)
환   나를 사랑했나요?
예지   ! (굳고. 어젯밤에 들었구나...)
환   ... 나를... 사랑하나요?

긴장해서 보고 선 환. 천천히 돌아보는 예지의 얼굴에서 엔딩!

16부

내가 가장 예뻤을 때 2

S#1. 2층 거실 (아침)

출근준비 마친 환, 나오고. 예지도 나오는데. 2층 거실에서 부딪히는 두 사람.

예지   (평범하게 대하려고 애쓰는) 출근?
환   ...... (일상적으로 대할 수가 없고)
예지   아침 먹고 가. (먼저 내려가려는데)
환   나를 사랑했나요?
예지   ! (굳고. 어젯밤에 들었구나...)
환   ... 나를... 사랑하나요?

긴장해서 보고 선 환. 천천히 돌아보는 예지!

예지   우리가 아무리 끝장 났어두! 형이 있는 집이야. 백번을 물어
        두! 그런 질문엔 대답해줄 수 없어.
환   ......

내려가버리는 예지. 그 자리에 붙박혀 있는 환에서.

S#2. 환의 집/주차장 (아침)

차에 오르기 전, 잠시 망설이는 환. 집 쪽을 바라본다. 떠나기로 한 집이다. 마지막 결심 하나가 남았는데...

S#3. 공방 (오전)

예지에게 차를 우려주고 있는 성곤.

예지   아부지...

성곤   (보면)

예지   저 짐 싸놨어요.

성곤   !

예지   ...... (성곤에게는 면목이 없고)

성곤   진이하군, 얘기가 된 거냐?

예지   더 이상 함께 하지 못한다는 거, 그이도 잘 알아요. 오늘 나
       가든 내일 나가든, 놀라지 않을 거예요.

성곤   어디서 지낼 건데?

예지   당분간은 그이 병원 다니던 게스트 하우스에 있으려구요.
       법적인 절차 마무리되면, 살 집 찾아봐야죠.

성곤   진이가 챙기겠지만, 나하구두 의논을 하자. 너 혼자 감당할
       생각, 하지 마.

예지   아부지...

성곤   (짠하게 보는데)

예지   그이 기다리면서 힘들기도 했지만... 문하생으로서는 너무나
       감사하고, 행복한 시간이었어요. 여기서 배운 거, 평생 간직하
       고 살게요.

성곤   진이하구 상관없이... 우리 공방 이어가주기 바라는 거, 내 욕
       심이겠지?

예지   그이한테, 고문일 거 같아요. 환이한테두...

성곤   ... 내가 잘못한 거 같아.

예지   (보면)

성곤   어리다는 이유로 환일 잡아 앉힌 게... 두구두구 후회가 돼.

예지   ... 이런 아부지를 둔 그이랑 환이가... 부러웠어요.

성곤   좋은 부모는 되지 못했어. 쟤들이... 저렇게 아픈데...

예지   엄살쟁이들 같아요. 저 같은 사람두 있는데...

성곤   ... (아픈 미소)

예지   생각해보니까... 그이나 환이보다두... 아부지랑 젤 오래 살았어요.

성곤   나두... 니 덕에 버텼어.

예지   건강하세요.

성곤   아가...

예지   (울컥)

성곤   넌 혼자가 아니야. 이렇게 가더래두... 언제든 살다가 힘든 일 있으면, 꼭 연락해야 한다.

예지   (끄덕이고/웃어 보이는)

성곤   ...... (보내기 짠한데)

S#4. 환의 집 앞 (오전)

정일이 다운네 트럭 빌려왔다. 차에 예지 짐 실어주면서 주먹으로 눈가를 훔치는 정일. 짐 싣는 예지 앞에서 눈물 흘리는 다운 모녀.

다운   이게 무슨 일이에요 언니. 오빠는 어뜩하고... 환이는 또...

예지, 준비한 화장품 박스 다운에게 건넨다.

다운   ? (뭐냐고 보면)

예지   개봉 안 한 화장품 좀 챙겼어. 아줌마랑 같이 써.

다운모   (눈물 닦고/자기가 받아서 챙기면서) 짐 싸면서 뭘 이런 거까지 신
         경 썼대...
예지   내내 얻어먹구 살았는데, 보답두 못하구 가서 죄송해요.
다운모   무슨... 이웃끼리 다 그렇게 사는 거지.
다운   (서운하기만 한데)

예지, 가만히 다운을 안아준다.

다운   언니...
예지   우리 다운이, 예쁜 연애하는 거 보고 싶었는데.
다운   ......

S#5. 1층 진 방 앞 (오전)

작별인사하고 가려는 예지. 노크하는데... 안에서 응답이 없고.

S#6. 동 안 (오전)

진, 출입문을 등지고 앉아 예지의 노크 소리 무시하는데.

S#7. 1층 진 방 (오전)

예지   그래. 인사하기 싫으면... 하지 말자. 이게... 끝은 아닐 테니
         까. (돌아서려는데)

문이 열린다. 진이 서 있다.

진 앉아서 보내기 싫었어.
예지 (걱정에) 무리는 하지 마요.
진 얼굴 보면, 잡고 싶고. 가는 거 보면 달려가고 싶을 텐데. 그럴 수 없는 내가 싫어서. 마지막 가는 거, 안 보고 싶었어.
예지 ... 약 줄이고, 병원 열심히 다녀요.
진 사고 나구 빨리 안 온 거, 당신한테 연락 안 한 거... 평생 후회할 거야.
예지 ......
진 그 시간이라도 같이 있었으면... 덜 아쉬웠을까?
예지 (보는데)

진, 팔을 벌리고. 예지, 가서 안긴다. 깊게 안는 진. 이별하는 예지. 가슴으로, 두 팔로... 제 안의 뜨거움을 전하고 싶은 진의 마지막 포옹.

예지 이렇게 서 있는 당신을 안아볼 수 있어서... 다행이야...
진 ... (그래서 안아줄 수가 없었다)
예지 ......

CUT TO

진은 거실에 서 있고. 예지는 현관에 서 있다.

예지 (손을 들고) 안녕...
진 ...... (차마 입 밖으로 내보낼 수 없는 작별 인사)

예지, 돌아서 나가는데... 사력을 다해 꿋꿋하게 서 있던 진, 예지

나가자 따라가보려다 바로 무너지는. 더 이상 다리에 힘이 없다. 좌절하고.

S#8. 동 앞 (오전)

문 앞에서 등을 기대고 감정을 추스르는 예지. 사랑하고 사랑받고, 상처 주고 상처 받은 남자, 남편, 진. 그를 두고 가는 마음.

S#9. 거실 (오전)

엎드려서 흐느끼는 진. 들썩이는 그의 등. 달려가서 잡을 수 없는... 자신의 몸과... 돌이킬 수 없는 이별에... 그가 운다.

S#10. 환의 집 앞 (오전)

예지, 정일이 운전하는 차에 오르고. 성곤과 다운 모녀, 작별인사로 손을 흔들어준다.

S#11. 길/다운네 트럭 안 (오전)

예지, 스쳐가는 양평의 풍경들을 하나하나 눈에 담는데...

S#12. 거실 (오전)

진, 아직도 거실 바닥에 그대로 무너져 있다. 들어오던 성곤, 아들의 모습에 가슴이 미어지고. 다가가 아들의 등을 그대로 감싸준다.

아버지의 품에 안겨서 우는 진.

S#13. 시장 전경 (낮)

S#14. 수선집 (낮)

고운, 일하고 있는데... 윤실장 들어선다. 임반장이 고운 자리 알려주고. 윤실장, 고운에게 다가가는데...

S#15. 예지 공방 (낮)

승민이 와서 서류[1] 주면서 예지에게 친양자 파양재판에 관한 결과를 이야기해주고 있다. 서안은 한쪽에서 작업하고 있는데.

승민 구청에 가서 이 서류들 내고 신고를 하면 돼. 그럼 이제, 다시 아줌마 딸이 되는 거야.
예지 ... (서류 보는)
승민 한 달 안에는 신고해야 돼. 기한 넘기면 과태료 있어.
예지 한달씩이나 안 걸려! 당장 구청 갈 거야!

서안, 한쪽에서 웃고

예지 다른 것두 물어볼 게 좀 있는데...

---

1) 판결문 사본 및 확정 증명서

승민	?
예지	이혼 말이야, 합의보다 재판이 빠르다던데...
승민	조정으로 가면 그렇지. 당사자들 안 나와도 되고. 그래서 연예인들이나 재벌가에서 많이들 해.
예지	그거 하려면 어떻게 해야 돼?
서안	! (멎어서 보는데)
승민	조정 이혼?
예지	(끄덕이고)
서안	(놀라서) 예지, 너 이혼하게?
예지	......

S#16. 연자의 사무실 (낮)

고운이 사무실에 들어서 있다. 다가가서 악수 청하는 연자.

연자	진이 엄마에요. 그동안 격조했습니다.

고운, 담담하게 내민 손 잡고.

CUT TO

소파에 마주앉은 두 사람. 찻잔 놓였고.

연자	저희가 너무 무심했습니다. 적당한 때에 서로 인사두 나누구 그랬어야 했는데.
고운	좋은 날이 계속됐으면, 저까지 볼 일이 없었겠지요.

연자 ... (역시 보통은 아니구나 싶고)

고운 (애들은) 갈라서기루 했다고 들었습니다.

연자 즈이는 동의한 바 없습니다.

고운 ......

연자 따님, 잡아주세요. 우리는 이혼시킬 수 없다는 입장이에요.

고운 아픈 사람 버리면 죄받겠지만, 다른 여자랑 살다 온 남자... 어느 누가 참구 살까요, 요즘 세상에.

연자 모르시는군요. 진짜 문제는 그게 아니에요.

고운 ......

연자 그 여자는 즈이 회사 노리구 함정 판 범죄자에요! 지금 감옥 가 있구, 애들 사이가 나빠진 건...

고운 (보는데)

연자 (쉽게 말하기 어려운) 차마 입에 담지두 못하겠는데... 암튼 지금 여기서 이혼하면, 시동생이랑 바람나서 장애 남편 버린 여자밖에 안돼요!

고운 뭐... 뭐라구요? 시동생이랑, 뭐가 어쨌다구요? 무슨 그런 숭한 말을!

연자 동생은 미국으로 보낼 겁니다. 따님 마음만 잡아주세요.

고운 7년 동안 생과부로 남편 기다린 거, 상은 주지 못 할 망정! 사돈총각이랑 뭐가 어째요! 어미가 이 모양이라구, 우리 애까지 똥물 씌우는 모양인데!

연자 (OL) 즈이가 아니라, 세상이요. 지역 커뮤니티에 스캔들이 파다한데, 못 보셨나봐요?

고운 !

연자 결혼생활이 잘 유지되면 헛소문으로 가라앉겠지만, 여기서 예지가 나가버리면. 상황이 어떻게 되겠어요?

고운   ······

연자   사부인께서, 따님을 설득해주셔야죠.

고운   ······ (믿기지가 않는데)

S#17. 동 앞/복도 (낮)

고운이 후들거리며 나온다. 대기하던 윤실장, 다가와서

윤실장   수선소로 다시 모셔다드리겠습니다.

고운   괜찮아요, 필요 없어요.

윤실장   (그래도 모시려는데)

고운, 손사래를 치고 도망치듯 빠져나오는.

S#18. 복도/비상구/계단 (낮)

다급하게 비상구 찾아들어가는 고운. 계단에 주저앉아 떨림을 진정시킨다. 시동생이라니, 환이라니!

S#19. 예지 공방 (오후)

승민은 가고 없고. 서안에게 집 나온 거 말해준 예지.

서안   (속상한) 얘 봐, 얘 봐! 또 말없이 사고 쳤어!

예지   ······ 미안. 내가 좀... 그렇잖아.

서안   혼자 힘들었을까봐 그러지.

예지   ......

서안   그래두 틀린 선택 한 적 없으니까, 믿어.

예지   내가?

서안   무모한 것처럼 보여두... 언제나 최선을 다해온 거, 알아.

예지   아직... 심장이 뛰어. 집에서 나온 게... 실감이 안 나. 퇴근하
        면, 다시 가야 할 거 같고... 막 그래.

서안   그 집.. 식구들... 네가 참 의지 많이 했는데.

예지   ......

서안   (창밖을 보고/고운 발견하는)

S#20. 동 앞 (오후)

지나쳐 가던 고운, 발길을 세웠지만 오도가도 못하고 있다. 서안이 먼
저 문을 열어준다.

서안   들어오세요, 어머니! 예지 보러 오신 거죠?

고운   ......

S#21. 동 안 (오후)

서안은 자리 비워주고 예지와 고운만 있다.

고운   늬 시어머니 만났어.

예지   !

고운   너, 이혼하는 게... 사돈총각 때문이야?

예지   아니야. 환이가 있어도 안 살고, 없어도 안 살아. 상관없이

내린 결정이야.

고운   그 총각이... 너 좋아하는 건 맞지?

예지   !

고운   원래 형수되기 전에 자기 선생님이라고 했어. 그래서 아직도 쌤이라 부른다고.

예지   교생 나갔던 거... (말하는 거라는)

고운   그 총각이... 그 때부터 너 좋아한 거지...

예지   ...... (차마 말을 못하고)

고운   너는? 너두... 좋아해?

예지   ......

고운   나한테는... 그냥 솔직하게 말해두 돼. 세상이 다 손가락질해 두, 엄마는 지 새끼 안 버려. 괜찮으니까, 말해.

예지   엄마...

고운   (말은 그렇게 해 놓고 떨려서 보면)

예지   나는 엄마... 그 애를 놓구... 감히 그런 생각 안 해봤어. 내가 결혼한 남자의 동생을 놓구... 거기까지... 생각이 넘어가는 것두 너무 무서웠어.

고운   (보는데)

예지   근데... 사실은 알고 있었어. 식구들이 다 어리다고 무시한 걔 첫 마음이... 얼마나 순수한지. 깊은지. 이 결혼을 안했어 야 했는데... 그 때 나는 너무 간절했어. 집두 가족두. 빈틈없 이 몰아치는 그이두.

고운   ... (자기탓인 것 같다. 가슴이 찢어지고)

예지   혼자인 게... 지긋지긋하구... 누군가를 갖구 싶었어.

고운   ......

예지   그 애가 어른이 되구... 그이는 돌아오지 않구... 어느새 의지

하면서... 흔들렸어. 그래서 연락두 끊었는데...

고운   (애 끓는) 사고만 없었어두...

예지   ... 그랬으면 환이가 제 마음 평생 눌러둔 채, 나두 별 고민 없이... 그렇게 살아갔을까?

고운   ... (모르는 일이고)

예지   (아니라는/모르겠는) 그애하구 난... 우리는 엄마...

고운   ... ('우리' 소리에 심장이 쿵! 내려앉고)

예지   영혼이 같아.

고운   (멎고)

예지   그이는... 말을 안 하면 몰랐어. 불안했어. 환이는... 말 안 해도... 다 알아져. 무슨 생각하는지, 어떤 느낌인지, 언제 나를 보는지, 나에 대해 어떤 감정인지... 매 순간 다 느껴져.

고운   ......

예지   그이를 남자로 사랑했지만... 환이가 더 편했어. 걔 앞에서는 내가 나로 있을 수 있었어.

고운   ......

S#22. 도시재생지원센터/회의실 (오후)

센터 사람들과 악수하며 작별인사 하는 환. 엠버가 무리 속에서 지켜보고...

환   PM[2]이 먼저 떠나게 되서 죄송합니다.

---

2) Project manager. 프로젝트의 관련된 모든 활동을 담당, 관리하며 책임을 지는 사람.

팀원	본인도 아쉽지 뭐...
팀장	뭐 일이 이거만 있나? 다른 프로젝트 때 또 부를 거니까 모른 척 말아요.
환	(웃고)
팀원	아니 잘 생긴 사람들은 왜 한군데 오래 붙어있질 않아...
팀장	오라는 데가 많으니 그렇지.
환	(멋쩍은) 엠버가 저보다 잘하거든요. 마무리 구원투수로 선방할 겁니다.
팀원	엠버두 곧 환이씨 따라가는 거 아냐?
엠버	시차를 두고 가야 티가 안 나죠.
팀원	티는 벌써 다 났어!

사람들, 와 웃고

CUT TO

엠버와 단 둘이 남아 인수인계하는 환. 엠버, 메모하며 체크하는데.
환의 핸드폰이 울린다. 액정 확인하면 다운.

환	잠깐만. (하고 전화 받는) 어, 다운아.
다운(F)	(울면서 전화하는) 언니 갔어. 너 알아? 인사는 한 거야?
환	! 오늘? 아주 갔다구?
다운(F)	그렇다니까! 이삿짐 싹 빼구 굿바이 인사 다 하구 갔어!
환	!

엠버, 보는데.

S#23. 예지 공방 (오후)

고운, 묻는다.

고운   그럼 환이 총각은 어쩌자는 거야. 너 좋다는 지 감정이 끝이야?
예지   3년 전부터 떠나자고 했어.
고운   지금은?
예지   식구들한테 상처받은 게 많아서... 나하구 상관없이 나갈 거야. 공부하던 데로 돌아간대. 미국.
고운   ... (결심하고) 너두 떠나. 같이 가.
예지   ! (멎고)
고운   너는, 너 하고 싶은 대로 살아... 니가 뭘 해두! 죗값은... 내가 이미 다 받았어. 너는 이 세상 맘대로 살아도 돼.
예지   (뜻밖의 말에 놀라서) 엄마...
고운   나는... 남편을 죽인 여자였어. 바람피다 걸려서... 경찰 남편 쏴버린 여자. (진실은 그게 아니라는/진실은 우리만 안다는)
예지   ......
고운   세상이 너한테 뭐라구 하든, 네 진실은 너만 아는 거야.

예지, 놀라서 멎어 있는데...

S#24. 동 앞 (저녁)

클로징 타임. 예지가 문 닫고 돌아서는데. 앞에 환이 와 있다. 멎는 예지. 서로가 쳐다보고 있지만... 아무 말도 안 한다. 환. 잠자코 걸어와 예지에게 티켓 봉투 내미는.

예지   !

환   인생이, 다시 한 번 달라질 수도 있는 기회에요.

예지   (떨리고)

환   우리들의 역에서 기다릴게요. 거기서부터, 다시 출발하는 거예요.

예지   ...

환, 예지에게 티켓 안겨주고 돌아선다. 가버리는. 남아서 꼼짝도 못하는 예지.

S#25. 1층 진 방 (저녁)

혼자 술 마시는 진. 다운네 집에 머물던 예지에게 술 주던 밤 생각하는.

인서트) 2부 61씬

미니 양주병 건네주는 진.

예지   (받으며) 이걸 누구 코에 붙여요?

진   작다고 무시하면 코 다쳐요. 꽤 센 녀석이거든.

예지   ... (피식 웃고)

생각하며 혼자 웃다가... 다시 술 마시는...

S#26. 예지 공방 (밤)

어두운 공방. 조명은 작업대 위로 한 곳만 떨어지는. 예지, 퇴근 못 하고 작업대 위에 올려놓은 티켓만 보고 있는데.

S#27. 공방 (밤)

환의 송별회가 열리고 있다. 다운과 정일. 엠버가 모여 있는데. 다 같이 건배하고 마시는.

다운   나두 따라갈래.

모두가 다운에게 시선집중 되고.

다운   언니두 없구, 환이두 없구! 만두새긴 바람 나구! 내가 이 동네서 버티구 있을 이유가 읆어!
정일   바람이라니? 용어가 불순하다?
엠버   정일이 연애해?
정일   아니, 할려구요. 살 좀 빼구.
환   그냥 해. 연애는 타이밍이야. 지나가면 끝이야.
엠버   ... (보는/그냥 하는 말이 아닌 거 같다)
정일   ... 타이밍이 중요하긴 하지.
환   ... (잠자코 술만 마시고)
다운   (꼴 보기 싫은데)

CUT TO

다들 술 마시고 있는데. 일각에 숨어서 찬희에게 전화하고 있는 정일.

정일   지금 못 오시는 거예요?

S#28. 지영네 살림집/거실 (밤)

지영네 식구들은 다 퍼져서 텔레비전 보면서 과일 먹고 있다.

찬희   지금은 못 가지. 퇴근길에 쏘면 몰라도. 벌써 씻구 어쩌구 다
        했어.

공방의 정일과 오가며

정일   제가 서울 갈 수도 있는데...
찬희   (기겁하며) 너 술 마셨다며! 지금 출발해두 새벽이야! 됐어!
정일   아니 뭐 찜질방두 있구 피시방두 있구
찬희   (핸드폰 한번 떼어서 노려보며/얘가 왜 이래.../다시 귀에 대고) 나
        피곤해서 바로 잘 거야. 나중에 연락하자. 그래, 응~ (끊는데)

양쪽으로 바싹 다가오는 경식과 지영.

지영   너 남자 생겼니?
경식   뭐하는 남잔데?
찬희   남자는 무슨! 새파랗게 어린 놈인데.
지영   연하 좋다.
찬희   직업두 없어.
지영   (바로 김 새고)
경식   내 밑으루 데리고 올까? 요새 목공이 없어가지구

경식의 등짝을 날리는 지영! 경식, 아파 죽고.

S#29. 환의 집 앞 (밤)

택시 기다리는 환과 엠버. 엠버는 다소 들떠 있다.

엠버　나도 곧 정리하고 들어갈 거니까, 일은 천천히 구하면 안 돼? 우리 놀러 좀 다니자. 전에는 공부하랴 형 찾으랴 시간이 없었잖아.

환　들어가도... 내가 널 어떻게 봐... 더 이상의 희망고문... 못해.

엠버　(혹시나 하는 걱정에) 가서 예지 언니 기다리게?

환　......

엠버　헛꿈 꾸는 거 아니지?

환　가족을 위해서가 아니라, 날 위해서만 살겠다는 게 헛꿈이라면. 그래, 맞아. 나 헛꿈 꾸고 있어.

비로소 알겠는, 환의 마음. 그 깊이...

엠버　이런 널 두고... 내가 참 바보였어...

환　한국에 와서... 괜히 상처만 입히고... 너한테는 정말... 할 말이 없어. 미안해.

엠버　내가 원한 해피엔딩은 아니지만 후회는 없어. 여기까지 왔기 때문에 네 마음 알았고, 할 수 있는 거 다 해봤기 때문에 깨끗이 접을 수 있어.

환　......

엠버　너도 가봐.

환	!
엠버	가보면 정해질 거야. 그 끝이 꼭 네가 원하는 엔딩이 아니더라도.
환	......

택시가 와 선다. 차문 열어주는 환.

환	고맙다.
엠버	......

마지막으로 환과 악수하고 차에 오르는 엠버. 환, 마지막 인사 받아주고.

멀어져가는 택시. 환, 배웅하듯 오래 서 있다.

S#30. 진환A&C/옥상 (다른 날 낮)

진이 서 있다. 위태롭고...

S#31. 구둔역 전경 (낮)

S#32. 구둔역 벤치 (낮)

캐리어 세워놓고 기다리는 환. 예지가 올까? 안 올까? ... 희망과 절망속에서 기다림이 계속되고...

S#33. 동 (낮)

약속 시간이 이미 다 됐고. 오지 않는다고 생각하고 일어나는데. 예지가 온다. 그러나... 짐 없는 맨손이다. 안 가는구나... 환의 가슴은 내려앉고. 천천히... 자기에게 다가오는 예지를... 본다. 환 앞에 와 서는 예지.

예지	생각해봤어. 떠나서 너와 함께 하는 거.
환	...
예지	눈앞에 네가 있으면. 형도 영원히 못 잊어.
환	!
예지	셋이 함께 살 순 없어. 우리도... 망가져갈 거야.
환	......

예지, 다가와서... 환을 안아준다...

예지	식구들하구 절연하구 사는 게 어떤 건지... 나는 알아. 겪어 봤잖아.
환	......
예지	너 그렇게 살게 할 수 없어. 지금은 가도 언제든 돌아올 수 있지만. 나와 함께 가면 다시는 올 수 없어. 너한테 아부지를, 엄마를, 형을 잃게 할 순 없어.
환	(예지 끌어안고) 난... 오예지만 있으면 돼요.
예지	(떨어져서/눈을 보는) 불행해질 거야. 고독해질 거야. 서로의 얼굴만 봐도... 슬퍼지는 날이 올 거야.
환	괜찮아요. 그 불행, 나는 원해요.

예지　　네 불행을, 나는 원하지 않아.
환　　　……
예지　　약속해. 잊지 않을게. 다시 만날 수 없어도… 오래 생각할 거
　　　　야. 언제나 너를 느낄 거야.
환　　　지금이 아니어도 돼요!
예지　　！
환　　　시간이 많이 지나서… 아주 오래 지나서… 그 뒤에라도…
예지　　… (안 된다는)

절망했지만, 의연하려 애쓰는 환. 이게 마지막이라면… 예지 앞에서
무너지지 않으려고…

예지　　가는 거… 내가 볼게.
환　　　……
예지　　마지막을, 내 뒷모습으로 남겨주고 싶지 않아. 내가 봐줄게.
　　　　네가 가는 길, 여기서 보고 있을게.
환　　　……

환, 마지막으로 예지를 안는다. 입 밖으로 꺼낼 수 없는… 마지막 인
사… 심장으로 작별 인사를 대신하고…

그리고… 간다. 캐리어를 끌고… 예지에게서 멀어지는. 단 한 번도 돌
아보지 않는 환의 얼굴에… 눈물…

뒤에서 점점 작아지는 예지의 모습.

S#34. 동네 일각 (낮)

예지의 시야에서 벗어나자 무너지는 환. 바닥에 무너진 채 캐리어를 붙잡고 버틴다. 울음을 참아온 목이, 심장이 찢어진다.

S#35. 구둔역 (낮)

환이 사라지자 벤치에 주저앉는 예지. 그렇게 시작도 못 해본 사랑을... 보낸다.

S#36. 진환A&C/옥상 (낮)

위태롭게 서 있던 진, 갑자기 가슴에 통증이 몰려온다. 심장을 움켜쥐는

S#37. 도로/택시 안 (낮)

추스르고, 공항으로 가고 있는 환. 핸드폰이 울린다. 액정에 엄마.

환   (받는) 네. 지금 공항 가구 있어요. (하다가 놀라는) !

S#38. 진환A&C 앞 (낮)

구급대원들이 다급하게 진을 구급차에 태우고. 윤실장이 연자의 차를 급히 댄다. 핸드폰 귀에 댄 채 차에 오르는 연자.

연자   그래, 이 자식아! 니 형 쓰러졌다구!

구급차가 출발하고, 연자의 차가 따라가는데!

S#39. 도로/구급차[3] 안 (낮)

사이렌을 울리며 구급차가 가고 있다. 구급대원1, 흔들리는 차에서 심폐소생술 시도하고.

구급대원2 서진씨? 제 목소리 들리세요? 서진씨!

흐릿한 진의 시야.

S#40. 시장 전경 (오후)

S#41. 수선집 앞 (오후)

입구를 등진 채 고운을 기다리는 예지. 걱정에 다급하게 수선집 계단을 내려오는 고운. 예지의 등을 잠깐 보고 섰다가. 다가가 등을 어루만지며 아는 척을 하는데. 돌아서 그대로 고운을 안아버리는 예지.

예지   나 그냥 엄마랑 같이 살 테야.
고운   ......
예지   (떨어져서) 태어나서 엄마랑 같이 산 시간이 얼만 줄 알아? 떨어져 산 세월이 두배야.

---

3) 후유증이 없으려면 응급실 가기 전에 구급차 안에서 의식이 회복되어야 한다고 한다.

고운　(가슴 아프고)

예지　다른 집 딸들은 그래도 시집가기 전까지 2,30년은 같이 살지 않아? 나 너무 억울하고 아까워.

고운　(보면)

예지　엄마 말대루... 서로 얼굴만 봐도 생각나는 거, 떠오르는 거... 있지. 그럼 그냥 그런 대로 살자.

고운　예지야.

예지　화나면 화 내구. 짜증나면 짜증 내구. 둘이 싸우고 한 사람 찜질방 가서 자기두 하고. 다음날 찾으러 와서 미역국이랑 식혜 먹으면서 은근슬쩍 화해두 하구... 그렇게 살자.

고운　안 가기루 한 거야?

예지　(끄덕이고)

고운　그렇다구 영원히 혼자 살 거 아니잖아.

예지　엄마를 숨기구, 내 과거를 없는 척 하구... 그렇게 만난 남자랑... 행복할까?

고운　(가만히 보는데)

예지　절대 그럴 수 없어.

고운　(갈등되고)

예지　당당하게 홀로서기? 그거 말만 멋있는 거야. 난 그냥 시시하게 엄마랑 둘이 주저앉으면 안 돼? 엄마가 해다 준 김치전, 그거 따뜻할 때 먹구 싶어.

고운　(피식) 겨우 이유가 그거야?

예지　나 이제 돈두 제법 벌어. 내가 엄마 먹여 살릴게.

고운　그건 좀 혹한다.

예지　(웃는데)

S#42. 병원/특실 (오후)

병상의 진. 환이 혼자 병상을 지키고 있다. 진이 눈을 뜨는데.

환   깼어?

진   ……

환   의사 불러줄게.

진   (일어나 앉으며) 괜찮아.

환   ... 옥상엔 왜 올라갔어.

진   ……

환   죽을 작정이었어?

진   ……

환   떨어져 죽지 않아도 약 때문에 죽을 뻔 했어! 심장에 무린 거 알면서 왜 그렇게 많이 먹었어! 심정지 왔던 거 알아?!

진   …… 왜 살아야 하는지, 모르겠어서.

환   !

진   어릴 땐... 죽는 게 무서워서 널 버리기도 했는데.

환   ……

진   옥상에 올라가서... 그 날을 다시 생각했어. 제정신이 아니었던 그 순간보다... 더 잘못한 건. 너한테 용서를 구하지 못했던 내 비겁함이었어.

환   ……

진   내가 그런 인간인 거... 인정할 수가... 믿을 수가 없었어. 괜찮은 인간이고 싶었어. 멋있는 형이고 싶었어.

환   ……

진   어린 동생 발치에도 못 따라가면서... 네가 좋아하는 여자가...

너무 아프게 살고 있는 그 여자가... 내 오랜 열등감, 죄의
식... 잊게 해줄 거 같았어.

환   ......

진   예지가... 자기 손이 아니라... 네 손을 잡아야 한다고. 너한
테 용서받아야 한다고.

환   ......

진   용서받을 생각은 없어. 근데, 내가 용서를 구한 적이 없더라고.

환   ...... 형은 충분히 고통당했어.

진   !

환   스스로를 벌 준 시간이... 너무 길어.

진   ......

환   이제 그만 형 자신을 용서해줘.

진   ......

환   그래야 다른 사람도 형을 용서하지.

진, 정말로 어른이 되어버린 동생을 보는데.

S#43. 예지 공방 (다른 날 낮)

진, 공방 앞에 서 있다. 내려져 있는 셔터문. 다시는 만날 수 없는 내
여자. 그 실감이 닫힌 문으로 다가오고.

S#44. 수선집 (낮)

환, 고운을 찾아왔다. 고운 떠났다는 임반장.

임반장 갑자기 그만 뒀어. 어디 먼 데로 이사 간다 그러더라구?

이씨 (일하다가 멈추고 돌아보며) 딸하구 같이 산댔어~

임반장 좋은 일 같아서 말리지도 못했지 뭐.

환 (실망하는) 네...

S#45. 환의 집 전경 (밤)

S#46. 정원 (밤)

나란히 앉아 캔 맥주 마시는 환과 진. 1부 93씬. 동생을 덮치던 그 자리. 말없이 서로의 상실감을 나누는 두 사람.

S#47. 교도소 전경 (다른 날 낮) – 1년 뒤

S#48. 교도소 면회실 (낮)

진이 우근과 함께 기석을 면회 왔다.

우근 지낼만 해?

기석 ... (진을 볼 낯이 없고)

우근 캐리는 먼저 나온 모양이던데.

기석 ... (복잡해지는데)

진 ... (보다가) 나오면 차 다시 타.

기석 !

우근 진이 형이 스폰해준대.

기석 들어오기 전에도 바닥이었어. 나 이제, 차 다신 못 타.

진	... 그럼 감독해. 팀 꾸려줄테니까.
기석	......
우근	진이형이랑 선수들 찾아놓을게. 형 나오면 바로 세팅 가능하게.
기석	나 같은 놈을 뭐하러 다시 끌어들여...
진	죽을 힘 다해서 우승팀 만들어봐. 우리가 못다 이룬 거, 새 팀 짜서 해보자.
기석	(울컥 오르는데)
진	퍼져 있지 말구 안에서두 운동 열심히 하구 공부두 해. 필요한 책, 자료. 넣어줄게.
기석	......
진	간다.

진, 일어나서 면회실 바깥으로 걸어 나간다. 우근, 한마디 덧붙이고 따라나가는.

우근	진이형... 계속 앉아 있으면 형이 자기 얼굴 못 볼 거라고. 죽어라 재활하구 오늘 걷는 거 보여주러 온 거야.
기석	......

S#49. 캐리의 레지던스 (낮)

외출 준비 중인 캐리. 전투에 나가는 병사처럼 공들여 차려 입는 캐리의 모습. 마지막 점검을 하고 나가려는데. 콘솔 위에 진과 찍은 다정한 사진. 그 액자를 바닥에 엎어놓고. 돌아보지 않고 밖으로 나가버린다.

S#50. 호텔 라운지 (낮)

새로운 투자자를 유혹하고 있는 캐리의 모습. 투자제안서를 내민다.

캐리　　마케팅이 전공이긴 한데. 레이싱팀 운영, 부동산 개발, 리조트 분양, 홍보... 다양한 경험을 쌓아왔습니다. 어릴 때 모델 일을 잠깐 하기도 했구요.

투자자　(건성으로 제안서 훑어보다가/테이블에 던지듯 내려놓고) 오기 전에 캐리 정이라는 여자에 대해서 좀 알아봤는데...

캐리　　......

투자자　감옥에 갔다 온 이력은 빠져 있군요. 출소한 지 얼마 안 됐던데.

캐리　　(당황했지만 내색하지 않고) 비즈니스에 필요한 이력은 아니라서요.

투자자　경제사범은 아니었던 거 같고...

캐리　　... (보일 듯 말 듯한 미소) 거기서 알게 된 건데요... 감옥에 온 여자들은, 대부분 남자 때문이더라구요?

투자자　(보면)

캐리　　전... 사랑을 했을 뿐이에요.

투자자, 흥미롭게 보는데...

S#51. 양평/공방 전경 (낮)

S#52. 공방 (낮)

성곤이 새로 온 문하생 면접 중이다. 청순한 분위기의 20대 여성이 긴장한 채 앉아 있는데. 환이 한쪽에서 차를 준비하고 있다.

성곤 (이력서 살펴보고 내려놓으며) 미대 출신이 아니네요?

문하생 문화센터 다니면서 취미로 시작한 건데요, 진지하게 평생 직업으로 해보면 어떨까... 그런 맘이 들어서요.

성곤 이게 별루 우아한 일이 아니라는 건 알지요?

문하생 그럼요. 고된 노동이구... 수련이라는 거, 조금은 압니다.

환, 예지를 생각하는데...

성곤 그릇은 만든 사람을 닮는다고 해요. 그리고 도공은... 자기가 만든 그릇을 닮아가지.

문하생 (열심히 듣고)

성곤 어떤 그릇을 만들고 싶어요?

문하생 ... 음... 저는...

차 놓아주는 환.

환 쫄지 마세요.

문하생 네?

환 어차피 다른 후보도 없거든요. 그냥 뽑으실 건데, 괜히 이거저거 물어보시는 거예요.

성곤 이 녀석이... 진지하게 면접 보는데...

문하생 (쿡 웃음 터지고)

성곤도 멋쩍어서 웃어버린다.

환   저는 합격 드릴게요.
성곤   오디션 보냐? 넌 결정권 없어.
환   공방 잡부로 일주일에 반은 부려먹으면서 결정권은 안 주시
        는 거예요? 그럼 이제부터 토련이구 뭐구 암것도 안해요?
성곤   그래 하지 마. 드럽구 치사해서 내가 다 한다.
환   뒤집기 없음! 이제 정말 안 합니다!
성곤   나가 이 녀석아! 면접 방해하지 말구.

환, 웃으며 물러나주는.

S#53. 거실 (낮)

핸드폰으로 통화하며 들어오는 환. 발리에서 온 업무전화다.

환   (영) 티켓은 받았다. 그런데 아직 자료가 안 왔다. (사이) 메일
        확인해보겠다. 발리에서 만날 날을 기대하고 있다. 그 때 보
        자. (끊고)

계단으로 올라가는데.

S#54. 환의 방 (낮)

컴퓨터 앞에 앉은 환. 메일 박스 연다. 발리에서 온 자료 확인하고. 혹
시나 싶어 따로 예지에게 보낸 메일만 모아둔 함을 열어 수신확인란을

보는데... 믿을 수가 없는!

오래전 예지에게 보냈던 메일들이 모두 읽음 처리되어 있다! 환, 가슴이 뛰고!

S#55. 시장 (오후)

환이 걷고 있다.

S#56. 예지공방 앞 (오후)

서안이 원데이 클라스 강의 중이다. 밖에서 지켜보며 기다리는 환.

S#57. 동 안 (오후)

강의 끝나고. 사람들 빠져나가면. 들어서는 환.

서안   어서 오세... (하다가 놀라서) 환이씨!
환   (미소로 인사하는)

CUT TO

서로 근황 나누는 환과 서안.

환   원래 작년에 바로 나가려다... 이래저래 주저앉구. 이번에 다시 발리에서 뭐 일을 하나 맡았어요.

서안	잘 된 거죠?
환	지금 인도네시아 정부에서 '뉴 발리 프로젝트'라는 걸 하거든요. 거기 호텔을 하나 맡았는데... 25년까지 진행되는 장기 프로젝트라 이번에 나가면 한 3년 정도 있을 거 같아요.
서안	그렇게 오래 걸려요?
환	그래서...
서안	(보면)
환	잘 지내는지... 그것만 확인하고 싶어요.
서안	......
환	서안씨는... 알고 계시죠? ... 어딨는지.
서안	(곤란한데) 나두 못 보고 살았어요.
환	연락은 되시잖아요. 우리하군 다 끊었지만.
서안	......

S#58. 바닷가 (다른 날 낮)

그저 산책하듯 바닷가를 거니는 환. 지나치는 젊은 여자들을 유심히 보고. 그러다 문득 포기하고 바닷가에 주저앉는다.

그렇게 오래... 바다를 보는데...

S#59. 예지의 집 (낮)

고운과 예지가 평상에서 밥 먹고 있다. 오이소박이 예지 밥 위에 놓아주는 고운.

고운   이것도 좀 먹어봐. 잘 익었어.

예지   (맛있다) 국수 말아도 맛있겠는데?

고운   이따가 밤참으로 말아주께.

예지   아싸~

고운   (웃는데)

핸드폰 울리고. 예지, 받는다.

예지   응, 언니.

서안(F) 잘 지내?

예지   돈벌이가 너무 안 되는데, (지방이라) 또 돈 쓸 데가 없어서
        그럭저럭 맞춰진다? 내가 엄마 먹여 살린다구 큰소리 팡팡
        쳤는데. 엄마가 나 먹여주고 있어.

고운   (웃으며 밥 먹는)

서안(F) 공방에... 환이씨 왔었어.

예지   ! (평상에서 일어나 마당 한쪽으로 가는) 가르쳐 준 거 아니지?

서안(F) 그게 저...

예지   (안 된다는) 언니!

서안(F) 동네만 가르쳐줬어. 나도 주소까진 모르는데 뭐. 먼발치에
        서 보고만 가겠다는데... 그 얼굴 보고는 면전에서 거절 못
        하겠더라.

예지   ......

S#60. 바닷가 (낮)

혹시나 싶어 환이 찾아보는 예지.

S#61. 동네 골목 (낮)

환이 지나가고... 예지가 한 박자 늦게 엇갈린다.

S#62. 시골 교회 (낮)

예지를 위해 기도하는 환.

S#63. 동 앞 (낮)

돌아다니다 지쳐서 벤치나 계단, 아무데나 앉는 예지. 교회에서 나오는 환. 예지를 지나쳐간다. 문득 고개 드는 예지, 눈앞에서 멀어져가는 환의 뒷모습. 큰 키가 눈에 들어오고. 환이다! 벌떡 일어나는 예지.

예지 (떨리는/목소리가 잘 안 나온다) 화... 환아...

걸어가던 환의 등이... 멎는다.

예지 (좀 더 크게) 환아!

천천히 돌아서는 환. 서로의 얼굴을 확인하고.

예지 ... 우리 환이... 맞네?

좀처럼 다가오지 못하는 환. 두 사람, 그렇게 거리를 둔 채 서로를 바라보는데...

S#64. 상설 전시장 (낮)

도예 작품들만 모아놓은 상설 전시장. 진이 천천히 전시장을 둘러보고 있다. 가다가 어느 섹션 앞에서 멎는.

작가 이름 '오예지'. 작품명은 '내가 가장 예뻤을 때'

양평의 연꽃을 주제로 만들어진 세라믹 작품. 진, 그 앞에서 한참을 서 있는다.

S#65. 동네 찻집 (낮)

예지와 환이 마주앉아 있다. 어색하고 조용한 해후.

환   그냥... 오래 나가 있게 되니까... 얼굴을 한 번 보고 싶었어요. 잘 있는지...

예지   선생님이 가르쳐준 거, 그거만 지키려고 노력해.

환   (보면)

예지   제 시간에 일어나고, 끼니 때면 밥상 앞에 앉고.

환   ... 일은 좀 있어요?

예지   다니는 가마가 있어. 거기서 작업 도우면서 내 꺼 만들구... 주민센터에서 하는 생활도예 강의두 나가구... 서울 공방이나 갤러리에 작품 내보내구...

환   ......

예지   (웃으며) 실은 엄마가 나보다 더 잘 벌어. 같이 안 살았음 어쩔 뻔 했나 몰라.

환	좋아 보여요.
예지	(네가) 미국에 있는 줄 알았어.
환	그 날, 사정이 있어서 출국을 못했거든요.
예지	...... 이번엔 어디로 가는데?
환	발리 옆에 롬복이라고...
예지	(들어봤다) 신혼여행 많이 가는데?
환	(끄덕이고) 지금 개발중인데, 저두 작은 호텔 하나 맡았어요.
예지	발리도 그릇이 유명하잖아.
환	예술가촌두 있어요. 전 세계 예술가들 모여드는.
예지	(진심인) 멋지다, 우리 환이. 그런 곳에 건물도 짓구.
환	......

S#66. 찻집 앞 (낮)

밖으로 나온 두 사람. 인사하고 가려는 환.

환	저는 못 만날 거 각오하구 무작정 온 건데...
예지	이 동네 왔다는 서안 언니 전화 받구... 여기저기 찾아다니면서... 제주도에서 네가 나 찾아다닐 때 이런 심정이었을까... 잠깐 생각했어.
환	그 땐... 절박했죠. 무슨 일 났을까봐.
예지	... 나두 애가 타던데? 못 보고 갈까봐.
환	!
예지	(보는데)
환	(누르고) 얼굴 봐서 다행이에요. 가볼게요.
예지	......

환	안녕히 계세요.
예지	......

돌아서는 환, 떨어지지 않는 발걸음을 떼어보는데.

예지	환아...
환	(돌아보면)
예지	하루 이틀... 여유 있어?
환	......
예지	우리, 어디 좀 가자. 바다두 보구, 맛있는 것두 먹구... 그런 거... 해보게.
환	! (심장이 멎을 거 같고)
예지	차 가져왔어?

미소로 보고 선 예지. 선뜻 대답도 못 하는 환인데...

S#67. 도로/환의 차 안 (낮)

예지를 태우고 가는 환.

예지	음악 틀을까?
환	......
예지	(폰으로 음악 찾아보는데)
환	나... 해보고 싶은 게 있는데...
예지	(보면)
환	... 이름을... 이름을 불러보고 싶어요.

예지　　……

환　　그래두… 돼요?

예지　　해보고 싶은 게… 겨우 그거야?

환　　…… 그거부터 시작하는 거죠.

예지　　(미소로) … 하고 싶은 대로 해. 이 길이 끝날 때까지는.

환　　……

예지　　(놀리는) 멍석 깔아줘도 못하네?

환　　(당황해서) 부르고 싶을 때 부른다구요. 지금은 뭐…

예지　　(보는데)

S#68. 바닷가/어부 식당 (낮)

대하 소금구이 시킨 두 사람. 새우가 팬 속에서 익어가고 있다.

예지　　(익어가는 대하 구경하며) 산 채로 소금에 구워지구… 엄청 뜨겁겠다… (침 삼키고) 근데 맛있을 거 같아.

환　　(어이가 없어서) 하나만 하시면 안 돼요? 불쌍해하던가, 맛있어하던가.

예지　　불쌍한데, 먹고 싶단 말이야.

환　　연민은 많은데 식탐 있는 스타일?

예지　　냉정한데 식탐 많은 스타일보다 낫지 않아?

환　　(생각해보는) 그게 더 이상하긴 하네요.

둘 다 웃는데

CUT TO

팬의 뚜껑이 열린다. 하얀 소금 위에 잘 익은 붉은 새우들 보이고.

CUT TO

환, 새우 껍질 열심히 까서 예지의 앞접시 위에 놓아주는데. 자기꺼 까다 말고 환이가 준 새우부터 먹어보는 예지.

예지 새우 맞아? 왜 이렇게 달아?
환   대하철이라 그런가봐요.
예지 ... (까던 새우 마저 깐다)
환   (은근 기대하는데)

껍질 벗긴 새우를 먹음직하게 보더니 냐름 자기 입에 넣어버리는 예지. 환, 실망하고.

예지 (눈치 없이) 너두 먹어.
환   없던 식탐이 생긴 거는 확실하네요.
예지 응?
환   많이 드시라구요.
예지 (또 한 마리 집어 들며) 너무 맛있다~ 한판 더 먹을 수두 있겠어.
환   ... (웃고) 미리 시켜두죠 뭐. 여기요!

주인 달려오고

S#69. 몽타주 – 관광지 돌아다니는 두 사람

- 출렁다리 건너는 환과 예지. 예지가 줄 흔들면서 환이 겁 주고. 덩치에 안 어울리게 겁내는 환.
- 2인용 자전거 같이 타는 환과 예지. 예지가 앞에서 타서 힘들게 페달 돌리고, 환이는 뒤에서 신났다.
- 전망대. 구경하는 두 사람. 다른 세상인 듯 펼쳐진 절경.

S#70. 민박집/마당 (밤)

마당에 모닥불 피웠다. 나란히 앉아 불멍 때리고 있는 두 사람.

환   ... 예지...

예지   !

환   예지야...

예지   (쿵!) 그게 그렇게 어려워? (이름 부르는 거) 하루 종일 걸렸네.

환   ... (당신은) 양평 떠나서... 이제 행복해졌어요?

예지   ... 편안해졌어.

환   ......

예지   환이두... 행복해?

환   그리웠어요.

예지   !

환   오늘 하루가... 저한테 주는 선물인 거, 알아요.

예지   (애틋하게 보는데)

환   오래 좋아한 사람이 있었어요. (예지 얘기다)

예지   ......

환   좋아하는 마음만... 보고 싶은 마음만... 손 한번 제대로 못 잡구... 사랑한다구... 고백도 못해봤죠. 서로가 좋아 지낸 추억두 없구... 참 초라한 사랑이었다 싶어서... 문득문득 서글펐어요.

예지   나를... 오래 좋아해준 사람이 있어.

환   (멎고)

예지   처음 만났던 그 순간부터... 못 보던 시절에두... 지금두... 그 사람 존재가 든든해.

환   (보면)

예지   비가 오면 우비 씌워주구, 어두우면 등을 켜주구, 내가 울면 눈물을 닦아주구, 웃으면 따라 웃어주구... 매 순간이, 그 모든 공기가... 나한테는 추억이구, 힘이야.

환   ... (고맙지만/그래도 서러운/앞날이 없기에)

예지   ... (불을 보는데)

예지, 가만히 환에게 기대는. 환, 멎었다가... 조심스럽게 예지의 어깨를 감싸안고. 두 사람 앞에, 타오르는 불꽃. 예지의 어깨에서 의식되는 환의 손끝. 환의 손끝에 느껴지는 예지의 어깨... 예지, 눈을 감고... 환은 예지의 어깨를 가까이 당기는데...

S#71. 민박집/방 앞 (밤)

불빛이 새어나오는 방문.

S#72. 동 안 (밤)

텅 비어 있는 온돌방 안. 벽 한쪽 끝과 끝에 예지가, 환이 각자 앉아 있다. 그렇게 나란히 벽 앞에 앉아 차마 다가가지 못하고... 서로를 보는 두 사람. 환의 마음속에... 피어나는 갈등. 예지의 마음속에... 일렁이는 망설임...

방바닥, 환의 손이 주먹이 쥐어지고... 자리에서 일어나 예지에게 다가가려 하는데. 예지, 보일 듯 말 듯... 고개를 젓는다. 가려다 멈추는 환.

예지	사랑해...
환	!
예지	사랑해.
환	(미칠 거 같고) ......
예지	제대로 된 고백도... 단 한 번의 입맞춤도... 우리한테 허락될 수 없지만. 그래도... 한번은 말해주고 싶었어.
환	......
예지	사랑해.
환	... (차마 입이 안 떨어지는데...)
예지	(네 사랑은) 말 안 해도 다 알아.
환	......
예지	손끝이... 눈빛이... 공기가... 언제나 말해줬어. 네가 날... 사랑한다고...
환	... 모를 거예요. 얼마나 원했는지는.
예지	...... 미안해.
환	(보면)
예지	널... 기다려주지 못해서.
환	...... 고마워요.
예지	(보면)
환	내 세상에... 와줘서.

예지   !

CUT TO

서로를 바라보며 옆으로 누워 있는 두 사람. 각자 끝에 붙어 사이는 멀기만 한데... 환, 예지에게 손을 내민다. 예지도 손을 내민다. 닿을 수 없는 거리. 그 거리를 두고 그렇게 서로에게 손을 내민 채... 밤이 지나간다.

CUT TO

예지가 눈을 감은 채 잠들어 있다. 환, 본다.

CUT TO

환이 잠든 듯 눈을 감고 있다. 예지가 눈을 뜨고 환을 본다.

S#73. 민박집 전경 (다음날 아침)

불씨가 다 꺼진 마당의 모닥불. 그 잔해.

S#74. 방 안 (아침)

아침상이 들어와 있다. 된장찌개와 콩나물국 따위가 놓인 평범한 시골밥상.

예지   아침까지 주실 줄 몰랐네?

환   그냥 식구들 먹던 대로 준다고 한상 봐주셨어요.

예지   (찌개 한입 떠먹어보고) 역시... (맛있다는)

환   계속 그렇게... 어머니하구... 둘이 살 거예요?

예지   아니.

환   (보면)

예지   좋은 사람 만나야지.

환   ......

예지   네가 사랑의 기준을 세워줬잖아. 너처럼 사랑해주는 남자,
      너보다 더 좋은 남자 만나서 다시 사랑하고... 가족을 이룰
      거야. 그러니까 너도... 약속해. 꼭... 행복해진다고.

환   ......

S#75. 동 앞/혹은 부엌 (오전)

환이 아침상 들고 나왔다. 민박집 주인에게 건네주는.

환   설거지는 즈이가 할게요.

주인   아냐, 아냐. 남의 손 타는 게 더 귀찮어. (상만 받고 쫓아내는)

환   (머쓱한데)

S#76. 욕실 (오전)

옹색한 민박집 욕실. 세수하고... 나갈 준비하는 환.

S#77. 방 안 (오전)

텅 빈 방 안. 가운데 편지 하나. 밖에서부터 들리는 환의 소리.

환(소리)   준비 끝나셨어요? 집까지 태워다드릴... (문 여는데)

방 안에 아무도 없다. 당황한, 환, 안으로 들어서는데. 예지는 흔적도 없다. 환, 도로 달려나가고!

S#78. 민박집 앞 (오전)

다급히 달려나온 환. 주변을 둘러보는데... 이미 예지는 없고...

환   예지야! 예지야!

목 놓아 불러보는... 그녀의 이름. 이제야 마음껏 부를 수 있는... 예지의 이름인데...

S#79. 도로/택시 안 (오전)

가고 있는 예지. 환의 목소리를 들었을까? 문득 뒤를 돌아보는데.

S#80. 바닷가 (낮)

혼자 앉아 있는 환. 예지가 남기고 간 이별을... 그렇게 받아들인다. 손에는 예지가 두고 간 편지봉투.

S#81. 예지의 집 (낮)

고운이 마당에서 김칫거리 다듬고 있다. 예지가 들어온다. 툇마루에
가방 내려놓고 옆에 가 앉아서 다듬는.

고운   (무심하게) 재밌었어? 친구는 잘 가고?

예지   응... 다시는 못 봐. 마지막으로 본 거야.

고운   왜?

예지   외국 간대.

고운   ......

예지   나 깍두기도 먹고 싶은데... 무 아무렇게나 막 썰어서 담는
        거...

고운   석박지?

예지   어 그거.

고운   해줄게, 그게 뭐 어렵나...

고운에게 웃어주고 김치 거리 다듬는 데 열중하는 예지에서.

S#82. 진의 사무실 (낮)

적당한 곳에 예지의 작품 두는 진. 서류 들고 선 윤실장이 묻는다.

윤실장   선생님 작품은 아닌 거 같은데?

진   신인이야.

윤실장   레이싱 후원에, 이제 도자기까지 사들이게?

진   ... 그냥 지나가다 맘에 들어서.

윤실장   ......

CUT TO

진, 예지의 작품을 보고 있다. 가만히 손끝으로 세라믹을 만져보는. 그 위로

진(NA)   나를 구원하고, 나를 버린 내 여자. 나를 용서하고, 내가 용서한 내 동생. 그들이 떠난 후, 남은 삶이 나에게 상인지, 벌인지를 모르겠다. 분명한 것은, 사랑을 잃고서야 내가 어른이 되었다는 것. 그리움이... 내게 남은 전부지만.

S#83. 도로/환의 차 안 (낮)

혼자 돌아가는 환. 환의 앞에 끝없이 펼쳐진 긴 도로...

S#84. 공방 (다른 날 낮)

성곤, 작업 중인데. 연자가 들어온다. 좀 약 올라 있는.

연자   지금 일부러 그러는 거지?
성곤   ? (쳐다보는)
연자   지난주부터 주말에두 계속 작업만 하잖아!
성곤   전시회 잡혔다니까.
연자   주중에 뭐하구 주말까지 잡아먹어! 나 심심하다구! 이럴 거면 뭐하러 내려오래!
성곤   (한숨) 그럼 나 좀 도와줄래?
연자   내가 쉬러 왔지, 일하러 왔어?

성곤   (포기하고 손 닦으며) 뭐하고 싶은데?

연자   촌구석에서 할 일도 없지 뭐. 낮술이나 해.

성곤   (웃는)

연자   싫어?

성곤   아니, 좋아. 그러자구. 낮술 해. 다운네도 부르까?

연자   (흘기면서) 그 여자가 나만 보면 가재미눈인데 부르긴 뭘 불러!

성곤   다운네가 만들어주는 안주는 잘만 먹으면서.

연자   안주만 해달라 그럼 안 되까?

성곤   당신이 한번 해봐.

연자   하라면 못할 줄 알아? 나두 옛날엔 한 살림 하던 실력이야.

성곤   그 옛날 실력 발휘 좀 한번 해보라구.

연자   뭐 먹구 싶은데?

S#85. 공항 전경 (다른 날 낮)

S#86. 청사 일각 (낮)

슈트 입고, 캐리어 끌고 출국하는 환. 그 위로 예지에게 보내는 환의 나레이션.

환(NA) 사랑의 시작은 신이 내리고... 이별은 사람이 하는 거라지
        만... 그 시작이 내 뜻이 아니었기에, 이 사랑을 어떻게 끝내
        야 하는지... 나는 알지 못합니다. 언제 돌아올지 모르는 길
        을 또 다시 떠나며, 행복하기를... 그러나 나를 기억해주기를.
        '빛이 건축물에 닿기 전에는 자신이 어떤 존재인지 알지 못
        하[4]'는 것처럼 아팠던 첫사랑은 내 청춘의 빛이었습니다.

S#87. 산책로 (낮)

예지가 길을 걷고 있다. 답장 같은 나레이션을 보낸다. 민박집 방에 두고 온 마지막 편지일 수도.

예지(NA) 나는 이제 어둠이 무섭지 않아. 깜깜해도 잘 수 있고, 이 밤이 영원하지 않다는 것도 알아. 가질 수 없어도, 내 곁에 없어도... 사랑하고 사랑받았던 기억은 잊혀지지 않는다는 것도 이제는 알지. 힘든 일은 또 있을 거야. 다시 아파지기도 하겠지. 하지만 기억할게. 내가 얼마나 사랑받은 존재인지. 그럼, 언제든지 다시 일어날 수 있을 거야. 걱정하지 마. 이제 더 이상, 내 걱정은 하지 마. 나는 잘 있어. 가끔은 울지만... 더 많이 웃으면서. 그렇게 살아갈 거야.

가다가 서는 예지, 얼굴에 와 닿는 햇살, 바람...

예지를 두고 멀어져가는 카메라. 그렇게 작아지는 예지에서 엔딩.

---

4) Louis Isadore Kahn(1901년 - 1974년) 미국의 건축가. 현대 건축가이자 모더니즘 건축 최후의 거장으로 평가받는다. <킴벨 미술관>과 <소크 생물학 연구소> 등 빛을 이용하여 극적인 장면을 잘 나타내는 건축물을 많이 남겼다.

내가 가장 예뻤을 때 2

내가 가장 예뻤을 때 2